가장
아름다운 기억을
너에게 보낼게

SHINIGAMI NO E NO GU
'BOKU' GA AISHITA SHIKISAI TO KURONEKO NO SENTAKU
Copyright © 2022 by Kaori Hasegawa
Original Japanese edition published by Takarajimasha,Inc.
Korean translation rights arranged with Takarajimasha,Inc.
through Danny Hong Agency.
Korean translation rights © 2022 by SEOSAWON co., Ltd.

가장
아름다운 기억을
너에게 보낼게

하세가와 카오리 지음
김진환 옮김

서사원

등장인물
소개

사신

"왜 인간은 추한 것만 열심히 찾는 걸까?
고개를 조금만 들어도 세상은 이렇게나 아름다운데."

영국 출신 미모의 저승사자. 죽는 순간 영혼에 각인된 가장 강렬한 사랑으로
잃어버린 기억이 돌아올 때, 그의 비밀이 밝혀진다.

찰스

"자네가 그녀의 임종을 지켜. 한때 내가 그랬던 것처럼."

사신의 사역마이자 파트너인 검은 고양이.
사신을 향한 끝임없는 그의 빈정거림에는 어떤 비밀이 숨겨져 있을까?

악마

"꿈도, 신념도, 신앙도 없는 때에 여기는 인간 뷔페야!
정말 멋진 시대지!"

공복감 덩어리인 다른 악마들과 달리 가장 맛있는 영혼을 먹기 위해
천적인 사신에게도 접근하는 그들의 최후는?

천사 사리엘

"어라? 별일이군요.
당신이 방관주의의 짜증 나는 상관을 걱정해주다니."

사신과 찰스의 상관, 100년이라는 세월 동안 복잡 기묘해진 사신과 찰스의
관계에 새로운 전환점을 선물한 후 인간으로 환생 예정.

엘리터너

"보답받지 못할 사랑일지라도
당신을 사랑한 사람이 있었다는 사실을 분명히,
분명히……."

여성, 22세, 신분 차이로 포기해야 했던 사랑 대신
또 다른 운명이라 믿었던 사람에게 비참하게 임종 예정.

"아무래도 난 그 마을에 혼을 두고 와버린 것 같아."

키무라 쇼헤이

남성, 67세, 낡고 작은 아파트 6첩짜리 다다미방에서 두고 떠날 수밖에 없었던
고향 집 벚꽃과 가족을 그리워하다 임종 예정.

"사신이 말하니 믿어볼까? 다음 생에서는
너와 평생 단 한 번뿐인 사랑을 하게 될 거라는 걸."

토와다 타이요

남성, 20세, 오늘이 삶의 마지막 날일 줄 몰랐기에
좋아하는 사람에게 끝내 마음을 고백하지 못하고 임종 예정.

"잘됐다. 사신이 나타났다는 건,
내가 확실히 죽을 수 있다는 뜻이겠죠?"

우스이 카에데

여성, 17세, 태어나 처음으로 자신의 의지로 선택한 자유인
'자살'을 진심으로 기뻐하며 임종 예정.

"난 왜 항상 잘못된 선택만 하는 거냐고……."

토사카 킨야

남성, 37세, 어느새 습관처럼 굳어진 자기혐오로
죽음조차 받아들이지 못하는 잔류 영혼이 되어 악마에게 소멸 예정.

"만약 선생님만 괜찮으시다면…… 그 불꽃놀이 축제에
같이 가지 않겠냐고 말하고 싶었어요."

우노하마 세이라

여성, 14세, 태어날 때부터 앞이 보이지 않았지만
그 누구보다 영혼에 많은 무지갯빛을 품고 임종 예정.

Solomon Grundy

Born on Monday

Christened on Tuesday

Married on Wednesday

Took ill on Thursday

Worse on Friday

Died on Saturday

Buried on Sunday

This is the end

Of Solomon Grundy!

솔로몬 그런디는

월요일에 태어나

화요일에 세례를 받고

수요일에 결혼을 하고

목요일에 병에 걸렸고

금요일에 병이 악화하여

토요일에 죽었고

일요일에는 무덤에 묻혔기에

이걸로 끝났다네

솔로몬 그런디의 인생은!

제1화

노인과 벗꽃

혹시 당신은 오리온자리의 알파성 베텔게우스의 색을 알고 있는가? 그리스 신화의 세계에서 가장 유명한 사냥꾼 오리온, 그는 죽고 난 뒤 하늘로 올라가 '오리온자리'라는 이름의 별자리가 되었는데 그의 오른쪽 어깨에서 반짝이는 가장 밝은 별이 베텔게우스다.

지구에서 530광년 떨어진 곳에 있고 거의 움직이지 않아 점같이 보이는 별인 베텔게우스는 태양처럼 자신을 불태워 빛을 낸다. 불탄다는 건 곧 화염에 휩싸였다는 뜻이며, 화염은 붉은색을 연상하게 한다. 그러니 분명 당신은 베텔게우스가 붉은색의 별이라 말할 것이다.

그러나 붉은색이라 해도 세상에는 다양한 붉음이 존재한

다. 불꽃의 붉음과 사과의 붉음, 샐비어꽃의 붉음과 피의 붉음은 모두 "붉은색이다"라고 말하지만, 비교해보면 각각 다르다.

그렇다면 당신은 어떤 붉은색을 좋아하는가? 정교하게 세공된 루비의 붉음? 아니면 가을바람에 흩날리는 단풍잎의 붉음?

그는 베텔게우스의 붉음에 매료된 남자였다. 매일 같이 망원경을 들여다보며 오리온의 오른쪽 어깨를 관찰해온 천문학자였다. 그가 어째서 그 별의 붉은색에 매료되었는지, 지금이라면 조금은 알 것도 같다.

베텔게우스는 이제 곧 죽음을 맞이하는 별이다. 이미 약 800만 년 동안 먼 우주 저편에서 계속 불탔기에 머지않아 초신성폭발이라는 이름의 죽음을 맞게 된다. 즉 그는 임종을 지켜보고 싶었던 거다. 530광년 너머에서 고독하게 죽음을 기다리는 베텔게우스의 임종을.

그러나 그 별이 죽음을 맞이하기도 전에 그의 수명이 먼저 끝났다. 그는 오랫동안 망원경을 통해 마주보았던 베텔게우스의 최후를 목격하지 못했다.

그에 대한 미련 때문일까? 아니면 애착 때문일까? 죽어버린 그의 혼의 조각은 불타오르는 듯한 붉은색이었다.

✝

그리스 신화에서는 죽은 자가 저승으로 가기 위해서는 아케론강을 건너야만 한다고 이야기한다. 이 아케론강의 안내자는 사신 카론인데, 죽은 자가 강을 무사히 건너려면 카론에게 은화를 내고 배를 얻어타야 한다.

비슷한 전설은 이곳 일본에도 있다. 신기하게도 그리스에서 멀리 떨어진 일본에서도 죽은 사람이 명부로 가려면 삼도천이라는 강을 건너가야 한다는 이야기가 전해진다.

이때 삼도천의 안내자인 삼도천 할멈, 탈의파奪衣婆에게 노잣돈을 건네지 않으면 죽은 자는 옷과 소지품을 전부 빼앗기고 만다.

그런데 거리로 따지면 약 9,560킬로미터나 떨어진 그리스와 일본, 이 두 나라에서 어떻게 사후 세계에 관한 비슷한 전설이 전해져올 수 있었을까?

답은 간단하다. 그건 우리 사신이 죽은 자를 명부로 보내주는 대가로 반드시 원하는 물건 하나를 건네받는 규칙이 있기 때문이다.

요즘 시대에 천사나 악마, 사신과 같은 존재를 믿는 사람이 얼마나 되겠냐마는, 우리는 분명히 존재한다. 산 자와 죽은 자의 균형을 올바르게 유지하는 사명을 짊어진 자로서 말이다.

오늘 역시도 나는 모 도시에 위치한 은신처에서 작은 유리병에 든 여러 가지 색의 혼의 조각들을 감상하고 있었다. 아틀리에의 벽면을 꽉 채우듯 세워진 책장에는 단마다 내가 수집한 빨강 파랑 노랑 초록 보라 주황, 아무튼 다양한 색을 가진 혼의 유리병이 가득했다.

그리고 같은 색일지라도 혼의 주인에 따라 조각의 색조가 미묘하게 달랐다. 예를 들면, 장미의 붉음과 산딸기의 붉음, 석양의 붉음과 베텔게우스의 붉음처럼 말이다.

나의 하루는 다양한 색으로 둘러싸인 아틀리에에서 수정처럼 반짝이는 혼의 조각으로 물감을 만들고 그림을 그리는 일이 대부분이다.

사람의 혼보다 뛰어난 물감 재료는 없다. 비록 다른 사신들에게 괴짜라는 소리를 듣지만, 나는 어떤 원료로도 재현할 수 없는 이 반짝임의 색조를 가장 좋아했기에 죽은 자를 명부로 인도할 때면 항상 이 혼의 조각을 요구했다.

사람의 혼이란, 말하자면 기억의 집합체다. 사람이 태어나서 죽을 때까지의 온갖 기억이 담긴 보이지 않는 물질을 '혼'이라고 부른다.

다만 보이지 않는다고 해도 어디까지나 인간에게는 보이지 않을 뿐, 우리 사신에게는 선명히 보인다. 그게 보이니까 사신을 하고 있다고도 할 수 있으니까.

우리 사신의 눈에 보이는 혼의 색깔은 일곱 가지다. 아니, 일곱 가지 색이라는 건 어디까지나 비유적인 표현일 뿐 정확하지는 않다. 본래 혼은 좀 더 복잡한 색조를 띠는데, 혼을 구성하는 기억이 소위 말하는 감정의 기억이기 때문이다.

그 사람이 겪은 경험과 그때 느낀 감정이 연결됨으로써 혼이 형성된다. 그리고 감정에는 색이 있다. 기쁨의 노랑, 슬픔의 파랑, 정열의 빨강, 증오의 검정 이런 식이다.

물론 동일한 감정도 사람이나 상황에 따라 색이 달라진다. 따라서 누군가는 종종 무수한 색채의 혼을 가지게 될 때도 있다. 그중에서도 가장 아름답게 빛나는 색은 사랑하는 사람의 기억과 소중한 추억이다.

나는 죽은 이를 명부로 안내해주는 통행료로 혼의 가장 아름다운 부분을 떼어 받는다. 어차피 명부로 건너간 혼은 환생을 위해 정화되어 투명해지기 때문이다. 나는 지금 겨우 엄지손가락만 한 유리병 안에서 붉게 빛나는 작은 베텔게우스를 바라보고 있다.

다른 사신들은 인간의 혼의 조각 같은 걸 받아봤자 아무 가치도, 실용성도 없다고 비판하지만 당치도 않은 소리다. 혼이 없는 우리는 무슨 수를 써도 이 정도로 아름다운 것을 만들어낼 수 없으니 그것만으로도 가치가 있다. 적어도 내 생각은 그렇다.

'Solomon Grundy, Born on Monday, Christened on Tuesday……'

자, 지구에서 530광년 떨어진 이 별의 빛깔은 어떤 그림에서 가장 돋보일 수 있을까? 그런 생각을 하고 있을 때 스마트폰에서 내 취향의 마더구스의 노래가 벨 소리로 흘러나오기 시작했다. 얼마 전까지 내 담당 구역이 영국의 모처였던 영향이 남아 있는 것이다.

스마트폰을 손에 들어보니 발신자 표시에 상사 이름이 떴다. '이거야 원…… 출동 나간 게 바로 어제였는데' 하고 생각하면서도 통화 버튼을 터치했다. 넋두리나 하고 있을 때도 아니긴 했다. 최근에는 사신 적성 판정에 합격하는 이가 없어서 사신의 인력 부족이 심각했기 때문이다.

"Hello?"

"그래, 자네. 안녕한가. 미안하지만 오늘도 갑작스러운 임무라네. 장소는 시내의 아파트일세. 주소는 메일로 보냈으니 신속히 확인하도록."

최근 일본에서는 저출생 고령화가 자주 이슈화되고 있다. 그래서인지 확실히 요 몇 해 사이에 사신 임무 중 고령자 임종지키미 안건이 급격히 증가하고 있었다. 오늘의 임종지키미 대상 역시 마찬가지다.

키무라 쇼헤이, 67세, 남성. 그는 지금 낡고 작은 아파트 방에 홀로 누워 있다. 곳곳이 갈라진 다다미 바닥 위로 낡은 이부자리를 깔고서.

해는 아직 높이 떠 있고 온 세계가 봄을 만끽하고 있는데도 그는 이제 곧 생을 마감할 운명이다. 방의 방향이 좋지 않은 탓인지 지상의 모든 것을 축복하듯 내리쬐는 산뜻한 봄볕은 지금 이 침실을 비추지 않고 있다. 전기도 꺼져 어둑어둑한 다다미 6첩짜리 방이다.

쇼헤이는 방의 정중앙에 누워 가만히 창문을 올려다보고 있었다. 그의 시선이 향한 허리 높이의 창문은 반투명 유리로 되어 있어서 바깥 풍경은 조악한 모자이크처럼 비칠 뿐인데도 말이다.

"……그런디 날 데리러 온 게 이렇게 젊은 외국인 양반일 줄은 몰랐네 그려. 난 당연히 먼저 간 마누라가 올 줄 알았는디 말이여."

꾀꼬리의 노랫소리가 들려오는 어둑한 방안에서 길고 긴 침묵 끝에 쇼헤이가 불쑥 중얼거렸다. 목에 가래라도 끼었는지 심한 쳇소리가 나는 쉰 목소리였다. 장소와 어울리지 않게 풀 먹인 셔츠와 검은색 조끼를 입고 이부자리 머리맡에 앉은 나는 공손히 고개를 숙였다.

"죄송합니다. 원활한 업무 수행을 위해 친근한 고인의 모습으로 나타나서 저승으로 안내하는 사신도 있긴 합니다. 하지만 전 그 방법을 별로 선호하지 않아서요. 사람은 자기가 태어날 장소나 시대를 고를 수 없죠. 그렇다면 임종의 순간 정도는 자기 의지로 정해도 좋지 않나 생각합니다."

무뚝뚝하다며 상사한테 자주 혼나는 단조로운 말투로 말하자 창문을 향하던 쇼헤이의 시선이 이제야 내 쪽을 바라보았다. 그의 머리맡에 앉고 나서 눈이 마주친 건 지금이 처음이었다.

"그라면, 내가 죽기 싫다고 하면 살려주는 거여?"

"아니요, 유감스럽지만 그건…… 사람의 수명은 저희 상사가 관리하는 거라 저희 같은 말단은 상사의 결정에 따를 수밖에요."

"사신 양반의 상사면, 염라대왕님인가?"

"일본인 중에는 그렇게 부르는 분들도 있죠. 수천 개의 이름을 가진 분이라 저희는 그저 '상사'라고 부를 뿐이지만요."

말투가 무뚝뚝하게 들린다면 표정으로 보완할 수밖에 없다. 나는 일할 때마다 그걸 명심하며 최대한 미소를 지어 보이도록 노력하고 있다.

그런 내 미소를 쇼헤이는 동글동글한 눈으로 바라보고 있다. 그는 아직 60대였지만 새하얗게 센 머리카락 탓에 좀 더 나이가 들어 보였다.

"미련이 남는 일이 있으시다면 들어드리겠습니다."

여기서 나는 업무 중에 자주 사용하는 대사를 꺼냈다. 사실, 우리 사신에게 사람의 소원을 들어줄 힘은 없다. 그래서 설령 미련이 남아 있다 해도 이야기를 들어줄 수 있을 뿐이지만, 죽어가는 이들은 그것만으로도 적지 않은 위로를 받고는 한다.

따라서 죽음을 받아들이게 할 때는 이 방법이 최선이라는 게 내 오랜 경험에서 나온 확신이었다. 물론 예외가 없는 건 아니지만 말이다.

"……손자 얼굴을 보고 싶구먼."

잠시 꾀꼬리 울음소리가 들려온 뒤에 쇼헤이는 그렇게 말했다. 나는 살짝 고개를 갸웃거리며 상사에게 전달받았던 대상의 신상 정보를 떠올렸다.

그러고 보니 쇼헤이에게는 야스시라는 외동아들이 있고 현재는 결혼하여 제법 유명한 기업에 다니고 있었다. 아들 부부 밑으론 자식이 둘이었다. 다만 몇 년 전에 멀리 전근을 가면서 쇼헤이와는 소원해진 상태다.

명절 때마다 먼길을 오는 것도 힘들 거라고 쇼헤이가 배려해준 결과였다. 그래서 부자간의 만남은 고작해야 2~3년에 한 번이었다. 쇼헤이는 작년부터 걷기가 불편해졌지만 공연한 걱정을 끼칠까 봐 아들 부부에게는 숨기고 있었다.

그리고 지금은 주변 사람 누구도 모르는 채로 조용히 숨을 거두기 직전이다.

"⋯⋯아드님께서 아버지의 임종을 예감할 수 있도록 조치해두었습니다."

그래서 나는 위로가 될 수 있을지 불분명한 정보를 그에게 전해주었다. 이런 고독사를 지켜보는 경우 우리는 대상자의 주변인에게 죽음을 예감하게 한다. 상대는 대상자의 가족이나 신문 배달부, 이웃 사람 등 제각각이다.

이 과정을 빼먹으면 제사가 늦어져서 육체와 연결된 혼의 탯줄이 제대로 절단되지 않을 수 있다. 그러면 혼은 현세로 되돌아와 방황하게 되므로 허술한 임종지키미 업무는 죄악이나 다름없었다. 나는 그런 얼빠진 사신도 간혹 있다는 사실이 같은 사신으로서 더할 나위 없이 부끄러웠다.

"사신 양반은 그런 것도 할 줄 아는구먼. 하지만 내 아들 놈도 당장 오긴 힘들 건디?"

"그렇겠군요⋯⋯ 빨라야 내일 이후겠죠."

사는 곳도 멀고 회사 일도 바쁠 것이다. 어디까지나 나쁜 예감일 뿐이므로 얼마나 민감하게 반응하느냐는 사람마다 다르다는 것도 문제였다. 내 대답을 들은 쇼헤이는 체념하는 한숨을 깊게 내쉬고는 다시 창문으로 눈을 돌렸다. 고독한 최후를 앞둔 그의 시선은 반투명 유리창 위로 무엇을 그려내고 있는 걸까?

"……그 아이들은 말이여. 오나마키의 벚꽃을 몰러."

"오나마키…… 말씀이신가요?"

"내 고향이여. 그런디 지진이 나고 쓰나미에 휩쓸려서 아무것도 남지 않은 마을이 되어버린 거여. 살아 있는 동안에 돌아가 보고 싶었는디, 결국 못 가봤구먼……."

납득이 된다. 그래서 그는 이 근처에서는 듣기 어려운 촌스러운 사투리를 쓰나 보다.

지금으로부터 십여 년 전, 일본은 유례없는 대재난에 휩싸였다. 당시 나는 외국에 있었기에 자세한 상황은 모르지만, 전쟁을 방불케 하는 사상자가 나오고 여러 지역이 심각한 피해를 입었다고 한다. 그 재해로 삶의 터전을 잃은 사람들은 셀 수조차 없었다.

그들 중에는 멀리 사는 친족의 집으로 피난 가서 그대로 정착하게 된 경우도 많다고 했다. 아마 키무라 쇼헤이 역시 그런 재난민 중 한 명이었으리라. 그리고 고향에서 멀리 떨어진 이 땅에서 조용히 인생을 마감하려 하고 있다.

"……재해에 대한 건 저도 동료 사신에게 들었습니다. 해안에 위치한 마을은 전부 눈뜨고 볼 수 없을 만큼 참혹한 상황이었다죠. 오나마키도 그런 마을 중 하나였나 보군요."

"그려. 내 마누라도 집과 함께 휩쓸려버려서…… 그래서 어쩔 수 없이 동생한테 신세 지려고 이 동네로 온 거여. 아들놈만큼은 꼭 대학에 보내주고 싶어서 말이여……."

"그러면 아드님의 대학 입시만 아니었어도 오나마키에 머무르고 싶으셨던 겁니까?"

"글쎄…… 그때야 오나마키에 계속 산다는 생각 자체를 하지 못했지. 그런디, TV 같은 데서 지금도 오나마키를 위해 힘쓰고 있는 사람들을 보면 말이여. 뭐라 혀야 되나, 참 죄스런 기분이 드는 거여."

"죄스럽……다고요?"

"그려. 나도 오나마키에서 태어나고 자라지 않았나. 그런디 결국 아무 보답도 하질 못혔어."

"하지만 오나마키로 돌아가면 어쩔 수 없이 재난의 기억과 마주하며 살아가야 할 겁니다. 무엇보다도 다시 바닷가에서 산다는 것 자체가 재난민들에겐 공포스럽기만 한 일이죠. 그런데도 당신은 돌아가고 싶은 겁니까?"

그때 나는 순수한 궁금증 때문에 쇼헤이에게 질문하고 있었다. 나는 상사에게 전달받은 데이터를 제외하면 그의 인생에 대해 아는 게 없다. 하지만 재난민들에게 그 재해의 기억은 분명 혼이 찢겨나가는 듯한 상흔을 남겼으리라.

어느 날 갑자기 자기 생명을 제외한 모든 것을 빼앗긴 절망. 분출할 곳 없는 분노와 슬픔. 도저히 말로는 표현할 수 없을 정도의 허무함과 무력감.

　그런 기억을 매순간 떠올리게 하는 마을에서 살아간다는게 결코 쉬운 일일 수는 없다. 적어도 내 눈에는 자신의 혼을 고의로 더럽히려는 자해 행위처럼 보였다. 그런데 그에게는 자신의 마음을 지키는 것보다도 모든 것을 빼앗아간 바다와 함께 살아가는 일이 더 소중했던 것일까?

　그렇다면 이해할 수 없다. 영원히 사라지지 않는 증오와 슬픔의 업화 속에서 죽을 때까지 타들어가야 한다니, 그런 일은 혼이 없는 사신인 나조차도 사양하고 싶을 정도다. 그러나 쇼헤이의 메마른 입술이 내뱉은 대답은 역시나 내 이해 범주를 넘어서 있다.

　"그려. 그래도 난 오나마키로 돌아가고 싶었어. 이 동네로 처음 옮겨왔을 때만 혀도 바다 같은 건 두 번 다시 보고 싶지 않았지. 그런데 세월이 흐를수록 왠지 모르게 오나마키가 점점 그리워지는 거여. 여긴 내가 있어야 할 곳이 아닌 것 같은 위화감이라고 혀야 되나…… 아무래도 난 그 마을에 혼을 두고 와버린 것 같어."

　"혼을…… 두고 오셨다고요?"

　"그려. 그래서 이렇게 괴로운거. 오늘 사신 양반이 오니까 겨우 알겠구먼. 나는 오나마키에서 살다가 오나마키에서 죽고 싶었어."

"그건 그러니까…… 아내분과 함께하고 싶으셨다는 뜻입니까?"

"그게 아니여. 그야 물론 사키코하고 같이 눈을 감을 수만 있었다면 얼마나 좋았을까 싶기도 하지만, 그런 게 아니여. 오나마키는 내 인생 자체였어. 기쁜 일도 힘든 일도 전부 오나마키에 있었지. 그래서 난 견딜 수 없을 만큼 오나마키로 돌아가고 싶었던 겨. 내 인생을 되찾아야 하니께……."

그렇게 말하는 쇼헤이는 거의 한숨이나 중얼거림에 가까울 만큼 쉰 목소리를 냈다. 그런데도 이야기하지 않을 수 없다는 듯이, 쇼헤이의 두 눈이 나를 지그시 바라보고 있었다. 아무래도 그의 이야기에 담긴 감정은 미련이 아닌 참회인 듯했다. 그건 다름 아닌, 고향에서 도망쳐버린 스스로에 대한 참회였다.

"이보게, 사신 양반. 이런 나라도, 죽으면 오나마키로 돌아갈 수 있는겨?"

쇼헤이는 내 눈동자에 비친 자신의 모습을 바라보며 말했다. 그러자 나는 왠지 대답하기 곤란해졌다. "아니요, 당신의 혼은 이대로 명부로 보내질 테니 돌아갈 수는 없습니다." 그렇게 진실을 이야기하는 건 무척이나 쉬운 일인데도 말이다. 아니, 평소의 나였다면 분명 아무 망설임 없이 그렇게 대답했을 거다.

"……그렇겠죠. 추억 속의 오나마키라면……."

이윽고 간신히 꺼낸 대답은 거짓말도 진실도 아니었다. 어찌 되었든 쇼헤이는 지금부터 주마등을 보게 된다. 투명한 혼으로 돌아가기 위해 67년 동안의 기억을 떨어뜨려 내면서 말이다.

그것이 쇼헤이에게 구원이 될 수 있을지, 나로서는 알 수 없다. 하지만 대답을 들은 그는 눈부신 것을 보듯이 눈을 가늘게 뜨며 고개를 살짝 끄덕였다.

"그렇구먼."

그는 그렇게 해서 겨우 받아들인 것 같았다. 길고 길었던 이 여행의 종말을.

"딱 이맘때면 말이여. 마을 여기저기에 벚꽃이 피어나서 어찌나 아름답던지. 손주 녀석들한테도 보여주고 싶었는디. 오나마키의 벚꽃………."

그 중얼거림이 키무라 쇼헤이의 마지막 한 마디였다. 향수에 젖은 눈동자 위로 막이 내리며 그는 마지막 숨을 내뱉었다. 미약한 한숨이었지만, 그것은 내 눈앞에서 일곱 가지 빛깔로 반짝이며 날갯짓하듯 넓게 퍼져나갔다. 실로 현란하고 복잡한 각양각색의…… 아름다운 혼.

나는 무지갯빛 날개를 빨아들였다. 빨아들이고 몸속으로 집어삼켜서 나라는 이름의 배에 태운 채로 명부로 데려가게 된다.

눈을 감으니 눈꺼풀 밑으로 쇼헤이의 인생이 빠르게 스쳐 지나갔다. 사신 앞에서 혼자 쓸쓸히 생을 마감한 순간부터 힘찬 울음소리와 함께 세상에 태어난 그날까지, 기억의 언덕길을 내리닫는다. 그런데 역재생되는 극채색의 소용돌이 속에서 나는 어떤 것을 발견했다.

……벚꽃. 그래, 맞다. 오나마키는 벚꽃의 고장이었다. 특히 쇼헤이의 집 근처에는 가장 오래되고 아름다운 벚꽃이 있었다.

그는 봄이 찾아올 때마다 그 벚꽃을 올려다보며 나이를 먹었다. 벚나무 아래서 이웃 친구들과 뛰어놀고, 벚나무 아래서 사랑을 고백하고, 벚나무 아래서 머리가 희끗희끗한 아내의 손을 잡고…….

"벚꽃 필 때까지 이제 한 달이나 남았을라나? 그때는 또 야스시랑 며늘아기랑 손주 녀석들 불러서 꽃구경이나 해야겠구먼."

그가 그런 말과 함께 아내에게 웃어 보인 것이 십여 년 전 어느 날의 일이었다. 나는 쇼헤이의 인생을 전부 지켜본 뒤에 눈물을 흘렸다.

눈물은 이윽고 작은 결정이 되어 하나의 색으로 물들며 떨어져 내렸다. 나는 쇼헤이에게 받은 대가가 손바닥 위로 떨어지는 모습을 바라보았다. 키무라 쇼헤이의 혼의 조각은 덧없는 벚꽃 같은 연분홍색이었다.

✝

그날 나는 아틀리에로 돌아가자마자 쇼헤이의 혼의 조각을 아교액과 물에 녹여 연분홍색 물감으로 만들었다. 평소엔 유리병에 넣어 한동안 전시해놓고 감상하는 게 싫증 날 때쯤 물감으로 만들지만 이번에는 예외였다.

그저, 쇼헤이를 명부로 보내는 순간에 본 벚꽃의 풍경이 눈에 계속 아른거려서…… 그게 잊히기 전에 세상에 꼭 남겨두고 싶었다.

나는 쇼헤이의 혼의 조각으로 일심불란 하게 벚꽃을 그렸다. 나뭇가지에는 내가 가장 좋아하는 베텔게우스의 붉은색을 녹여냈다. 죽음을 가까이 앞둔 항성과 금세 피었다 지는 봄꽃. 노인들이 사랑한 두 개의 생명으로 그려낸 그림은 평범한 물감으로는 결코 표현할 수 없는 빛깔을 띠고 있었다.

"……이거 참. 사람의 소원을 들어주는 건 천사가 할 일인데 말이야."

이윽고 완성된 그림을 바라보며 나는 혼자 미소 지었다. 내가 지금까지 그려왔던 그림 중에서 최고의 걸작이었기 때문이다.

✝

아버지의 장례식을 치르고 어느 정도 마음의 정리가 되어갈 무렵이었다. 아내의 권유로 우리 가족은 아버지의 유품을 정리하러 가기로 했다.

아버지가 사시던 작은 아파트 방은 업체에 의뢰해 이미 깨끗이 청소되어 있었다. 다만 방에 있던 유품들에는 전혀 손을 대지 않고 아파트에 남겨놓았다. 너무나도 갑작스러운 일이라 아버지의 죽음을 받아들일 시간이 필요했던 탓이다.

장례식이 끝난 뒤, 나는 아버지가 사시던 방에 도저히 들어갈 엄두가 나지 않았다. 그래서 집 주인과 상의한 끝에 다음 계약 갱신일까지 내가 집세를 내기로 합의했다.

그로부터 1년이 지났다. 계절은 다시 봄을 맞이했고 세상은 잔뜩 들떠 있었다. 거리 곳곳에 벚꽃이 만발한 가운데 우리는 연분홍색 풍경을 비행기 창문 너머로 바라보면서 제2의 고향에 착륙했다. 옆자리에는 아내와 아이들도 앉아 있었고 나를 격려하듯 살며시 웃어 주었다.

"이제 한 달이면 계약이 끝나잖아. 정리할 물건은 지금 미리 정리해둬야지. 계속 내버려 두면 주인도 곤란할 테고, 무엇보다 아버님도 하늘에서 마음이 편치 않으실 거야."

아내는 아파트에 도착하자마자 그런 말과 함께 재빨리 열쇠로 현관문을 열었다. 여닫이가 조금 안 좋은 문이 삐걱거리며 우리를 맞아주었고, 풍기는 벽지 냄새가 향수를 불러일으켰다. 작년 이맘때쯤에 나는 여기서 아버지의 시신과 마주했다.

평소에 꿈 같은 걸 전혀 꾸지 않던 내가 오랫동안 가보지 않은 고향 꿈을 꾸다가 울며 깨어난 날로부터 며칠 뒤의 일이었다. 꿈속에서 본 아버지는 젊은 모습이었고 이웃 사람들이 "쇼짱~ 쇼짱" 하며 친근하게 말을 걸어오고는 했다. 그러나 현실에서의 아버지는 혼자 외로이 싸늘한 침상에 누워 딱딱하게 굳어 계셨다.

항상 강한 모습이던 아버지를 생각하며 '아버지라면 괜찮을 거야'라고 과신했던 자신이 원망스러웠다. 지난 1년 동안 계속해서 원망해왔다. "아버지, 미안, 미안해요……" 하고 눈물지으며 시신 옆에 웅크렸던 날을 떠올리자 다리가 굳어버린 것처럼 움직이지 않았다.

하지만 철없는 아이들은 내 속도 모르고 재빨리 현관 안으로 뛰어 들어가서 소란을 피웠다.

"아빠, 아빠! 벚꽃!"

이웃에 폐가 될 만큼 천진난만하게 제자리 뛰기를 하는 아이들, 그런 행동을 꾸짖으러 현관 안으로 들어선 아내가 아버지의 침실 앞에서 흠칫하며 멈추어 섰다. 무슨 일인가 싶어 고개를 갸웃거리자 잠시 굳어 있던 아내가 내게 다급하게 손짓을 했다.

나는 한순간 망설였지만 마음을 굳게 먹고 가족을 따라 들어갔다. 그렇게 해서 아버지의 침실이었던 다다미 6칸짜리 방 앞에 섰다.

"아……."

나는 갑자기 그날 꾸었던 고향의 꿈을 떠올렸다. 아버지가 사랑해마지않던 생가 근처의 오래된 벚나무. 꿈속에서 어린 시절의 나는 돌아가신 어머니 아버지와 함께 그 나무 밑에서 웃고 있었다.

지금도 내 아이들이 그 벚나무 밑에서 떠들썩하게 신이 나 있다. 나는 눈앞이 조금씩 흐리게 번지는 것을 느끼며 웃었다. 벽을 뒤덮을 만큼 커다란 캔버스 안에서, 지금은 사라진 고향의 벚꽃이 흐드러지게 피어 있었다.

제2화

청년과 반딧불이

일본의 여름은 덧없음으로 가득하다. 그중 예를 들면, 스파클라Sparkler가 그렇다. 이 나라에서 여름이라 하면 불꽃놀이를 떠올리는 사람이 꽤 많은데, 그중에서도 스파클라가 가장 덧없다. 그 작은 불꽃이 있는 힘껏 반짝거리다가 어둠 속으로 훅 사라져버리는 모습은 뭐라 형용하기 어려운 감상을 불러일으킨다.

그리고 창밖에서 신나게 울어대는 유지매미 또한 그렇다. 그들은 유충의 모습으로 몇 년 동안 땅속을 기어 다닌 뒤에야 간신히 날개를 얻어 햇볕 아래의 자유를 만끽하지만, 수명은 고작해야 일주일 남짓이다. 그들은 자손을 남기기 위해 생명을 불태우며 계속 울어대고, 사명을 다하면 힘이 다

해 짧은 생을 마친다. 마치 아주 짧은 순간 반짝이다 사라지는 스파클라처럼.

이렇듯 덧없는 것은 어느 세상에서나 아름답다.

나는 오늘도 은신처인 아틀리에에서 열심히 그림을 그리고 있었다. 이젤에 세워둔 새하얀 캔버스를 파란색으로 가득 메워나갔다.

팔레트에 짜놓은 파란색은 바다의 파랑이다. 작년 여름, 바다를 사랑했던 다이버에게 받은 혼의 조각을 아교액으로 녹인 것이다. 같은 파란색을 여러 번 거듭 칠하면서 자유롭게 농도를 조절해나간다. 그러자 새하얗던 캔버스에 조금씩 밤이 내려앉고 별이 반짝거리기 시작했다.

극세붓 끝으로 반복해서 점을 찍으며 별을 그린다. 때로는 섬세하게, 때로는 대담하게. 사신의 시간은 어차피 무한하다. 그래서 나는 귀찮다는 생각 따위 하지 않은 채 밤하늘에 하나하나씩 별을 그려나갔다.

"은하수인가?"

이윽고 무수한 별로 캔버스가 가득 메워질 무렵, 그 모습을 지켜보는 내 등 뒤에서 갈구는 투의 목소리가 들려왔다. 지금 이 영국풍 은신처에 있는 건 나뿐이었기에 갑작스러운 침입자에 순간 놀라면서도 금세 목소리의 정체를 알아차렸다.

"어서 와, 찰스. 이번엔 긴 여정이었군."

누구의 목소리인지만 알면 별로 당황할 일도 없다. 나는 오른손에는 팔레트, 왼손에는 붓, 그리고 드레스 셔츠 위로는 작업용 앞치마를 걸친 채 자연스럽게 대답했다. 천천히 고개를 돌리자 활짝 열린 입구 앞에 살며시 앉은 손님이 보였다. 검은 고양이, 찰스였다.

겉모습은 고양이지만 내가 영국에 머물 때부터 함께 지낸 친구이자 우수한 사역마이기도 하다. 쉽게 말해, 내 보조이자 파트너이다. 내가 사신으로 각성했을 때 상사에게 가장 처음 받은 게 찰스였다.

그는 약간 잘난 척하는 성격의 고양이로 사사건건 빈정대는 단점이 있긴 하지만, 그것만 제외하면 의지할 만한 좋은 파트너이다. 내가 아직 신출내기 사신일 무렵 찰스는 매번 어이없어하면서도 나를 여러모로 잘 챙겨주었다. 나는 사신의 기초를 그에게서 배웠다고 해도 과언이 아니다.

그리고 지금도 누군가에게 임종 예감을 보내거나 저승으로 가지 못한 잔류 영혼을 찾아내는 등 사신 업무에서 빼놓을 수 없는 지원 역할을 해주고 있었다.

"그래, 요즘은 정말이지 하루하루가 팬케이크 데이Pancake Day라니까. 열사병에 태풍에 익수 사고까지, 정말 말도 안 되게 바쁘다고. 일본에서는 이럴 때 '고양이 손이라도 빌리고 싶다'라고 한다지? 고양이로서 말하자면 강아지 손이라도 빌리고 싶어. 그게 안 되면 생쥐 손이라도."

"뭐, 기분은 알겠지만 그게 우리 일이니까 어쩔 수 없잖아. 오늘 오후는 비번이니까 같이 느긋한 시간을 보내자고. 인형들에게 식사 준비를 시킬게."

"그렇게 해주면 고맙겠어. 배고파서 죽을 것 같아."

이미 죽어버린 주제에, 라는 말은 속으로 삼키고 나는 손가락을 딱 튕겼다. 그러자 아틀리에 구석에서 붓을 씻던 도자 인형들이 이쪽을 휙 돌아보더니 작업을 중단하고 부엌으로 이동하기 시작했다.

대열을 짜며 행진하는 케피 모자를 쓰고 붉은 제복을 입은 군인들과 연분홍색 앞치마를 걸친 메이드들, 그중에는 빅토리아 왕조 시기의 귀족 영애를 떠올리는 소녀도 있었다.

그 인형들은 우리 집의 가사도우미였다. 내가 수집한 혼의 조각을 도자 인형에 넣어 일시적으로 부려먹는 존재일 뿐이지만, 이게 의외로 상당히 유용했다.

내가 그림 그리기에 몰두해 있는 동안 인형들은 센스 있게 홍차를 끓여주거나 집을 청소하거나 찰스의 털을 빗겨준다. 말을 하지 못한다는 단점은 있지만 손짓 발짓으로 어느 정도의 의사소통은 가능했다.

"그래서? 자네는 자네의 사역마가 뙤약볕 아래에서 열심히 뛰어다니는 동안 한 발 먼저 휴일을 즐기고 있었단 말이군? 귀찮은 일들은 인형에게 떠넘기고, 본인은 우아하게 우주여행인가?"

"일본에는 '칠석 전설'이라는 게 있다고 들었거든. 바로 얼마 전에 일본 어딜 가든 조릿대 잎을 장식해놓던 특이한 날이 있었잖아? 그건 은하수에 소원을 비는 일본의 풍습이라고 해. 아니, 원래는 중국의 명절이라고 하던가?"

"나도 그 정도는 알아. 은하수를 사이에 두고 빛나는 거문고자리의 알파성과 독수리자리의 알파성을 로미오와 줄리엣처럼 묘사한 상상력 풍부한 이야기지? 일본에서는 로미오를 견우, 줄리엣은 직녀로 불렀지 아마."

"셰익스피어의 희곡만큼 비극적이진 않다고. 멀리 떨어진 연인들의 1년에 한 번뿐인 밀회를 기도하는 날이라니, 멋지지 않아? 만약 직녀와 견우가 실제로 존재한다면 두 사람의 혼은 무슨 색일까?"

"자네 머릿속에는 항상 무지갯빛 골짜기가 펼쳐져 있는 것 같군."

찰스는 말문이 막힌다는 듯 한숨을 쉬더니 꼬리를 세우며 내 그림 쪽으로 다가왔다. 그리고 캔버스 속 은하수를 감상하나 싶더니 흥 하고 가볍게 코웃음 치며 의기양양하게 몸을 돌렸다.

"뭐, 여전히 잘 그리긴 했지만 역시 자네 그림에는 무언가가 부족해. 물감 재료인 혼의 빛깔에 너무 의존하고 있는 거지. 아름다움과 정교함에 있어서는 확실히 높이 평가할 만하지만, 이 그림에 존재하는 건 그것뿐이야."

"자네가 무슨 말을 하려는 지 알아. 하지만 이것만큼은 어쩔 수가 없어. 나한테는 혼이 없는걸."

사신이란 존재는 보통 그렇다. 마음의 요람인 혼이 없기에 벌어진 사건이나 학습한 지식 등의 사무적 기억만 남을 뿐, 감정적인 기억은 남지 않는다. 하룻밤 푹 자고 나면 자기 전에 느꼈던 감정은 전부 꿈의 저편으로 사라지기 때문인 것도 있고.

수없이 많은 혼이 우리 사신이라는 황천길을 통해 명부로 보내지기에, 이건 죽은 자의 혼이 가진 기억의 격류에 사신이 흔들리는 일을 막는 기능적 장치다.

사신이란 쉽게 말해 혼의 여과 장치다. 흡수한 혼에서 불순물을 제거하고 소유자의 본질만 남겨 명부로 보내는 게 사신의 일이다. 그때 사신이 보는 것이 흔히 말하는 주마등, 혼의 소유자가 죽은 순간부터 이 세상에 태어난 날까지의 기억을 역재생한 장면이다.

거기서 본 모든 기억을 짊어진 채 살아간다면 사신들은

늦든 이르든 무너지고 만다. 그래서 우리는 매일 밤 잠이 들면 온갖 감정의 기억과 분리되도록 만들어졌다. 덕분에 우리는 텅 비어 있다. 분명 그러한 탓에 인간이 가진 혼의 빛깔에 이렇게나 매료되는 것이리라.

내가 형형색색의 혼의 조각을 전부 유리병에 넣어두는 이유는, 하다못해 그것들을 아름답게 느꼈다는 사실 정도는 계속 기억해두고 싶어서였다. 그림을 그리는 것도 같은 이유에서다.

아틀리에의 책장을 돌아볼 때마다 형형색색의 혼이 기라성처럼 반짝이고 있는데, 마치 작은 은하수 같다. 혹시 찰스는 거기까지 계산하고 내 취미를 '우주여행'에 비유한 걸까? 만약 그렇다면 그는 빈정거림의 천재일 거다.

"하지만 난 그 벚꽃 그림은 좋았어."

"응?"

"올해 봄에 자네가 뭐에 홀린 것처럼 그리던 벚꽃 그림 말이야. 며칠 동안 일도 내팽개치고 커다란 캔버스에 계속 그려댔잖아. 난 그런 그림이 보고 싶군."

"아아, 확실히 그 그림은 지금까지 내가 그린 것 중에서 최고의 완성도였지만…… 인간 중엔 평범한 물감으로 그것보다 아름다운 걸 그릴 수 있는 사람이 얼마든지 있어."

"자네는 이상한 데서 겸허하군. 아니, 둔감하다고 하는 게 맞으려나?"

"무슨 의미지?"

"그러니까 내가 보고 싶은 건 말이지…….."

답답해하는 찰스가 내게 또 투덜대려고 할 때였다. 부엌에 갔던 인형 하나가 갑자기 넘어질 듯 달려오더니 급한 일이라는 듯 제자리에서 콩콩 뛰어댔다. 무슨 일인가 싶어 살펴보니, 그녀의 품 안에서 익숙한 마더구스가 흘러나오고 있었다.

"그래, 자네. 비번인 날에 미안하지만……."

일말의 예감과 함께 스마트폰을 받아들자마자 수화기 너머에서 들려오는 건 오늘따라 유난히 명랑한 상사의 목소리였다.

"마침 일손이 부족해서 말이야, 지원을 요청하고 싶군. 장소는 방금 메일로 보내두었네. 물론 대체 휴일은 나중에 사용해도 좋아. 그러니 투덜대지 말고 지금 당장 이동하도록."

나는 "싫어! 쉴 거야! 가고 싶지 않다고!" 떼쓰는 찰스를 안아들고 지하실 문을 통과했다. 문밖은 수많은 관광객으로 시끌벅적한 해수욕장이었다. 아무래도 해변가 상점의 뒷문과 연결되어 있었던 모양이다.

망막을 태울 듯한 여름 햇볕이 하얀 모래밭에 반사되어 나는 손차양을 했지만 햇볕은 생각보다 훨씬 강렬했다. 바

깔 온도도, 해변을 가득 메운 사람들의 열기도, 굽이치는 파
도 소리도.

"아아아…… 이런 데 있다간 몸에 모래가 다 묻어서 하얀
고양이가 되겠어. 햇살도 너무 눈부셔. 게다가 이렇게 정신
사나운 곳이라니…… 불과 유황의 비가 쏟아지는 소돔과
고모라가 따로 없군."

무릎 밑에서 찰스가 열심히 떠들어댔지만 그의 목소리는
당연히 나에게만 들린다. 이 자리에 다른 사신이나 사역마
가 있었다면 모를까, 일손 부족을 이유로 파견된 만큼 이곳
에 온 동종업계 종사자는 나뿐일 것이다.

계절은 한여름이었다. 완만하게 휘어지며 펼쳐진 광대한
해수욕장은 여름방학을 맞아 놀러 온 젊은이와 가족으로
가득했다. 해변 상점에서 파라솔과 돗자리를 빌려 앉은 내
시야에는 어딜 돌아봐도 사람, 사람, 사람만 보였다.

물가에 다가가기도 어려울 만큼 수영복을 입은 남녀노소
와 파라솔이 빽빽이 자리 잡은 해변의 풍경. 마치 형형색색
의 물건이 상자 가득 들어 있는 모습 같았다.

"이봐, 자네! 지금 느긋하게 일광욕이나 즐기고 있을 때
야? 이번 임종지키미 대상자를 찾아야 하잖아. 그럼 얼른
투명화해서……."

"모래밭에선 모습을 감춰도 발자국이 남아. 백주대낮에

괴기 현상을 일으켜서 소란이 일어나면 안 되잖아? 대상의 사망 예정 시각은 오후 4시부터 밤 9시 사이야. 4시까지는 아직 1시간도 남지 않았어. 자네의 수염에 기대를 걸어볼 게, 찰스."

"이렇게나 많은 사람 중에서 대상자 한 명을 찾아내라니, 여전히 고양이를 험하게 부려먹는군 자네는! 정말이지, 이 래서 여름은 싫다니까⋯⋯."

찰스가 불쾌해하는 이유도 이해는 가지만 그렇다고 나한 테 짜증을 내는 건 당치도 않다. 나도 일의 종류를 고를 수 만 있다면 그러고 싶다. 하지만 우리의 그 상사에게 대드는 건 과거로 돌아가 예수님과 악수하는 것만큼 말도 안 되는 일이다.

나는 답답함에 어깨를 으쓱거리며 평소 작업복인 검은 조끼 안쪽에서 스마트폰을 꺼냈다. 재빨리 메일 앱을 열고 상사가 보내준 대상자의 정보를 확인했다.

토와다 타이요, 20세, 대학생.

현 거주지는 여기서 차로 2시간 정도 걸리는 곳에 있는 도시였다. 그렇다면 그 역시 멀리서 휴가를 만끽하러 온 관 광객 중 한 명일 것이다. 메일에는 대상자의 얼굴 사진과 애 니마 시그널 데이터가 첨부되어 있었고, 우리는 그 정보를 토대로 이번 임종지키미 대상자를 찾아야만 했다.

애니마 시그널 데이터는 스마트폰에 내려받은 뒤 전용 앱으로 열면 대상의 혼이 가진 파장, 즉 애니마 시그널을 재현할 수 있다. 정말 편리해진 세상이다. 그리고 사역마들은 사람마다 지문처럼 다른 애니마 시그널을 감지할 수 있다.

그러한 능력을 사용해 많은 사람 속에서 임종지키미 대상자를 찾아낼 수 있도록 개발된 것이 바로 시그널 재현 앱이었다. 예전에는 무식해 보이는 기계를 전용 단말기로 사용했지만, 요즘은 무엇이든 스마트폰 하나로 해결된다. 옛날에 활동하던 사신들이 지금 우리를 보면 너무 편하게 일하는 거 아니냐고 따지고 들 게 틀림없다.

"우와~ 이런 데에 고양이가 있네?! 엄청 귀엽다~!"

그런데 메일을 확인하는 내 머리 위에서 갑자기 높은 톤의 목소리가 들려왔다. 무슨 일인가 싶어 고개를 들자 어느샌가 눈앞에 수영복을 입은 일본 여성 두 명이 서 있었다.

나이는 양쪽 모두 스무 살 정도로 보였는데, 노출이 꽤 심한 비키니를 입고 갈색으로 태운 피부를 대담하게 드러내고 있다. 한 명은 검은색 생머리카락이었고 다른 한 명은 밝은 갈색 머리카락이었다.

그녀들이 감탄하며 내려다보는 방향에는 내 무릎 위에서 몸을 둥글게 말고 있는 찰스가 있었다.

"오빠 고양이에요오? 밖에서도 얌전하게 있다니, 똑똑하네요~."

"네, 뭐…… 그런 말 자주 듣습니다."

"이름이 뭐예요?"

"찰스입니다."

"찰스? 그러면 남자애구나."

"검은 고양이는 불길한 이미지가 있어서 안 좋아했는데, 얘는 엄청 귀엽다! 다른 고양이들보다 털이 풍성하네요~!"

"히말라얀 고양이의 피가 섞여서요. 그리고 영국에서는 검은 고양이가 행운을 가져온다는 인식이 있습니다. 검은 고양이가 눈앞에 지나가면 좋은 일이 생긴다고 믿거든요."

"어, 정말요?! 그렇구나~ 처음 들어요~!"

"저기, 만져봐도 될까요? 해변에 고양이가 있는 건 처음 봐서……."

"얼마든지요. 무뚝뚝한 녀석이긴 합니다만."

더위와 소음에 심술이 난 찰스는 불쾌하기 이를 데 없다는 듯이 꼬리로 내 다리를 팡팡 때려댔다. 두 사람의 손길이 등을 쓰다듬는 와중에도 푸른 눈을 가늘게 뜨며 말없이 날 노려보고 있었다. 그런 표정으로 쳐다봐도 상대가 먼저 말을 걸어온 거니 내 잘못은 아니다.

"그런데 일본어 잘하시네요. 혹시 영국 분이신가요?"

"네. 하지만 일본에 온 지 오래됐거든요."

"지금은 일본에서 사세요오? 혹시 일본인하고 결혼하신 건가?!"

"잠깐 아키, 너무 단도직입적이잖아!"

검은 머리카락의 여성이 웃으며 갈색 머리카락의 여성을 팔꿈치로 툭 쳤다. 젊은 일본 여성 특유의 늘어지는 말투로 이야기하는 여성은 '아키'라는 이름인 것 같다.

아키라는 여자는 수영복도 화려한 형광색인데 반해 다른 한 명의 수영복은 수수한 색깔이었고 행동도 차분했다. 얼핏 어울리지 않을 것 같은 콤비였다. 하지만 서로 마주 보며 밝게 웃는 모습은 무척 죽이 잘 맞는 친구 사이처럼 보였다.

"어이~ 히요리, 아키! 갑자기 웬 헌팅을 하고 있어? 놔두고 간다!"

그런데 그때, 두 사람 뒤쪽에서 이번엔 남자 목소리가 들렸다. 그녀들이 돌아보자 이쪽을 향해 야유를 날리는 젊은 남녀의 무리가 보였다. 전부 스무 살 정도의 학생 같았다. 이름이 불린 두 사람은 찰스 같은 고양이는 저리 가라 할 만큼 간드러진 목소리로 "미안~!" 하고 말하며 웃었다.

그런데 갑자기 찰스가 몸을 쓱 일으켰다. 무슨 일인가 싶어 내려다보자 찰스는 무언가에 튕기듯 달려나갔다. 털이 더러워지는 것도 상관하지 않고 하얀 모래를 박차며 질주하더니 남녀 무리 중 한 명을 올려다보며 발을 멈췄다. 그러더니 마치 평범한 고양이 같은 울음소리를 내며 상대의 다리에 몸을 부볐다.

"어, 뭐야 타이요. 너도 여기 오자마자 인기 폭발이네?"

가장 눈에 띄는 장신의 청년이 찰스가 들러붙은 옆 청년의 어깨를 두들겼다. 놀림을 받은 건 빨간색 서핑 바지에 반소매 셔츠를 걸친, 성실해 보이는 인상의 청년이었다. 모두가 웃음을 터뜨리는 가운데 혼자 어쩔 줄 모르며 머리를 긁적이고 있다.

그런 청년을 슬쩍 올려다본 찰스가 뽐내듯 나를 돌아보았다. 나는 다시 한번 스마트폰 화면을 들여다보았다. 틀림없다. 저 청년이 이번 임종지키미 대상자, 곧 사망할 예정인 토와다 타이요였다.

여름이라는 계절은 해가 길어도 오후 7시가 넘어가면 하늘에서 밤의 장막이 내리기 시작한다. 그렇게나 왁자지껄하던 해수욕장도 오후 5시를 지날 무렵부터 조금씩 인파가 빠지기 시작하더니 어느새 쓸쓸한 분위기를 자아내고 있었다.

해변의 가게들은 오후 6시면 문을 닫는다. 바닷가에는 이제 사람이 거의 없었다. 그러나 토와다 타이요를 포함한 아홉 명의 학생 일행은 아직도 해변에 모여 있었다. 느슨하게 원을 그리며 앉은 무리의 한가운데에는 숯불 위에 올려진 음식들이 앙상블을 연주하고 있었다.

"고기 익었어. 먹을 사람 가져가!"

"가리비는 아직이야? 이제 대충 익지 않았을까?"

"누가 저기 있는 국수장국 좀 가져와 줘 국수장국! 그리고 나도 차 마실래!"

바비큐 화로 안에서 일렁이는 붉은 빛이 분위기에 들뜬 젊은이들을 어렴풋이 비추었다. 떠들썩한 대화가 쉴 새 없이 오갔기에 나는 벌써 꽤 오랜 시간 동안 고요함과는 거리가 먼 시간을 보내고 있었다. 그들은 한 대학의 동아리 친구들이었는데, 여름방학 추억을 만들기 위해 2박 3일 일정으로 놀러 왔다고 한다.

"그런데 저 친구, 좀처럼 안 죽는군. 예정 시각이 오후 4시부터 밤 9시 사이였지?"

"그래. 이제 곧 8시를 지나니까…… 거의 된 것 같은데."

"정말이지, 이쪽은 빨리 돌아가서 쉬고 싶은데 말이야. 학생들은 걱정거리가 없어 좋겠어."

"저 친구한텐 최후의 만찬이야. 조용히 지켜봐 주자고."

나는 그들이 빌려준 캠핑 의자에 앉아 무릎 위에 있는 찰스를 달랬다. 그는 아까부터 불평불만을 늘어놓았지만 입주변을 계속 핥는 모양새를 보면 지금 상황이 그렇게 싫지만은 않은 것 같다.

우리는 해변에서 임종지키미 대상자와 해후한 뒤 내게

먼저 말을 걸어왔던 두 여성, 히요리와 아키의 권유로 그들의 저녁 식사에 함께하게 되었다.

처음에는 역시 사양하려 했지만 토와다 타이요의 임종을 지켜보아야 하는 입장에서는 그들과 함께 행동하는 게 편리하긴 했다. 그래서 결국은 그들의 제안을 승낙한 후 식사를 얻어먹고 있었다.

학생들에게 귀염받는 걸 싫어하던 찰스도 생선회를 얻어먹은 뒤로는 얌전해졌다. 그전까진 쓰다듬거나 안아 올릴 때마다 불쾌한 티를 냈지만, 식탁에 생선회가 올라오자마자 낯가리는 고양이처럼 얌전해졌다.

……여기선 은하수가 잘 보이는군. 나는 학생들의 대화를 라디오 소리처럼 흘려들으면서 혼자 밤하늘을 올려다보았다.

머리 위에 펼쳐진 칠흑의 세계에는 하늘을 가득 메울 정도는 아닐지라도 적지 않은 숫자의 별이 반짝이고 있었다. 특히 바다 위로 솟구치듯 반짝이는 은하수는 형용하기 어려울 정도의 아름다움이었다.

이렇게 보니 은하수가 마치 우주를 향해 헤엄쳐 올라가는 동양의 용 같았다. 나도 바다를 헤엄쳐가서 저 먼 수평선까지 도달할 수 있다면 은하수와 함께 하늘로 올라갈 수 있지 않을까 상상하게 된다. 은하수 위에 떠 있는 배는 나를 성운을 사이에 두고 반짝이는 베가와 알타이르인 견우와 직녀와 만나게 해줄 수 있을까?

나는 두 항성을 가만히 올려다보며 내가 낮에 그렸던 가짜 은하수를 떠올렸다. 찰스가 말한 대로 역시 내 작품은 진짜에 한참 미치지 못한다.

하지만 만약 그가 말한 '부족한 것'을 보완할 수 있다면…… 그때는 내 가짜 그림도 조금은 빛날 수 있게 될까? 그렇게 되면 그 벚꽃 그림을 그릴 때의 감정을 다시 한번 떠올릴 수 있게 될까?

"저기…… 필요하시면 맥주 더 드릴까요?"

그렇게 멍하니 사색에 잠겨 있을 때 갑자기 누군가가 말을 걸어왔다. 높지도 낮지도 않은 남자의 목소리에 시선을 지상으로 내리자 빨간색 서핑 바지를 입은 청년이 나를 들여다보고 있었다.

"……토와다 타이요 군이라고 했지?"

"앗, 네. 제 이름을 기억하셨네요. 이거, 괜히 죄송하네요. 저희 여자애들이 억지로 데려와서……."

"아니, 괜찮아. 그 덕분에 나도 유익한 시간을 보내고 있으니까."

"그, 그러세요? 그럼 다행이고요."

내가 혼자 학생 무리에서 벗어나 있던 것을 신경 써준 것일까. 타이요는 안심했다는 듯이 수줍게 헤헷 하고 웃었다.

말투는 껄렁했지만 그가 본질적으로 성실하고 배려하는 성격이라는 건 딱 보면 안다. 그의 머리카락은 염색한 흔적이 전혀 없었고 목걸이나 귀걸이 같은 화려한 액세서리도 끼고 있지 않았다.

사이가 안 좋은 건 아니지만 한 발 떨어진 곳에서 친구들을 세심히 살피고 있다. 그런 성품이 언동에서 배어나오는 청년이었다. 머리 쪽에 손이 가는 건 곤란해할 때나 부끄러워할 때의 습관인지 지금도 내 눈앞에서 뒷머리를 긁적이고 있었다.

"저기, 옆에 앉아도 될까요?"

"얼마든지."

"그럼 실례 좀 하겠습니다. 아, 그렇지. 맥주를 가져왔는데요……."

"그럼 잘 마실게. 미안하군. 처음부터 끝까지 얻어먹기만 해서."

"아니요, 저희가 초대한 건데 이 정도야 뭐. 오히려 이런 싸구려 술밖에 없어서 죄송해요."

"난 술 종류에는 얽매이지 않는 편이라 괜찮아. 그보다도 모처럼 온 여름 여행의 추억에 내가 방해가 되지 않았길 바라는데."

"아, 그건 괜찮아요! 오히려 잘생긴 외국인이 와줬다고 쟤들도 잔뜩 신났거든요. 그건 그렇고, 정말 일본어가 유창하시네요. 여기서 사신지 오래되었나 봐요?"

"응. 그리고 영국에 살 때부터 일본에 관심이 있었거든."

숨 쉬듯 자연스럽게 무난한 대답을 내놓았을 때 무릎 위에 있던 찰스가 재채기 같은 몸동작을 했다. 실제로 타이요에게도 단순한 재채기로 보였을 것이다.

하지만 사실은 달랐다. 방금 그건 코웃음을 친 것이다. 사신은 사신으로 각성한 순간부터 모든 언어를 말하도록 만들어졌고 내가 영국에서 일본으로 전근 온 건 작년 말이었기 때문이다.

"헤에, 그러셨구나. 그럼 저하고 비슷하네요."

"자네하고?"

"네. 전 반대로 해외에 관심이 많아서요. 솔직히 영어는 한마디도 못 하지만, 막연하게 유학 가고 싶다는 생각을 해요. 유학 후보지 중에 사실 영국도 있거든요."

"유학이라, 그것 참 의욕적이군. 그런데 해외에는 왜?"

"음…… 뭐, 이유야 많죠. 뭐랄까, 저에게는 이렇게 되고 싶다, 저렇게 되고 싶다 하는 장래희망 같은 게 별로 없거든요. 하지만 그냥 이대로 무난히 살다가 무난히 죽어도 괜찮은 건가? 싶은 초조함 같은 것도 느껴지고…… 그래서 세상의 다양한 것을 많이 구경해보고 제가 진정으로 하고 싶은 일을 찾고 싶어요. 굳이 유학이 아니더라도 휴학하고 워킹홀리데이나 배낭여행을 가도 괜찮을 것 같고요. 뭐, 그러려면 우선 돈이 없으면 아무것도 안 되니까, 지금은 학업은 뒷전이고 주구장창 아르바이트만 하고 있지만요."

타이요는 그렇게 말하며 또 머리를 긁적이더니 쓴웃음과 함께 자기의 꿈 이야기를 해주었다. 아마 그는 세상이나 주변 사람뿐만 아니라 자기 인생까지도 한 발 떨어진 곳에서 세심히 관찰한 끝에 그렇게 해야겠다는 결론에 도달했으리라. 나는 그의 미소를 바라보며 오늘 오후 상사에게서 받은 메일 내용을 떠올렸다.

토와다 타이요, 20세, 대학생. 부모님은 두 분 모두 건강하시고 위로는 형, 밑으로는 여동생이 있다. 경제적으로 풍족한 가정에서 자라나 윤택하면서도 평범한 인생을 살아왔다. 적어도 나는 그 자료를 그렇게 받아들였다. 그리고 그의 이야기를 들어보면 내 예상과 크게 다르진 않은 것 같다.

그러나 그의 인생은 이제 곧 끝난다. 내가 꺼낸 회중시계의 문자반은 어느새 오후 8시를 가리키고 있었다. 그의 사망 예정 시각 종료까지 앞으로 1시간 남았다.

우리 상사의 결정은 절대적이다. 설령 천지가 뒤집히고 땅이 갈라져 지상에 지옥이 강림하더라도 대충 넘어가는 일은 없다. 그는 죽는다. 언젠가 넓은 세상으로 나가서 꿈을 펼칠 날을 꿈꾸는 채로.

"타이요, 이게 마지막 고기야. 이제 슬슬 그거 보러 갈 거지? 빨리 먹어."

그때 검은 머리카락을 포니 테일로 묶은 여자가 다가와 타이요에게 종이접시를 내밀었다. 아까 낮에 내게 말을 걸었던 여성 중 한 명인 아즈마 히요리였다.

해가 지기 전에는 대담하게 살을 드러냈던 그녀도 지금 시간에는 역시 웃옷을 걸치고 있었다. 하지만 셔츠 밑으로 드러난 다리는 그대로 노출되어 있어 날씬하게 뻗은 각선미가 시선을 빼앗았다. 아무리 봐도 평소에 꾸준히 운동한 사람의 다리였다. 온화한 행동거지 속에서도 발랄한 인상을 받았던 건 본능적으로 움직이기 좋아하는 성격이기 때문인 듯했다.

"어, 고마워. 벌써 그렇게 됐나? 그럼 이거 먹고 이동해야겠네."

"또 어디로 가야 하나 보지?"

"네. 실은 소소한 깜짝 이벤트가 준비되어 있거든요. 여기서 걸어서 20분 정도 가면 밤에만 볼 수 있는 좋은 게 있는데요, 괜찮으시면 같이 가시겠어요?"

타이요는 건네받은 두 개의 접시 중 하나를 내게 내밀더니 구김살 없이 웃으며 말했다. 밤에만 볼 수 있는 좋은 게 뭘까? 내가 고개를 갸웃거리는 사이, 몸을 일으킨 찰스가 종이접시에 앞발을 뻗고 있었다. 아무래도 꼬치구이의 닭고기를 먹고 싶은 듯했다.

"괜찮다면 꼭 동행하고 싶군."

"그럼 같이 가요. 너무 열심히 먹기만 하느라 천천히 대화도 못 나눴잖아요. 영국 사실 때 이야기를 들어보고 싶어요. 외국 분하고 대화해보는 게 처음이거든요."

대답한 건 타이요가 아닌 히요리 쪽이었다. 타이요와 동갑이라고 들었지만 시원시원하게 정중한 일본어로 이야기하는 여성이었다. 부모의 교육이 철저해서일까? 아니면 손님 접대하는 일을 많이 해봐서일까?

나는 양념 없이 소금과 후추로만 간이 된 닭고기를 찰스 앞에 내밀며 히요리를 관찰했다. 사람들을 만나면 나도 모르게 프로파일링 하게 되는 게 내 오랜 나쁜 습관이다. 인간 관찰을 즐기는 사신은 많지만 내 경우는 도가 지나치다고 전에 찰스에게 혼난 적도 있었다.

"내 이야기도 괜찮다면 얼마든지. 하지만 별로 재미있는 이야기는 할 줄 모르는데."

"아하하~ 괜찮아요. 실은 여기 있는 타이요가 외국으로 유학 가고 싶어 하거든요. 그래서 영국 생활이나 일본으로 오시게 된 사정 같은 걸 이것저것 이야기해주시면…….”

“히요리, 나도 아까 그 이야기 했었어.”

타이요는 반쯤 검게 타버린 양배추를 먹으며 쓴웃음을 지었다. 그러자 히요리는 “앗, 그랬어?” 하고 가볍게 놀라더니 다음 순간 뺨을 붉혔다.

“그, 그러면 빨리 먹고 이동하자. 대체 뭘 보여주려는 건지 정말 궁금하거든.”

“그래. 짐은 일단 여기에 두고 갈 거니까 쟤네들한테도 그렇게 전달해 줘.”

타이요의 말에 히요리는 고개를 끄덕이더니 몸을 돌려 무리로 달려갔다. 그런 그녀의 모습이 나에게는 마치 무언가로부터 도망치려는 것처럼 보였다. 내심 어라, 하고 짚이는 게 있었다.

“자네하고 저 아이는 흔히 말하는 연인 사이인 건가?”

생각난 것을 솔직하게 질문하자 캔맥주를 들이켜던 타이요가 갑자기 켁켁거렸다. 입속의 액체를 내뿜을 듯한 기세였기에 닭고기를 음미하던 찰스가 펄쩍 뛰며 놀랐다.

“아, 아니…… 아니에요.”

“그래? 괜한 질문을 했나 보군.”

“아뇨, 뭐…… 그렇게 되면 참 좋겠다는 생각은 늘 하지만요…….”

쉰 목소리로 작게 속삭이고 나서, 타이요의 귀가 점점 빨개지는 게 보였다. 자기가 한 말에 자기가 부끄러워진 모양이다. 그는 셔츠 소매로 입가를 닦는 시늉을 하며 내게서 몇 초 동안 얼굴을 돌렸다.

"……아니, 오늘 처음 만난 사람한테 내가 뭔 소릴 하는 거지. 죄송해요, 그냥 잊어주세요……."

"잊어달라고 하면 잊어야겠지. 그런데 고백은 하지 않을 건가?"

"아, 아니, 그러니까……!"

"아까 반응을 보면 저 아이도 자네를 마음에 두는 것 같던데. 적어도 전혀 가능성이 없지는 않을 거야. 어쩌면 나를 이 자리에 부른 것도 영국인인 나를 자네와 만나게 해주려는 의도였는지도 모르지."

타이요는 여전히 새빨갛게 상기된 얼굴로 뭐라 반박하려 했지만, 몇 번을 떴다 다물었다 하는 입술에서는 결국 아무 말도 흘러나오지 않았다. 이윽고 단념한 듯이 이마를 감싸더니 뜨거운 사우나에서 방금 나온 것처럼 힘없는 한숨을 쉬었다.

"……역시 영국인이라 그런가, 셜록 홈즈 같네요."

"난 홈즈처럼 화려한 추리를 펼쳐 보인 건 아냐. 오후부터 자네들을 유심히 지켜봤으면 누구라도 알 수 있었을걸."

"하지만 전…… 꽤 진지하게 유학을 생각 중이라서요. 그렇게 되면 일본을 떠나야 하니까 지금 관계를 유지하는 게 가장 낫지 않나 싶어서……."

찰스가 방금 놀라는 바람에 떨어뜨린 닭고기를 노려보며 원망을 담아 비아냥거렸다.

"……'여자를 사랑하면서 무언가를 이룩하는 건 힘들다'라는 소리군."

모래밭에 떨어진 닭고기는 이미 모래범벅이 되어 아무리 찰스라도 먹지 못할 수준이었다. 찰스가 내뱉은 톨스토이의 격언을 흘려들으며 나는 타이요에게 말했다.

"그래도 고백하는 게 낫지 않을까?"

"네?"

"아무 말도 하지 않고 후회를 남기는 것보다는 나아. 난 자네가 진정 원하는 걸 따라가야 한다고 생각하네."

그때 내 기억 깊은 곳에서 먼 곳을 바라보는 한 노인의 옆얼굴이 흩날리는 꽃잎처럼 하늘거렸다. 그런 나를 쳐다보는 타이요는 의외라는 듯이 눈을 동그랗게 떴다.

그는 지금부터 1시간 안에 내 속마음을 알아차릴 수 있을까? 밀려왔다 멀어져가는 파도 소리가 우리 사이에 내려앉은 침묵의 의미를 씻어내 주었다.

학생들과 함께 바비큐를 즐긴 곳에서 서쪽으로 20분 정도 걸어가자 모래밭이 뚝 끊어졌다. 거기서부터는 살짝 융기된 지형 위로 잡목림이 펼쳐져 있었다. 소나무가 많은 걸 보면 인공적으로 조성된 방사림防沙林인 듯했다.

목적지는 그 숲을 빠져나간 곳에 있었고 모임의 간사인 타이요가 선두에 서서 일행을 인솔했다. 이야기를 들어보면 그의 옆에서 걸어가는 히요리조차 이제부터 무얼 보러 가는지 전혀 모른다고 한다.

무지라는 이름의 행복에 젖은 그들의 담소를 들으며 나는 다시금 회중시계를 꺼냈다. 런던 시절부터 써온 애용품을 별빛에 비추어본다. 8시 29분. 이제 남은 시간은 31분. 걸어가는 동안 내 심장 박동 소리가 초침 소리와 겹쳐졌다.

"다 왔어!"

이윽고 숲을 다 빠져나왔을 무렵, 파도 소리가 우리의 귀를 때렸다. 그와 동시에 모두가 일제히 환호성을 질렀다. 숲의 끝은 모래밭이 아닌 암초였다. 어둠 속에 검게 드러난 거대한 바위에 파도가 부딪치며 흩어졌다.

하지만 우리가 주목해야 할 대상은 하마터면 우리를 집어삼킬 뻔했던 파도의 포효가 아니었다. 타이요가 말한 좋은 것이란 아마도 그 앞의 물가에서 춤추는 무수한 지상의 별일 것이다.

"우와~ 이건…… 설마 반딧불이……?!"

명멸하며 날아다니는 빛의 무리. 그건 다름 아닌 반딧불이였다. 파도의 윤무곡에 맞추어 춤을 추듯이, 상당한 숫자의 반딧불이가 밤의 어둠을 장식하고 있다.

그들은 크고 작은 바위 사이로 뻗은 관목에 잠시 멈춰 쉬기도 하고, 공중에서 친구들과 장난치기도 하면서 꿈처럼 환상적인 풍경을 자아내고 있었다. 일주일가량의 짧은 생명을 태워 한정된 시간을, 한정된 삶을 만끽하기 위해서.

"……놀랍군. 설마 이런 해변에 반딧불이가 서식하다니."

"그렇죠? 여긴 같이 아르바이트 하는 선배가 알려준 곳인데, 실은 저쪽이 얕은 바다가 아니라 강의 하구라나 봐요. 그래서 반딧불이가 모여드는 거죠. 정말 놀랍죠?"

그러고 보니 바위 밑에 바닷물이 있으면 저런 식으로 풀이나 나무가 무성하게 자라진 않는다. 파도 소리 사이로 희미하게 들리는 물소리는 바닷물이 아닌 시냇물 소리였던 걸까. 하늘을 올려다보면 성운을 몸에 두른 채 우주로 향하는 거대한 용이 헤엄치고 있다. 그 용과 함께 하늘을 장식하는 반딧불이들.

나는 눈앞에 펼쳐진 광경을 순수하게 아름답다고 생각했다. 그래서 그 모든 것을 망막에 새겨두었다. 잔물결이 만들어내는 거품의 음색이나 머리카락 한 올 한 올을 어루만지는 바닷바람 냄새조차 잊고 싶지 않았다. 하룻밤 자고 나면 물거품처럼 사라질 감정이라는 걸 알면서도 말이다.

"쩐다~! 저기, 사진 찍자 사진! 인스타에 올리면 좋아요 대박 날지도!"

"이런 게 대박이 날까? 따지고 보면 그냥 반딧불이인데?"

학생들은 신이 나서 그런 대화를 주고받았다. 그들은 물가에서 사진을 찍거나 반딧불이 무리를 향해 뛰어들며 소란을 피웠다. 나는 그런 모습을 근처에 앉아 바라보았다. 내게 같이 사진을 찍자고 조르는 학생도 있었다.

하지만 그런 떠들썩함 속에서 문득 시선을 옮기면 다른 이들과 조금 떨어진 바위 위에 나란히 앉은 타이요와 히요리의 모습이 보였다.

"정말 예쁘다. 나 반딧불이 보는 거 어릴 때 이후로 처음이야."

"나도 옛날에 할아버지 댁에서 본 게 마지막 같은데, 할아버지 돌아가신 후로는 전혀 못 봤어."

"반딧불이를 볼 수 있는 장소 자체가 줄어든다고 하잖아. 여기, 미리 사전답사라도 해둔 거야?"

"아, 응…… 뭐, 일단은. 여길 알려준 선배도 한동안 못 가 봤다고 했었으니까."

"그랬구나. 일부러 사전답사까지 해준 거였어. 고마워. 데려와 줘서. 분명 평생 남을 추억이 될 거야."

히요리가 그렇게 말하며 미소 짓자 타이요가 머리를 긁적이는 게 보였다. 나는 그들에게서 시선을 돌려 뚜껑을 열어둔 회중시계를 내려다보았다. 8시 42분.

"저…… 저기 말이야, 히요리."

그때 무언가를 결심한 듯한, 그리고 조금 겁먹은 것 같기도 한 타이요의 목소리가 들렸다.

"아니, 뭐…… 이렇게 갑자기? 라고 생각할지도 모르지만 말이야. 특별히 술기운 때문에 이러는 건 아니고……."

"응."

"지금까지 쭉…… 하고 싶은 말이 있었어. 갑자기 이런 말을 하면 곤란해할지도 모르지만…… 나……난 말이야. 전부터 히요리를……."

다음 순간, 내 청각이 인식한 건 타이요의 목소리가 아닌, 그것을 지워버릴 만큼 성대한 물소리였다. 결심을 방해받은 타이요가 흠칫 하며 소리가 난 쪽을 돌아보았다.

그의 시선이 향한 곳에서 하얗게 부서지는 물보라가 솟구치고 있었다. 큰 바위에 올라간 남학생들이 바다로 다이빙하기 시작한 것이다. 처음 뛰어들었던 청년이 금세 물 위로 떠오르더니 크게 숨을 들이쉬며 웃음을 터뜨렸다.

"대박, 이거 장난 아니야! 타이요, 너도 어서 뛰어들어!"

여행의 즐거움에 술기운까지 더해지면서 일종의 흥분 상

태에 빠진 듯했다. 남학생들은 위험 따위 신경 쓰지 않고 차례 차례로 바다로 뛰어들고 있었다.

위험하다고 경고하는 학생들도 진지하게 걱정하는 눈치는 아닌 듯 웃으며 사진을 찍거나 환호하고 있었다.

나는 그들을 막을 수도 있었다.

"타이요, 안 하는 게 좋을 것 같아."

하지만 타이요는 말리는 히요리의 목소리를 뿌리치고 괜찮다고 웃더니 달려가 버렸다. 돌들 위를 빠르게 건너가서 친구들을 따라 큰 바위 위로 올라가기 시작했다.

"저기서 뛰어내리는 데 성공하면 저 아이에게 사랑을 고백할 생각일까?"

찰스는 재미있다는 뉘앙스로 말했다.

"……이걸 맡아줘."

나는 대답 아닌 대답을 하고 그의 목에 회중시계를 걸어주었다.

"잘 다녀오라고."

찰스의 푸른 눈동자가 반짝인 것 같은 느낌이 들었다. 그와 동시에 타이요가 바위를 박차며 다리 쪽부터 바다에 뛰어들었다.

하지만 도약하는 순간에 살짝 미끄러진 것일까. 그의 몸은 공중에서 불안정하게 기울어지더니 결국 등부터 바다에 내동댕이쳐졌다. 학생들의 웃음소리가 터져 나왔다. 분명 다이빙에 실패한 타이요의 모습이 우스꽝스럽게 보인 것이리라.

찰스의 목에 걸어둔 회중 시계 바늘이 조용히 움직였다. 타이요는 물 밖으로 올라오지 않는다. 가장 먼저 무언가 잘못되었음을 알아챈 히요리가 자리에서 일어났다. 학생들은 타이요가 장난치는 줄 알았는지 물장난을 하며 농담을 주고받거나 웃음을 터뜨리고만 있었다.

"저기, 타이요는?!"

물가까지 달려간 히요리가 비명 같은 목소리로 외쳤다. 한 차례 파도가 지나가고 조용해진 가운데, 어둠 속에서 다른 학생들의 얼빠진 얼굴이 떠올랐다.

그런 그들 옆을 빠져나와 나는 명부로 향하는 계단을 내려가듯이 바다로 들어갔다. 누군가가 제지하는 목소리가 들렸을 무렵에는 나 역시 액체화된 어둠 속에 있었다.

†

오늘은 달이 뜨지 않았다. 그래서 반딧불이를 보기에 안성맞춤이라고 생각했다. 반딧불이는 달빛이 없는 날일수록 활발하게 움직인다고 한다. 그래서 여행 일정도 일부러 달이 없는 날로 골랐다.

결과적으로 내 선택은 틀리지 않았다고 생각했다. 시커먼 바다에 삼켜지고 엄청난 양의 바닷물을 마시며 어디가 위고 어디가 아래인지조차 알 수 없게 될 때까지는.

잘못 낙하하며 해면에 부딪친 등이 아파왔다. 설마 이 정도로 아플 줄은 상상조차 하지 못했기에 가라앉는 순간 혼란에 빠져 물을 마시고 말았다.

그랬더니 목구멍이 강하게 죄어들며 숨을 쉴 수 없었고, 발버둥 치면 발버둥 칠수록 점점 깊이 가라앉았다. 몸이 전혀 위로 떠오르지 않는다. 혹시 나는 지금 해저 쪽으로 개헤엄을 치고 있는 것일까? 달빛이 없는 탓에 수면이 어느 쪽인지도 알 수 없었다.

누가 좀, 살려줘!

입에서 거품을 뱉으며 필사적으로 외쳤다. 다들 가까이에 있을 것이다. 분명 있을 텐데, 보이지 않았다. 들리지 않았다. 고막을 흔드는 건 동정하는 웃음처럼 흔들리다 사라지는 거품 소리뿐이다. 정신을 차리고 보니, 나는 어느새 마음속으로 히요리의 이름을 부르고 있었다.

히요리. 나 말이야, 널 좋아했다고. 내가 아무리 바보 같은 소릴 해도 절대 화내지 않고, 하찮은 이야기든 진지한 이야기든 잘 들어주잖아. 네가 웃으면 태양이 높이 뜬 것처럼 눈부시다고 생각했어. 유학 가고 싶다는 내 꿈도 비웃지 않고 응원해줬지. 그래서 좋아한다는 말을 꺼낼 수 없었어. 마음을 전할 수 없다면, 하다못해 최고의 추억을 만들고 싶었던 거야. 그것뿐이었어.

그런데 어째서. 뭐야 이거, 대체 뭐냐고!

"토와다 타이요 군."

점점 아득해지는 의식 속에서 나는 누군가의 목소리를 들은 것 같은 느낌이 들었다. 아아, 이 목소리는.

"유감스럽지만 자네는 여기서 죽어. 몰랐겠지만 나는 사신이야. 자네의 혼을 저승에 보내주러 왔어."

아무것도 보이지 않는다. 아니, 아무것도 보이지 않을 텐데도 갑자기 내 앞에 검은 옷의 젊은 남자가 불쑥 나타났다. 물에 빠진 내 앞에서 그는 우아하게 물속을 떠다니고 있었다. 죽어가는 내게 손을 뻗어주지도 않고 말이다.

"그래서 후회를 남기지 말라고 한 거였는데 말이야."

물속에서 어떻게 말을 할 수 있는 걸까? 검은색 머리카락에 하얀 피부. 남자는 전신이 흑백이었다. 유일하게 노을처럼 붉은 눈동자만이 유독 인상적이다. 결국 발버둥 칠 힘마저 잃어버린 나는 천천히 가라앉아가며 입을 열었다.

죽고 싶지 않아.

목소리는 나오지 않았던 것 같다. 하지만 입술의 움직임을 읽었는지, 아니면 내 마음속을 읽었는지 몰라도 사신은 살짝 눈썹을 찡그렸다.

아직 죽고 싶지 않아. 나는 하고 싶은 일이…… 유학도 가고 싶고, 히요리도…….

인생 최후의 꿈속에서 사신의 손가락이 내 뺨을 어루만졌다.

"다음 생이 있어."

의식이 끊어지기 직전에 그가 꺼낸 것은 위로의 말…… 이었을까?

"거기서 자네는 다시 한번 그녀와 사랑을 하게 될 거야."

……뭐야 그게.

최후의 순간, 나는 웃고 말았다. 내가 생각해도 우는지 웃는지 모를 어설픈 웃음이었다. 하지만 사신이 하는 말이니만큼 한 번쯤 믿어 봐도 좋지 않을까? 1년에 한 번만 만날 수 있다는 견우와 직녀처럼, 나도 다음 삶에서는 너와 평생한 번 있을까 말까 한 사랑을 하게 될 거라고.

그렇게 생각한 순간, 몸이 쑥 가벼워지는 것 같은 느낌이 들어서 나는 생각했다. 아아, 이제 괴롭지 않네, 하고 말이다.

✝

틀어놓은 TV에서 익사 사고 뉴스가 흘러나오고 있었다. 장래 유망한 젊은이가 바다에 빠져 불귀의 객이 되었다는 흔해 빠진 뉴스였다. 함께 바다로 놀러 갔던 친구들은 그가 빠졌다는 걸 한동안 인식하지 못했다고 한다. 그는 누구의 도움도 받지 못한 채로 죽었다.

오직 혼자서, 시커먼 밤바다에서.

"남자 대학생 사망. 음주 후 바다로 뛰어들어……."

나는 TV에서 흘러나오는 목소리를 들으며 찻잔을 든 채로 모니터 화면을 스크롤로 내렸다. 자극적인 제목이 붙은 인터넷 뉴스 기사에는 수많은 댓글이 달려 있었고, 내 눈은 그것들을 천천히 읽어 내려갔다.

"술 마시고 밤바다에 뛰어들다니, 멍청하다는 말 밖에 안 나온다." "그러면 죽는다는 생각을 왜 안 했는지가 오히려 의문. 사고가 아니라 자살이지." "수많은 사람에게 민폐나 끼치고. 젊은 혈기 탓으로만 치부할 수 없는 문제다. 부모 얼굴이 궁금하군."

……어째서일까. 가슴이 답답해졌다. 런던의 스모그로 폐가 채워지는 듯한 느낌에 나는 눈썹을 찌푸렸다. 이런 뉴스는 일상다반사였다. 평소 같으면 별 관심이나 감정을 갖지 않고 구급차의 사이렌 소리처럼 무시하고 넘어갈 일일 텐데……

"이봐, 내가 배가 고프군."

발밑에서 말하는 찰스의 목소리를 들으며 컴퓨터 전원을 껐다. 하는 김에 TV도 끄고 천천히 자리에서 일어났다.

찰스는 밥을 먹는 줄 알고 고양이 같은 울음소리를 내며 따라왔다. 하지만 나는 그를 무시하며 발걸음을 돌렸다. 등 뒤로 쏟아지는 비난의 목소리를 듣는 둥 마는 둥 하며 햇볕이 잘 드는 아틀리에로.

아틀리에 입구에 들어서자마자 가까운 벽에 있는 스위치를 눌렀다. 남향 쪽 창문에 쳐진 커튼이 자동으로 걷혔다. 암실이나 다름없던 실내가 햇볕에 씻겨나갔다.

벽과 바닥에 튄 무수한 색채의 중심에 하얀 천을 덮어놓은 이젤이 있었다. 나는 성큼성큼 이젤로 다가가서 비밀의 베일을 걷어냈다. 천 밑에서 드러난 건 은하수였다. 바로 어제 내가 완성한 그림이다.

그림 안에는 별의 강으로 빨려들어 가듯 날아오르는 무수한 반딧불이의 빛이 있었다.

"이봐, 내가 배가 고프다고."

뒤따라온 찰스가 바로 뒤에서 똑같은 말을 낭독했다. 내가 그의 항의를 들어줄 때까지 끈질기게 물고 늘어질 작정 같다.

그러나 나는 하늘로 날아오른 반딧불이 무리에서 어째선

지 눈을 뗄 수 없었다.

어젯밤, 나는 무슨 심정으로 이 그림을 그렸던가? 어떤 심정으로 토와다 타이요에게서 받은 양지陽地의 색인 영혼 조각을 녹여 이 그림을 완성했을까? 떠올리고 싶지만 떠올릴 수 없었다. 그저 결정화되지 않는 눈물이 뺨을 적실 뿐이었고, 나는 희미하게 놀라며 퍼뜩 정신을 차렸다.

"……찰스. 내가 지금 왜 울고 있는 거지?"

나는 뺨을 타고 흘러내리는 물방울을 손끝으로 닦아내며 물었다. 찰스는 대답하지 않았다. 여름의 햇빛을 반사한 물방울은 글자 그대로 무색투명했다. 매미 울음소리가 여름을 어딘가로 실어 나르고 있었다.

제3화

여고생과 노을

학교 옥상에 들어가는 건 생각보다 쉬웠다. 요즘 인터넷은 정말 편리하다. 주변에서는 절대 구할 수 없는 물건을 클릭 한 번으로 살 수 있고, 온갖 지식과 기술에 관한 설명은 동 영상으로 제공된다.

나는 몇 번이고 연습했던 자물쇠 따기 기술로 옥상 문을 열고 홀연히 한 걸음 내디뎠다. 쌀쌀한 가을바람이 교복 치 마를 펄럭였다. 함께 휘날리는 머리카락을 붙잡으며 하늘을 올려다보았다. 여긴 얼마만큼이나 천국과 가까울까.

그런 몽상에 잠긴 내 머리 위로 예쁜 V자 대형을 이룬 기 러기 떼가 날아가고 있었다. 그들의 앞길에는 청소용 솔로 닦아낸 것 같은 얇은 구름을 죽어가는 태양이 단말마의 붉은색으로 적시고 있었다. 피가 번지고 있는 듯한 빨간 하늘이다. 어쩜 이렇게도 아름다울까, 하고 나는 감탄의 한숨을 내쉬었다.

"첫 기러기 울며 하늘 건너네. 속세 사람들 마음속 가을을 슬퍼하며."

헤이안 시대의 시를 모은 시 모음집 『고킨와카슈』에서 가장 좋아하는 시를 중얼거리며 나는 펜스를 향해 걸어가기 시작했다. 아무도 오지 않는 옥상에 방치된 펜스가 을씨년스럽게 찌그러져 하늘을 올려다보고 있었다.

마치 지금 내 모습 같다. 부풀어 오른 동정심과 함께 손을 뻗어 한때는 따뜻한 녹색이었을 펜스의 철조망을 슬며시 어루만졌다. 어루만지며 바라본 그 뒤편에는 정신이 아찔해지는 광경이 펼쳐져 있었다.

멀리 구불구불한 능선 밑으로 가라앉는 석양이 무언가를 원망하듯 온 세상을 새빨갛게 불태우고 있었다. 덕분에 붉고 노랗게 물든 산들이 더욱더 돋보이며 눈부실 만큼 반짝거리고 있었다.

나는 더는 참지 못하고 서둘러 펜스를 넘었다. 찌그러진 펜스는 살짝 기울어지면서도 내 몸무게를 버텨주었기에 고맙다는 말이 하고 싶어졌다. 나는 간신히 옥상 끝자락에 내려섰다.

가을바람이 온몸으로 느껴진다. 시원하기 그지없는 기분이었다. 이렇게 마음이 가벼운 건, 어쩌면 태어나서 처음인지도 모르겠다.

나는 소위 말하는 '필요 없는 아이'였다고 한다. 어머니가 시집 간 곳은 전통이란 개념이 폭주하며 태어난 괴물, 즉 명문가였다. 평범한 회사에서 평범하게 아버지와 만나 평범한 결혼을 한 어머니로서는 살아가기가 매우 거북한 장소였다.

조부모의 바람대로 시집살이를 시작한 것까지는 좋았지만, 옛날이야기 속 요괴 같은 할머니에게 매사 구박받아야 했고 친척들이 모일 때마다 가문의 수준 차이를 들먹이며 비웃음을 당해야 했다.

대체 이게 어느 옛날 옛적 이야기냐고 생각할지도 모르지만, 시대가 바뀌고 다양한 자유를 만끽할 수 있게 된 현대에도 그런 멍청한 우월감에 매달릴 수밖에 없는 가엾은 생명체가 존재하는 법이다.

사람 보는 눈이 없어 그런 비非 지적생명체의 소굴로 시집 간 어머니의 결혼 생활은 처참하게 막을 연 만큼 처참하게 막을 내렸다.

애타게 기다리던 첫 손주가 여자아이임을 알자 실망한 조부모는 아버지에게 다른 여자를 맺어주었고, 위자료를 청구한 어머니를 "돈만 받고 나가준다면 오히려 감사하지"라고 비웃으며 내쫓았다. 덕분에 나는 상식이 결여된 아버지나 조부모와 철들기 전부터 분리될 수 있었다. 그 뒤로 얼굴도 모르는 아버지가 어떤 인생을 살았는지는 전혀 모르고 관심도 없다.

가까운 가족이나 친척이 없었던 어머니는 나를 키우기 위해 누구의 힘도 빌리지 않고 열심히 일하셨다. 금전만능주의도 아닌 가문만능주의인 인간들에게 제멋대로 휘둘리며 눈물짓던 시간이 어지간히 억울했던 것이리라.

배 아파 낳은 자식만큼은 절대 비참한 일을 겪지 않도록 어머니는 온 힘을 다한 애정을 쏟으면서도 나를 엄격하게 교육시켰다.

어디 내놓아도 부끄럽지 않은 딸로 만들기 위해 어릴 때부터 영재교육을 시키고 비싼 신발과 옷을 입히는 등 '장래 유망한 이상적인 딸'이라는 틀에 나를 끼워 맞추기 위해 혈안이 되었다. 나도 그런 어머니의 애정에 보답하기 위해 있는 힘껏 이상적인 딸을 연기해왔다.

……중학생이 되기 전까지는.

우리 모녀가 어딘가 이상하다는 걸 처음으로 깨달은 건 사춘기에 접어들었을 때였다. 어느 날 입을 열 때마다 "엄마가~" "엄마는~" "엄마하고~"라는 말부터 꺼내는 나를 보고 친구가 "카에데의 세상은 항상 어머니가 중심이구나"라고 평가했다.

그 말을 듣기 전까지는 그것이 인류의 보편적인 모녀 관계라고 믿어 의심치 않던 나는 친구들과의 가치관 차이에 당혹했다. 그녀들은 자신의 어머니와 적지 않은 거리를 두고 있었기에 어머니에게 찰싹 달라붙은 나를 기이한 시선으로 바라보았다.

나는 그제야 어머니와 나의 관계가 어딘가 일그러져 있음을 깨달았다. 사춘기 여자아이들에게는 흔히 있는 일이지만, 이 시기의 소녀들은 친구 무리에서 벗어나는 걸 특히 두려워하는 습성이 있다.

물론 나 역시 예외는 아니었기에 학교에서 고립되지 않기 위해 그녀들의 가치관에 가까워져야 했다. 그러기 위해 어머니에게 정신적인 결별을 고하고 반항적인 태도를 취하는 것도 꺼리지 않게 되었다.

그 결과, 어머니는 마음의 병을 얻었다. 지금까지는 자기 의사를 내세우지 않고 온순하던 소유물이 "나는 물건이 아니고 인간이다!"라고 주장하기 시작했으니 당연한 일이었다.

어디서부터 어떻게 교육이 잘못되었는지 고민에 고민을 거듭한 어머니는 이윽고 지인에게 소개받은 수상한 종교에 빠져들었다. 전지전능한 추상적인 존재라면 딸을 인간에서 단순한 물건으로 되돌려주시리라 믿어버린 것이다.

나는 그런 어머니를 마음속 깊이 경멸했고 키워준 은혜도 흐릿하게 느껴질 만큼 혐오했다. 어째서 어머니의 인생을 만족시키기 위해 내 인생을 시궁창에 처넣어야 한단 말인가. 그리고 무엇보다 심각했던 건 어머니에 대한 미움이 차츰 친구들을 향한 시기 질투로 바뀌었던 점이었다.

난 또래 친구들이 부러웠다. 평범한 가정에서 평범하게 성장하느라 그런 평범함의 소중함조차 깨닫지 못하는 친구들이 말이다. 그 후로 나는 친구들과도 거리를 두게 되었고 학교에서 완전히 고립되었다.

무리에서 나만 고립되는 게 무서워 그녀들에게 하녀처럼 굴었던 것이나 일그러진 형태로나마 이어지던 어머니와의 관계까지 끊어냈던 걸 생각하면 우스꽝스러운 이야기였다. 그러한 이유로 고등학교에 진학할 때는 나를 아무도 모르는 옆 현県의 사립 고등학교를 선택했다.

하지만 나라는 인간은 끝까지 잘못된 선택을 해야만 직성이 풀리나 보다. 고등학교 입학 후에도 여전히 혼자 고립되는 길을 선택한 나는 결국 집단 괴롭힘의 대상이 되었다.

부당한 폭력과 폭언의 이유는 단순했다. 내 모든 말투와 행동에서 혼자 잘난 척하는 느낌이 나 그게 주변 사람을 깔보는 것 같아 마음에 들지 않는단다.

앞의 이유야 친구라고는 책밖에 없는 나로서는 부정할 수 없겠지만, 뒤의 이유는 말도 안 되는 그들의 피해망상이다.

잘난 척하는 태도가 거슬리면 나랑 최대한 엮이지 않아야 정신적인 안녕을 얻을 수 있을 텐데, 굳이 자기 쪽에서 먼저 접점을 만들려고 고생하는 그 애들은 대체 무슨 머리로 이 학교에 입학할 수 있었던 걸까?

뭐, 그렇긴 하지만 서로 불쾌한 경험을 더는 할 필요는 없다. 내가 입을 열어서 불쾌하다면 내가 잠자코 있으면 된다. 나는 그렇게 생각하며 침묵과 무저항으로 일관했다.

그런데 무슨 영문인지 그 아이들은 날이 갈수록 나를 괴롭히는 일에 격앙되어갔다. 그중에서도 괴롭힘 무리의 리더 격인 코나시는 이제 내 존재 자체가 유다의 배신만큼이나 용서가 되지 않는 듯했다.

"너 진짜 재수 없다고! 이제 학교 오지 마! 죽어!"

도저히 고등학생이라는 게 믿기지 않는 수준의 협박이었다. 하지만 나는 그 말을 들었을 때 내 어깨에 있는 짐이 확 내려가는 기분이었다. '아, 나는 그냥 죽어도 되는구나.' 그런 생각이 들어서였다. 어째서 죽는다는 선택지가 지금까지 한 번도 뇌리를 스치지 않았는지 스스로도 신기했다.

사실, 그러한 결론에 도달할 기회는 얼마든지 있었다. 예를 들어, TV나 스마트폰 액정에서 '자살'이라는 글자를 보았을 때. 담임을 포함한 반 아이 전부가 나에게 행해지는 노골적인 괴롭힘을 모른 척했을 때. 괴롭힘 당한다는 이야기를 어머니에게 털어놓자 "그러니까 본존님께 기도하렴"이라는 대답과 함께 대화를 거절당했을 때 등등.

생각해보면 내 괴로움과 슬픔을 이해해준 사람은 지금까지 아무도 없었다. 아무도 이해해주지 않는다는 건 내가 세상에 순응할 수 없는 불필요한 존재라는 뜻이고, 그런 국물의 불순물 같은 존재는 처음부터 제거되는 게 당연했다. 아, 좀 더 빨리 이랬어야 했는데.

일말의 낙담과 함께 눈을 감고 있을 때, 어느새 발밑이 소란스러워진 걸 깨달았다. 아무래도 내가 옥상에 서 있는 걸 발견하고 사람이 모여든 것 같았다.

나는 기러기 울음소리를 들으며 눈을 떴다. 나를 올려다보거나 손가락으로 가리키며 무슨 일이냐고 소리치는 군중 속에는 내가 괴롭힘 당하던 걸 무시했던 반 아이들이나 오히려 조장했던 담임도 있었다. 다들 얼굴이 창백해진 모습을 위에서 내려다보니 왠지 모르게 웃음이 나왔다.

다들 내가 죽는다 해도 아무렇지 않을 거면서. 그래서 오늘까지 모른 척 해왔던 거 아니었나? 그런데 왜 이제 와서 저렇게 허둥대는 거람.

"그렇게 걱정하지 않아도 돼. 고발하는 유서 같은 건 안 남겼으니까."

4층 높이에선 들리지 않을 거라는 걸 알면서도 나는 미소와 함께 중얼거렸다. 어차피 내가 무슨 말을 남긴다 한들 집단 괴롭힘은 없었던 일이 될 테니까.

내 인생 마지막 시간을 그런 무의미한 일에 낭비하고 싶지 않았다. 아무리 노력해도 날 이해해주는 사람은 없다. 필요로 해주는 사람도 없다. 더 이상은 살아갈 이유가 없다. 그렇다면 적어도 마지막은 이 아름다운 자줏빛 풍경 속에 녹아들 듯 죽고 싶었다.

나는 태양이나 산들과 함께 새빨갛게 물들어서 녹아 없어지는 거야. '우스이 카에데'라는 인간은 처음부터 존재하지 않았어. 결말은 그걸로 충분해. 나는 내가 처음부터 없었던 걸로 하고 싶어. 왜냐하면 내가 태어난 데에는 아무 의미도 없었으니까. 그러니까…… 자, 이제 뛰어내리자.

"우스이 카에데 양."

그렇게 생각하며 지상을 내려다보았을 때, 누가 내 이름을 불렀다. 아래쪽이 아니다. 어른 남자의 목소리가 내 바로 뒤에서 들려왔다. 그렇다면 선생님이 달려온 걸까? 이제 감상에 젖어 있을 때가 아닌 것 같다. 지옥으로 억지로 다시 끌려가기 전에, 빨리 뛰어내려야 한다.

"당황할 것 없어. 난 너를 막으러 온 게 아냐."

그때 긴장된 내 심장을 어루만지듯 시원한 바람이 가슴

속에 불어닥쳤다.

"난 사신이야. 너의 혼을 저승으로 인도해주러 왔어. 네 죽음의 참관인……이라고 하면 이해하려나. 독서를 좋아하는 너라면 그런 세계에 관해서도 잘 알고 있겠지?"

나도 모르게 그런 착각이 들 정도로 시원시원하면서도 차가운 목소리였다. 차갑다는 게 냉철하다는 뜻이 아니라, 억양이 매끄러워 옥구슬처럼 아름답다는 표현이 맞으려나?

나는 허리 뒤로 펜스를 움켜쥔 채 천천히 뒤를 돌아보았다. 그곳에는 한 낯선 남자가 가을바람을 맞으며 서 있었다. 적어도 이 학교 선생님은 아닌 듯했다. 교사치고는 너무 젊었고 무엇보다 얼굴 생김새가 일본인이 아니었다.

유창한 일본어로 이야기하지만 피부색은 누가 봐도 서구권 사람이었다. 픽션의 세계에 자주 등장하는 '순백의 미청년' 같은 표현이 옷을 입고 나타난 것만 같은 중성적인 얼굴이었다. 이런 남자가 여기서 교사로 근무했다면 신이 난 여자아이들이 조용할 리가 없었으리라.

그건 그렇고, 정말 아름다운 사람이었다. 그런 반면에 두 눈을 장식하는 붉은 눈동자는 오싹할 만큼 이질적인 빛을 발하고 있었다.

"……누구세요? 당신, 방금 '사신'이라고 했죠?"

"그래. 상사의 명령으로 너의 최후를 지켜보러 왔어. 넌 지금부터 죽을 거지?"

"……그럴 생각……이지만요. 당신, 누가 보냈어요? 설마 담임이?"

"난 너의 최후를 지켜보러 왔다고 말했을 텐데. 적어도 너의 자살을 말리려 파견된 교섭인은 아니니까 안심해도 돼. 네가 3초 후에 여기서 뛰어내린대도 나는 막지 않을 거고 비난도 하지 않을 거야. 자살을 막는 건 내 업무 밖의 일이고, 죽는 순간을 직접 고를 수 있는 사람은 행복하다는 게 내 오랜 지론이거든."

풀을 먹인 새하얀 셔츠에 시커먼 조끼와 재킷을 입은 자칭 사신은 영문을 알 것 같기도 하고 모를 것 같기도 한 소리를 했다. 설마 이건 신종 교섭 방법 같은 걸까? 일부러 무관심을 가장함으로써 대상의 관심을 끄는 식으로…….

"우스이, 이거 당장 열거라! 빨리 열어!"

갑자기 옥상 문을 두드리는 소리가 나자 나는 어깨를 부르르 떨었다. 요란한 소리에 놀라 몸이 긴장했지만 선생님이 옥상으로 돌입해올 기색은 보이지 않았다.

……다시 잠가놓지도 않은 문이 왜 꿈쩍도 하지 않는 것일까? 나도 모르는 사이에 잠가놓았다 해도 옥상 열쇠는 교원들이 관리할 것이다. 열려고만 하면 언제든 열 수 있다. 그런데 아무도 들어오지 못했다.

"아아, 저 문이라면 한동안 너만 열 수 있도록 처리해뒀어. 인생의 선택권을 타인에게 빼앗기는 건 누구에게나 불쾌한 일이잖아?"

사신이란 존재는 사람의 마음을 읽을 수 있는 걸까? 그는 독백하듯 내가 품었던 의문에 관해 대답해주었다. 아니, 내 시선을 따라가 보면 누구나 추측할 수 있는 건지도 모른다.

하지만 그 말을 들은 순간, 나는 그가 틀림없는 사신이라고 확신했다. 냉정히 생각해보면 너무나 비현실적이고 넌센스한 이야기라는 결론을 내릴 수 있었으니까.

하긴, 이제부터 죽으려는 사람에게 냉정해지라고 설득하는 것이야말로 어찌 보면 넌센스라고 할 수 있다. 나는 일종의 고양감과 함께 그의 존재를 받아들였고, 오랫동안 인연이 없던 기쁨이라는 감정이 가슴을 채워감을 느꼈다.

"잘됐다. 사신이 나타났다는 건 내가 확실히 죽을 수 있다는 뜻이겠죠?"

땅거미를 건져낸 것처럼 붉은 눈동자가 내 말을 들으며 가늘게 떠졌다. 무언가 눈부신 것을 바라보는 듯하면서도 무언가를 연민하는 표정 같기도 했다.

"나는 사신이 좀 더 무섭고 섬뜩한 존재일 거라고만 생각했어요. 예를 들면, 조셉 라이트가 그린 〈노인과 죽음〉 속 사신처럼요."

"너는 내가 나뭇짐을 짊어주길 바라는 건가?"

"어머, 박식하시네요. 그게 이솝 우화를 주제로 그린 그림이라는 걸 알고 있다니."

"이래 봬도 그림에는 조예가 깊은 편이야. 조셉 라이트와는 고향이 같기도 하고."

사신에게도 고향이라는 개념이 존재한다는 사실에 나는 조금 놀랐다. 그 말이 사실이라면 그는 영국 출생의 사신인 걸까? 그렇다면 어째서 지금은 이렇게 일본의 촌구석에 와 있는지 물어보고 싶은 마음도 슬쩍 일었다.

"걱정 말아요. 난 살기 위해서 사신을 부르진 않으니까."

이지적이면서 아름다운 사신과의 대화를 즐기는 동안에도 해는 계속 기울어가고 있었다. 황혼이 끝날 때까지 이제 얼마 남지 않았다. 그래서였다.

"저기요. 난 지금부터 죽을 건데, 죽으면 당신과 또 만날 수 있나요?"

그것만큼은 꼭 물어보고 싶어서 최대한 간결하게 질문해 보았다. 지금까지의 경쾌한 대화를 통해 나는 그에게 적지 않은 관심을 품게 되었다. 신사적인 몸짓과 말투는 아무리 봐도 질릴 것 같지 않았고, 총명하고 박식한 대화 내용도 속세를 초월한 느낌이 들어 호감이 갔다. 이런 사신이 있다면 좀 더 빨리 만나보고 싶었다는 생각까지 든다.

"뭐, 만나지 못할 건 없어. 네가 그걸 바란다면."

"정말로요?"

"상사가 너에게서 사신으로서의 적성을 발견한다면 우리는 분명 다시 만나게 될 거야. 지금부터 죽을 사람에게 해줄 말로는 조금 적절하지 않을 수도 있지만, 실제로 너에게는 이미 사신으로서 장래가 유망하다는 평가가 내려졌거든."

"쉽게 말해 저도 당신처럼 사람이 아닌 존재가 될 수 있다는 거예요?"

"가능성이 그렇다는 거야. 미래는 네 선택에 달렸지."

나는 사신의 말을 진지하게 받아들이며 축복이라고 생각했다. 그게 어쩌면 나라는 인간의 인생에 관한 최대한의 역설인지도 모른다는 생각은 꿈에도 하지 못한 채, 나는 날개라도 얻은 기분으로 공중을 향해 발을 내디뎠다.

"생일 축하해, 카에데."

그것이 내가 이 세상에서 듣는 마지막 말이었다. 배덕적일 만큼의 부유감이 온몸을 휘감았고 귀를 때리는 바람 소리가 기분 좋아 눈이 감겼다. 하지만 세계를 태우는 석양의 붉은 빛은 눈꺼풀 안쪽까지 침투해 나를 살며시 감싸 안아주었다.

아아, 기뻐. 이제야 겨우 자유로워질 수 있겠어.

✝

　그녀가 다니던 고등학교 교문 옆에는 단풍나무가 심겨
있었다. 수령이 50년은 족히 넘을 것 같은 멋진 단풍나무였
는데 타오르듯 뻗어나간 잎가지는 회색 담장을 넘어 통학
로까지 고개를 드리우고 있었다.

　나는 그 단풍나무 밑에 서서 담장을 등진 채 바람에 술렁
이는 붉은색을 바라보고 있었다. 한참을 그러고 있는데 무
리에서 떨어져 나온 낙엽 한 장이 소리도 없이 춤추듯 떨어
졌다. 나는 바람에 휩쓸리며 저항조차 하지 못하고 떨어지
는 낙엽을 손바닥 위로 받아냈다.

　"그리울 때면 바라보며 추억하는 단풍잎. 바람아, 흩날리
지 말아다오."

　문득 일본에 온 뒤 읽었던 옛날 시집 속 시를 떠올리며 불
쑥 중얼거려 보았다. 내 손에 들어온 빨간 잎사귀는 아직도
이렇게 싱싱한데, 가지에서 떨어진 시점에 이미 죽은 것임
을 생각하면 이 시를 지은 시인의 마음도 조금은 이해가 되
는 것 같다.

　늦가을의 해질녘, 우스이 카에데의 죽음으로부터 고작 며
칠이 지났을 뿐인데 그녀가 다니던 고등학교는 평소의 일
상을 회복하고 있었다. 물론 그건 어디까지나 표면적인 인

상일 뿐, 교내 분위기나 학생들의 심정까지는 알 길이 없다. 적어도 그녀의 죽음은 많은 학생에게 충격을 안겼고 앞으로의 인생을 좌우할 정도의 낙인으로 새겨졌으리라.

"야, 저 사람……."

울려 퍼지는 학교 종소리의 배웅을 받으며 교복을 입은 소년소녀가 차례차례로 교문을 빠져나오고 있었다. 시각은 이미 방과 후였다. 귀갓길에 접어든 학생들은 각자의 방향으로 흩어졌고 친구끼리 담소하는 목소리와 작별 인사를 나누는 목소리가 여기저기서 들려왔다.

그런 가운데 교문 옆에 선 나를 보며 한 무리의 여고생이 얼굴을 마주보았다. 마치 이름을 부르면 안 되는 그 사람을 언급하는 마법사처럼 귓속말을 나누더니 자기들끼리 꺄악 꺄악 난리를 친다. 그녀들은 그렇게 당연하고 평범한 일상 속으로 돌아갔다.

나는 그런 인파 속에서 누군가를 계속 찾고 있었다. 우스이 카에데와 같은 교복을 입고 단발머리에 키가 훤칠하게 큰 여자아이였다.

"코나시 아야카 양."

나는 일행 없이 혼자 교문을 걸어 나오는 그 소녀를 조용히 불러 세웠다. 갑자기 이름을 불린 그녀는 눈을 동그랗게 뜨며 돌아보더니 나와 시선이 마주치자마자 햇볕에 그을린 뺨을 붉혔다.

"코나시 아야카 양 맞지?"

"어…… 네, 네. 맞는데요……."

오늘은 추종자들과 함께 다니지 않는 걸까? 방금 전까지 스마트폰을 보며 걷던 그녀는 오른손의 그것을 황급히 뒤로 숨기며 상기된 목소리로 대답했다. 나는 방금 손으로 받아낸 단풍잎을 슬며시 품에 넣으며 몸을 기대던 담장에서 등을 뗐다.

"만나서 반가워. 실은 너와 잠깐 이야기하고 싶어서 말이야. 초면에 무례한 부탁이라는 건 잘 알지만, 너에게 꼭 물어보고 싶은 게 있어."

"저, 저기…… 누구세요?"

"밝힐만한 이름이 없으니까 수상한 사람은 아니라고만 해둘게. 너는 여기서 역 쪽으로 가지? 거기까지라도 상관없으니까 같이 이야기를 해주지 않겠어?"

교문에서 쏟아져 나오는 인파에 집어삼켜지면서도 아야카는 잠시 당혹해하고 있었다. 인간의 눈에는 내가 당연히 수상해 보일 테고, 요즘 시대에 낯선 이가 갑자기 이야기를 좀 하자고 했을 때 흔쾌히 받아들이는 경솔한 사람도 좀처럼 없다.

하지만 아야카는 고민에 고민을 거듭한 끝에 불안정한

시선으로 "역까지라면……" 하며 승낙해주었다. 전철로 통학하는 학생이 많은지 가까운 역으로 향하는 길에는 빽빽하진 않아도 학생으로 행렬을 이루고 있었다. 설령 내가 수상한 사람이라 해도 이 정도로 보는 눈이 많으면 안전하리라고 생각한 듯했다. 나는 그녀와 어깨를 나란히 하며 역을 향해 걸어갔다.

"미안하군. 갑자기 나타난 주제에 무리한 부탁을 해서."

"아, 아니. 별로 상관은 없는데…… 일본인……은 아니시죠? 설마 혼혈?"

"아니. 태어난 곳은 영국, 자라난 곳도 영국……일 거야 아마."

"아마?"

"솔직히 말하면 지금 직업을 가지기 전의 기억이 전혀 없거든. 내가 어디 사는 누구였는지 아직도 잘 몰라."

"아…… 혹시 기억상실인가요? 대박, 진짜로 그런 일이 있구나."

"뭐, 있긴 하겠지. 네 상식이나 기준으로는 헤아릴 수 없는 게 세상에는 잔뜩 있으니까."

한적한 주택가 길을 걸어가면서 나는 다시금 머리 위를 올려다보았다. 민가 앞뜰에 심어진 감나무에 새빨갛게 익은 열매가 매달려 있었다.

열매는 이제 곧 자기 무게를 이기지 못하고 땅에 떨어져 터져버릴 것이다. 자손을 남기기 위한 낙과일 테지만 씨앗이 뿌리내릴 수 없는 아스팔트 바닥 위로 떨어지는 건 무참히 썩어 없어질 뿐이었다.

"그런데 오늘은 항상 같이 다니던 아이들이 안 보이는데, 그 아이들과는 등하굣길이 다른 건가?"

그 감나무 밑을 지날 때쯤 내가 불쑥 묻자마자 아야카의 옆얼굴이 딱딱하게 굳는 게 보였다. 그녀의 교우 관계에 관해 어떻게 알고 있는지 내게 묻는다면 대답해줄 용의도 있었지만, 예상했던 질문은 전혀 날아오지 않았다.

아무래도 아야카에게는 피하고 싶은 화제였던 듯 그녀는 입술을 굳게 다물었다가 얼굴을 들지 않고 빠르게 이야기했다.

"……그것보다도 저한테 할 이야기가 뭐죠?"

"아, 응. 시간도 없으니 단도직입적으로 물어볼게. 너는 어째서 우스이 카에데가 죽길 바랐던 거지?"

앞뒤로 걸어가는 학생들의 행렬 속에서, 마치 그녀 혼자 공간에서 분리된 것처럼 아야카가 걸음을 딱 멈추었다. 직전까지 수줍게 상기됐던 뺨은 순식간에 색을 잃었고 창백함을 넘어 흙빛에 가까워졌다. 교복 위로 겹쳐 입은 가을 코트가 그녀의 마음을 대변하듯 바람에 펄럭거렸다.

"어째서…… 그런 걸 나한테 묻는 건데요."

"네가 명령했기 때문이야. 카에데에게 죽으라고 했잖아."

내가 사실만을 적시하며 대답하자 아야카의 입술이 부르르 떨렸다. 그리고 다음 순간, 그녀는 전율인지 분노인지 모를 표정으로 얼굴을 일그러뜨리더니 짙은 감색 치마를 펄럭이며 달려가 버렸다.

"도망친다는 건 죄의식을 느낀다는 뜻인가?"

그래서 나는 오늘도 상사에게 무뚝뚝하다고 질책 받은 말투로 그녀의 뒤를 쫓았다.

"다행이야. 요즘 가해자 중에는 피해자가 죽으면 기뻐하는 사람도 있거든."

나는 절대 비아냥거리는 게 아니라 솔직한 심정으로 그렇게 말했다. 그러자 아야카의 다리가 다시 멈추더니 증오라는 감정이 인간의 몸을 빌린 듯한 모습으로 나를 노려보았다.

"뭐가 어째? 내가 죽인 것처럼 지껄이지 마! 교장도 TV에서 왕따는 없었다고 했어! 걔는 그냥 지 혼자 죽어버린 거야 나하고는 상관없어!"

"그러면 어째서 그렇게 언성을 높이는 거지? 아, 혹시 이번 사건을 통해 상대를 협박하는 걸로 뭐든 해결된다고 배운 거라면, 유감스럽게도 그건 커다란 착각이야."

"이런 미친, 갑자기 나타나서 뭘 어쩌자는 거야. 경찰 부를까?"

"글쎄, 나랑 사정 청취하러 가고 싶다면 얼마든지 불러."

아무렇지 않게 꺼낸 한마디가 예기치 못하게 아야카를 겁주는 흉기가 되었다. 학교 측에선 체면을 지키기 위해 집단 괴롭힘 사실을 필사적으로 부인했지만, 사람들의 입에 자물쇠를 채울 수는 없다. 진실을 알고 있는 학생이 적지 않을 것이다.

이럴 때 경찰의 관심을 받는다면 집단 괴롭힘의 진상이 세상에 알려지고 자신도 위험해진다…… 그렇게 생각할 만큼의 냉정함이 아야카에게도 아직 남아 있는 모양이다.

주변에서는 무언가 이상함을 감지한 학생들이 마주보고 선 우리에게 노골적인 시선을 보내며 지나가고 있었다. 한편 멈춰선 아야카는 과호흡이라도 온 것처럼 어깨를 들썩이며 식은땀을 흥건히 흘리고 있다.

남의 인생은 아무렇지 않게 망칠 수 있으면서 자기 인생이 망가지는 건 무서운 모양이다. 이렇게 말하면 무언가 커다란 모순이 느껴지지만, 인간이란 종종 그런 법이니까.

"그래서, 내 질문에 대한 대답은 언제쯤 들을 수 있지?"

"뭐?!"

"네가 우스이 카에데의 죽음을 바란 이유 말이야. 난 거기에 관심이 있거든."

겨우 열여섯 살 먹은 소녀가 한 인간을 죽음으로 몰아넣은 증오. 그 근원은 과연 어디에 있는 것일까?

우스이 카에데는 세상을 미워했다. 그녀의 마음은 지독하게 공허했고 그런 자신을 낳은 어머니를, 어머니를 미치게 만든 아버지를, 아버지를 탄생시킨 이름도 모를 조부모를, 그리고 그들의 존재를 용인하는 이 세상을 전부 증오했다.

하지만 카에데는 그런 세상에 복수하거나 저항하기는커녕 혼자 조용히 사라져버렸을 뿐이다. 고독과 체념과 깨달음이라는 이름의 맑은 정적을 끌어안은 채로.

그렇다면 그녀에게 죽음이라는 선택지를 제공한 코나시 아야카는 어떨까? 그녀는 어째서 그렇게나 격렬하게 카에데를 미워하고 자신의 인생이 망가질 위험을 무릅쓰면서까지 타인을 계속 괴롭혀왔던 것일까? 나는 그 이유를 알고 싶었다. 아니, 왠지 모르게 꼭 알아야만 할 것 같은 기분이 들었다.

"대답할 수 없다면 일단 내 추론을 이야기해보겠어. 예를 들어, 카에데가 너에게 어떤 위해를 가했던 건가? 네가 카에데에게 그랬던 것처럼 이유 없이 때린다거나 혹은 소유물을 망가뜨리거나 빼앗고 숨기는 등의 부당한 일을 했던 건가?"

"······."

"그게 아니라면······ 카에데가 너의 가족이나 친한 누군가를 죽이거나 다치게 한 건가? 근거 없는 비방을 했거나 일방적으로 가치관을 부정했거나 정신적인 고통을 주었던 건가? 종교관의 차이가 있었거나 차별을 당했거나 약점을 잡혀 복종을 강요당했다거나······ 아니면 빌린 돈을 갚지 않았던 건가?"

"······."

"너의 침묵이 전부 부정을 의미한다고 가정해보면 남은 건 하나야. 특별한 이유도 없이, 단지 카에데의 존재가 마음에 들지 않았던 건가?"

"······."

"뭐야, 정말 그것뿐이었던 건가. 시시하군."

그녀의 마지막 침묵만을 나는 긍정으로 받아들였다. 왜냐하면 계속 나를 똑바로 노려보던 시선이 그 한순간에만 발밑으로 도망쳤기 때문이다. 솔직히 말해 나는 낙담할 수밖에 없었다.

내가 우스이 카에데의 기억을 회수했을 때 수없이 반복되어 나타난 마귀할멈 같은 얼굴의 소녀, 코나시 아야카는 우스이 카에데를 대할 때만 그렇게 다른 사람의 얼굴로 바뀌었던 것이다.

그렇게 못 알아볼 정도로 변하는 모습을 보면 분명 무언가 대단한 이유가 있는 게 틀림없다고 기대하는 게 인지상정 아닌가. 물론 감정도 없는 내가 인지상정을 이야기해봐야 설득력은 없을 테지만.

"인간은 종종 증오라는 감정조차 마법처럼 아름답게 바꿔버릴 때가 있지. 카에데가 그랬던 것처럼 말이야. 그래서 너의 이유도 알고 싶었던 건데…… 아쉽게 됐어."

나는 거기까지 말하고 나서 이제 그만 가야겠다고 마음먹었다. 너무 많은 주목을 받으면 앞으로의 업무에 지장을 초래할 테고, 궁금했던 사실을 알게 된 지금 여기에 계속 머무를 이유도 없었다.

나는 조금의 망설임도 없이 아야카로부터 발걸음을 돌렸다. 하지만 그런 내 등 뒤에서 날카로우면서도 가래 끓는 듯한 목소리가 날아들었다.

"열 받게 하잖아! 혼자서만 고고한 척하는 그 년이! 부자에다 공부도 잘하고 생긴 것도 조금 예쁘면 다야?! 항상 혼자 있는 것도 멍청한 우리하고는 상종하기 싫다고 무시한 거잖아? 참 부럽다니까! 집도 잘살고 고생 한 번 안 해본 것들은. 나 같은 밑바닥하고는 완전 달라! 백수인 오빠도 없고, 매일 밤마다 경찰에 신고당할 때까지 시끄럽게 싸워대는 망할 부모도 없어. 하지만 그건 뭔가 불공평하지 않아?

그래서 내가 사는 밑바닥으로 끌어내려줬던 거야. 사람은 모두 평등하다잖아! 아하하! 그건 그렇고 그 년, 계속 속으로만 삼키면서 새침하게 굴더니만 죽으란다고 진짜 죽어버리다니! 마지막에 진짜 멍청하지 않아? 자기가 무시하던 녀석들이 시키는 대로 하면 어쩌자는 건데?! 아하하하하하!"

아야카는 갑자기 내가 카에데의 기억 속에서 본 마귀할멈의 얼굴이 되더니 미친 듯이 웃어젖혔다. 격정에 휩싸인 나머지 자기가 지금 무슨 말을 하는지도 모르게 된 것이리라.

나는 품에서 꺼낸 스마트폰으로 계속 웃어대는 아야카의 사진을 찰칵 찍었다. 그리고 촬영된 사진을 확인해보았다. 허리를 뒤로 젖히며 배를 잡고 웃는 아야카의 머리 위로 '61. 30'이라는 하얀 숫자가 떠올랐다.

촬영한 인간의 수명이 수치로 표시되는 사신 전용 카메라 앱이었다. 머리 위의 숫자는 아야카의 수명이 앞으로 61년 남짓 남았음을 알려주고 있었다. 수명이 그 정도로 남았다면 오히려 말해줘야 할 것이다.

"야이, 미친 새끼! 누가 맘대로 사진 찍으래!? 진짜 경찰 불러봐?!"

"그 전에 한 가지 더 묻고 싶군. 우스이 카에데가 부유한 집에서 고생을 모르고 자랐다고 한 사람이 누구지?"

"그거야 걔가 몸에 걸치고 다니는 것만 봐도 안다고! 재

수 없게 명품 신발이나 코트 같은 걸 학교에 입고 와서 자랑이라도 하려는 듯이 말이야!"

"그건 그 애의 어머니가 일방적으로 입힌 거야. 카에데가 좋아서 입었던 게 아냐. 그 애가 좋아하는 것 대부분은 어머니에게 부정당하며 혼이 났거든."

"뭐어?!"

"……고인의 정보는 되도록 누설하면 안 되지만, 우스이 카에데는 편모 가정에서 자랐어. 아버지는 딸은 필요 없고 아들이 갖고 싶다며 갓 태어난 카에데를 버렸지. 덕분에 어머니는 마음에 병이 생겼고 언젠가 딸을 대단한 남자에게 시집보냄으로써 남편에게 복수하기 위해 카에데를 키웠어. 그래서 카에데에게 항상 순종적이고 똑똑하고 예쁜 아이가 될 것을 강요했지. 쉽게 말해, 그 아이는 어머니를 위로하기 위한 도구이자 옷 입히는 인형이었던 거야. 그걸 행복한 생활로 받아들일지, 아니면 죄수 같은 생활로 받아들일지는 사람마다 다르겠지만 말이야."

아야카의 악 쓰는 목소리가 그제야 멈추었다. 깜빡이는 것도 잊은 눈동자에 지금 무엇이 비치는지는 알 길이 없다.

"하지만 적어도 카에데는 어머니가 믿는 행복보다는 거기서 해방되는 쪽을 원했지. 그렇게 학교 옥상에서 뛰어내리는 게 그녀로서는 생전 처음으로 직접 선택한 미래였던 거야. 마음 깊은 곳에서는 누군가에게 의지하고 도움 받길 바라면서도…… 그런 자신의 바람에서조차 자유로워지는 걸 선택했어. 어쩌면 너와 카에데는 서로가 진정으로 바라는 걸 대신 갖고 있었던 건지도 모르겠군."

이 말을 끝으로 나는 빈 껍데기처럼 멈춰버린 아야카를 남겨두고 몸을 돌렸다. 왔던 길을 되돌아가다 보니 아까 본 민가의 감나무에서 예상대로 열매가 떨어져 있었다. 누군가가 실수로 밟은 것일까. 농익은 열매는 길 위에서 빨간 과육 범벅이 되어 있었다.

"안녕, 자네. 오늘은 꽤나 감정적이군."

학교 앞에서 인적 없는 골목길로 접어들자 머리 위에서 목소리가 날아들었다.

"웬만한 일로는 다른 사람에게 관심을 갖지 않는 자네가 그런 식으로 화를 내다니, 별일이야. 설마 고전적인 현모양처 스타일이 취향인지는 몰랐는걸."

"상대가 누구든 간에 죽은 이에 관한 모독은 금지되어 있을 텐데, 찰스."

"별로 모욕하려는 뜻은 없었어. 단지 요새는 보기 어려울 만큼 맹목적이고 도착적인 그 여자아이가 그렇게 마음에 들었나 생각했을 뿐이야."

그는 내 충고를 아랑곳하지 않고 두 번씩이나 상사의 지

침을 어겨버렸다. 어이가 없어 목소리가 들린 쪽을 올려다 보니 민가 담장 위에서 유유히 석양을 쬐는 검은 고양이의 모습이 보였다.

"오해를 더욱 부추기는 발언은 삼가줬으면 좋겠는데. 나도 상사에게 혼날 걸 알면서 여기로 온 거야. 잔소리 들을 일이 더 늘어나길 바라진 않는다고."

"어이쿠, 실례했군. 사신은 천사와 마찬가지로 특정한 인간의 편을 들면 안 되는 거였지."

찰스는 삼류 배우도 뺨칠 만한 어색한 연기로 그렇게 말하더니 몸을 일으켜 하품과 함께 기지개를 켰다. 좁은 골목길 끝을 땅거미가 잠식해나가고 있었다. 카에데가 사랑한 새빨간 태양은 오늘도 혼자 죽어갈 것이다.

"그래서? 자네는 왜 질책당할 걸 알면서도 이런 우를 범하는 거지? 설마, 내가 모르는 곳에서 벌 받는 기쁨에 눈을 떴다고 하진 않겠지?"

"오늘따라 유독 빈정거림에 날이 서 있군, 찰스. 내가 한 일이 그 정도로 용서가 안 되는 거야?"

"그렇게 보였다면 자네도 아직 한참 멀었단 소리야."

찰스는 기지개 켜기가 끝나자 담장 위에 얌전히 앉아 푸른 눈을 가늘게 떴다. 이런 식으로 나를 갈구거나 트집을 잡고 돌아다니는 게 그의 하루 일과였다.

나는 까탈스러운 파트너의 갈굼 공세에 쩔쩔 매면서도 다시 스마트폰을 꺼냈다. 홈 화면에 있는 육체 투명화 앱을 눌러 내려앉는 땅거미에 녹아들 듯 모습을 쏙 감추었다.

"……그 애를 흥분시키려는 의도는 아니었어. 단지, 코나시 아야카가 우스이 카에데를 눈엣가시로 여긴 이유를 알고 싶었을 뿐이야. 카에데는 내게 마법을 보여줬었지. 똑같은 걸 한 번 더 볼 수 있을지도 모른다고 생각했어."

"납득이 가는군. 집단 괴롭힘에 자살하는 게 하루 이틀 일도 아닌데 자네가 왜 그 아이에게 유독 집착하는지 궁금했거든. 카에데의 기억이 자네의 마음을 어지간히 뒤흔들었나 보군."

"아니…… 어쩌면 싸구려 동정심일지도 몰라. 혼이 없는 나는 공허한 상태로 살아간다는 게 어떤 건지 잘 알고 있어. 하지만 그 애에게는 혼이 있었지. 그런데도 죽을 때까지 공허함이 채워지지 않는 건 너무 슬프잖아. 그 아이의 미래에도 무한한 가능성이 펼쳐져 있었을 텐데."

나는 그렇게 말하며 품에 손을 넣었다. 빨간 단풍잎의 감촉과 함께 무기질적인 차가움이 손끝에 닿았다. 나는 그것을 꺼내보았다. 작게 찰랑거리는 소리와 함께 작은 유리병 안의 조각이 흔들렸다.

카에데에게서 건네받은 혼의 조각이었다. 그녀의 혼은 당홍唐紅색으로 불리는 빛깔을 띠고 있다. 그날 카에데가 옥상에서 바라보았던 죽어가는 석양의 색이자 그녀의 혼에서 유일하게 색이 물든 부분이라고 할 수 있었다.

죽은 카에데의 육체에서 해방된 혼의 대부분은 검정과 회색으로 뒤덮여 있었다. 그 정도로 탁한 색의 혼은 오랫동안 이 일에 종사한 나조차도 처음 봤기에 지금 생각해도 놀랍기만 하다. 카에데는 죽은 채로 살아 있었다. 무엇을 봐도 반응하지 않는 마음은 단단히 얼어붙은 돌멩이 같았다.

그런 그녀가 유일하게 아름답게 느낀 것이 죽기 직전에 본 석양의 빛깔이었다. 그녀의 인생에서 그것 말고는 마음을 움직여준 것이 아무것도 없었다는 것을 생각하면 나는 견딜 수 없이 감상적인 기분이 되었다.

혼이 없어 삶의 기쁨을 기억할 수 없는 우리와 혼을 가졌으면서도 생의 기쁨을 느끼지 못했던 그녀 중에서 어느 쪽이 더 슬픈 생물인 걸까.

"……현실에서 도망칠 방법은 그것 말고도 얼마든지 있었어. 인간의 수명은 태어날 때부터 정해져 있지만 삶의 방식은 스스로 정할 수 있지. 모든 걸 잃어버릴 각오로 그 집에서 뛰쳐나왔다면 카에데도 좀 더 행복한 죽음을 맞을 수 있었을지도 몰라. 하지만 그 아이는 포기해버렸지. 자기 인생도, 이 세상도."

나는 그 사실이 한없이 슬펐다. 그녀를 떠올릴 때마다 분명 잊어버렸을 감정이 어디선가 되살아났다. 처음으로 느껴보는 감각이었다.

나는 붉게 짓무른 하늘에 카에데의 혼의 조각을 비추어보았다. 피처럼 붉은 수정 조각이 햇빛에 반사되어서 무척 아름다웠다.

"이봐, 찰스. 어째서 인간은 추한 것들만 열심히 찾아내는 걸까? 고개를 조금만 들어도 세상은 이렇게나 아름다운데."

아무도 없는 저녁의 뒷골목에서 나는 내 사역마에게 물어보았다. 그러자 사역마는 푹신한 꼬리를 가볍게 흔들며 평소와 다를 것 없는 음색으로 말했다.

"인간은 다들 근시거든. 먼 곳을 보게 하려면 안경을 씌워줘야만 하지. 뭐, 그중엔 가끔 자네처럼 먼 곳만 보려 하는 곤란한 녀석들도 있지만 말이야."

그건 내 가까이에는 아무것도 없기 때문이다. 모든 것은 내 손이 닿지 않는 곳에서 생겨나 눈부시게 반짝이고 있다.

그러나 나는 오히려 그렇기에 그것들이 아름답다고 생각한다. 먼 옛날부터 그랬다. 나에게는 사신이 되기 전의 기억이 없지만, 아마도 쭉 그래왔던 것이다.

찰스의 말대로 난 꽤나 오랫동안 절대 손에 넣을 수 없는 것들만 뒤쫓으며 카에데처럼 체념하고 아야카처럼 갈구했던 것 같은…… 그런 기분이 든다. 아무런 확증도 없건만, 카에데의 혼 너머로 보이는 이 기시감은 대체 무엇일까?

"이제 얼마 안 남았군, 존."

그때 유리병 속에서 환상의 주마등을 보고 있던 나에게는 찰스의 목소리가 들리지 않았다. 어쩌면 나는 무언가 중요한 사실을 떠올리려고 하는 건지도 모른다. 하지만 날이 저물고, 정답은 오늘도 어둠 속에 있다.

모든 것이 무無로 되돌아가는 사신의 밤이 찾아왔다.

제4화

사신과 에메랄드

러셀 스퀘어에 위치한 저택의 방에서 신문을 펼친 나는 흐음, 하고 작은 한숨을 쉬었다. 항상 애독 중인 「타임즈」의 1면에는 '잭 더 리퍼, 부활'이라는 표제가 큼지막하게 인쇄되어 있었다.

오늘 아침, 살을 에는 한겨울 추위를 견디며 향한 신문 판매점에서는 어디를 돌아봐도 완전히 똑같은 화젯거리가 실려 있었다. 가게 앞에 진열된 모든 신문이 동일한 회사에서 발간된 걸로 착각할 뻔했을 정도다.

"잭 더 리퍼라······."

이제는 지긋지긋해진 화젯거리였기에 눈썹을 찡그리면서도 나는 애용하는 흔들의자에 몸을 맡긴 채 신문을 읽어

내려갔다. 발밑에서는 몸을 둥글게 만 검은 고양이 찰스가 관심 없다는 듯이 자기 앞발을 핥고 있었다.

그의 무관심은 어느 정도 당연하다고 할 수 있다. 당장 내년에라도 대규모 전쟁 가능성이 점쳐지는 이 시기에 지면을 떠들썩하게 하는 내용이 심각한 외교 문제도 아닌 엽기적인 연쇄살인범이라는 건 참으로 얄궂은 이야기다.

막상 전쟁이 발발하면 귀중한 목숨을 빼앗는 살인마에 대한 비난이 적을 살육하는 병사들에 대한 찬양으로 덧씌워질 테니까 말이다.

"하지만 잭 더 리퍼가 죽었다는 소문이 퍼진 지 20년도 넘었을 텐데. 왜 이제 와서 고향으로 돌아올 생각이 들었을까? 어떻게 생각하시오? 허드슨 부인."

"전 허드슨 부인이 아니라고 했잖아요. 제발 그 호칭으로 부르지 좀 말아주시겠어요?"

"이런 식으로 권하면 자네도 내가 좋아하는 소설을 읽고 싶어 할 것 같아서 말이야. 무엇보다도 자네가 중산 지주 계급과의 결혼을 꿈꾼다면 활자 기피증 정도는 고쳐야 하지 않겠어?"

"제가 알아서 할 거거든요! 그리고 대체 그게 어딜 봐서 '권하는' 건가요? 아무리 봐도 그냥 '못살게' 구는 거지! 전 누가 뭐라 해도 추리 소설 같은 건 읽지 않을 거예요!"

"이런, 자네의 그런 취향 편식은 차라리 존경스럽군."

나는 이런 영양가 없는 대화를 끝내겠다고 선언하는 대신 신문을 더욱 크게 펼쳐서 홍차를 가져다준 그녀, 엘리 터너의 시선을 막아버렸다.

엘리는 신문이 뚫어질 듯이 날카로운 눈빛으로 나를 노려보았지만, 이윽고 한숨을 쉬며 쟁반을 옆구리에 끼었다. 긴 속눈썹으로 장식된 아일랜드 혈통의 녹색 눈동자가 극도의 어이없음을 드러내며 나를 바라보고 있었다.

"애초에 허드슨 부인은 하숙집 여주인이잖아요. 그러면 초라한 가정부인 저와는 신분이 전혀 다르죠. 사회적 위치를 생각하면 오히려 주인님에 더 가깝지 않나요?"

"흐음, 그렇군. 일리가 있어. 그러면 자네, 이 집에서 하숙하지 않겠나?"

"네?!"

"최근에는 더부살이로 일하는 사용인이 점점 줄어든다지. 하지만 일부러 그런 시대의 흐름에 역행해보는 것도 재미있을지 몰라. 어쨌든 요즘 런던에는 잊혔던 과거가 되살아나 횡포를 부린다고 하잖나."

"……주인님, 혹시 저를 걱정해주시는 건가요?"

"걱정? 내가? 무얼 말인가?"

"잭 더 리퍼죠. 20세기의 잭 더 리퍼는 19세기의 잭 더 리퍼와 달리 아무나 습격한다고 들었어요. 런던 경시청의 발표로는 범행 시각도 불규칙하고 사망한 피해자들에게도 공통점이 발견되지 않았대요. 그래서 여기로 출근하는 저를 걱정해서…….”

“엘리. 자네는 영원한 앤 셜리로군.”

“……그게 누군데요?”

“궁금하면 책을 좀 더 많이 읽도록 해. 머릿속이 꽃밭인 여자 같다는 말을 듣고도 고개를 갸웃거릴 정도면, 자네의 꿈은 이제 막 시작된 20세기가 다 끝날 무렵에나 이루어질 테니까.”

엘리는 그게 무슨 뜻인지 이해할 때까지 무려 10초 정도의 시간을 필요로 했다. 그리고 마침내 새빨갛게 달아오른 얼굴로 분통을 터뜨리더니 땅이 갈라질 듯한 발소리를 내며 서재 밖으로 나가버렸다.

“장 보고 올게요!”

그녀는 총알이 빗발치는 전쟁터에서도 잘 들릴 만큼 커다란 목소리로 말한 후 폭풍처럼 집을 나섰다. 아마 점심거리를 사러 간 것이리라. 나는 이제야 조용해진 작은 성에서 엘리가 끓여준 다즐링을 마음껏 음미했다.

그녀는 반골 기질이 강하고 화를 잘 내는 성격만 제외하면 일도 잘하고 부지런한 가정부였다. 내 집에서 일하는 사용인은 그녀 혼자였다. 쟁쟁한 대귀족조차 영지 운영에 쪼들려 수많은 땅과 사용인을 포기하는 요즘 시대에, 부유한 중산 지주 계층인 젠트리gentry 집안의 셋째 아들 행세를 하는 나에게는 이 정도의 검소한 생활이 딱 적당했다.

진짜 젠트리처럼 사교계로 진출할 것도 아니기에 내 시중드는 일 정도는 그녀 혼자 충분히 할 수 있었다. 아니, 솔직히 사용인 따위 고용하지 않아도 생활하는데 큰 지장은 없지만 내가 물건 정리를 아예 할 줄 모른다는 게 문제였다. 가만 내버려두면 서재가 순식간에 고금동서의 책에 파묻히고 부엌도 지옥의 조리장 같은 꼴이 된다. 그래서 구인 광고를 내고 그녀를 고용했다.

엘리 터너, 이스트엔드 거주, 22세.

이제 슬슬 미래의 반려자를 만나도 좋을 나이지만 그녀 앞에 백마 탄 왕자님이 나타날 조짐은 보이지 않았다. 역시 기가 너무 세다는 게 문제일까? 너무 오랜 세월 동안 같이 있으면 내가 늙지 않는 존재임을 들킬 테니 적당한 시점에 누가 데려가주길 바랄 뿐이다.

"뭐, 놀리는 재미가 쏠쏠한 레이디라서 같이 있으면 지루하지 않은 게 감사하긴 해. 자네도 그렇게 생각하지? 찰스."

찰스는 내 질문을 완전히 무시하며 취침 자세를 취했다. 대화 상대가 없어진 나는 민망하게 어깨를 으쓱거린 뒤 다시급 신문과 눈싸움을 하기로 했다.

잭 더 리퍼.

작년부터 항간을 떠들썩하게 만든 이 살인마 때문에 우리 사신도 골치를 썩이고 있다. 그 자는 여하튼 신출귀몰해서 우리가 상사의 전보를 받고 달려갈 쯤에는 이미 임종지키미 대상자를 살해한 뒤였다. 덕분에 사신계에서도 잭 더 리퍼의 정체를 아는 자가 없었다.

죽음과 가장 가까운 존재여야 할 우리가 죽음의 예술가의 얼굴도 모른다는 건 참 우스꽝스러운 이야기다. 이래서는 어느 쪽이 진짜 사신인지 알 수가 없다. 스스로도 참 한심했다.

"전보는 정보가 전달되기까지 시간이 너무 걸려. 이제 전화기도 어느 정도 보급되었으니까 그걸 잘 활용하면……."

나는 그런 혼잣말을 중얼거리며 신문을 노려본 채 생각했다. 잭 더 리퍼의 재등장은 분명히 위협적이다. 그가 출현한 뒤로 사신의 현장 도착이 늦어지면 육체를 잃은 죽은 자의 혼이 어딘가로 사라져버리는 사태가 런던 여기저기서 발생하고 있었다.

그렇게 되면 우리는 사라진 혼을 찾아 도시 전체를 뒤져야 한다. 죽은 자의 혼, 특히 제대로 죽지 못한 자의 혼은 방치할 경우 악령으로 변해 살아 있는 사람들에게 해를 끼치는 경우가 있기 때문이다.

이들은 흔히 말하는 '잔류 영혼'이었고 우리 사신의 업무 중에는 명부로 건너가지 못하고 방황하는 혼을 찾아내는 일도 포함되어 있다. 그러나 그런 사례가 사신 측의 과실이 아닌 인간에 의해 양산되고 있는 현 상황이 분했다.

"정말이지, 이럴 때 전쟁까지 발발해버리면 런던 전체의 사신이 과로사 하겠어. 그렇게 되기 전에 어떻게든 그 자를 찾아내 경찰에 넘겨야 할 텐데……"

아직까지 범인에 대한 목격 증언은 전무했다. 공통된 점은 피해자가 전부 같은 흉기로 난도질당했다는 사실뿐이다. 그래서 신문의 일면에는 몽타주 화가가 상상으로 그린 고블린 같은 남자의 얼굴이 실려 있었다. 만약 리퍼의 정체가 이 정도로 징그럽게 생긴 추남이라면 직접적인 대결은 사양하고 싶지만……

"……그 자의 눈동자는 과연 무슨 색을 띠고 있을지 궁금하군."

나는 범인의 이름이나 출신보다도 그쪽에 더 관심이 있었다. 신문 속의 살인마는 움푹 들어간 어두운 눈빛으로 허공을 가만히 응시하고 있었다.

✝

내가 주인님 댁에서 일하기 시작한지 이제 곧 3년이 다 되어간다. 주인님은 상류 계급 출신이면서도 신분 차이를 과시하지 않는 좋은 분이다. 평범한 사용인인 내게도 편하게 말을 걸어주시고 나 역시 대등한 입장에서 이야기해도 된다고 허가해주셨다. 다만 너무 박식하고 말로는 당해낼 수 없다는 게 옥에 티였다.

주인님에게 친구가 별로 없는 건 지나치게 똑똑한 탓에 깔보듯이 트집을 잡거나 빈정거리고는 하는 나쁜 습관 때문일 것이다.

아니, 이유는 그뿐만이 아니다. 이건 내가 멋대로 생각한 억측에 불과하지만, 주인님의 인간관계가 좁은 건 특이한 눈동자 때문이 아닌가 싶었다.

대영제국 곳곳에 토지를 소유한 대지주의 아들이 아직 이렇다 할 혼담도 없이 혼자 사는 것도 그 눈동자 때문이라고, 처음 만났을 때 주인님이 이야기해준 적이 있었다.

그건 은연중에 '가문에 관한 건 캐묻지 마라'라는 뜻으로 들렸기에 그 뒤로 가족들에 관한 질문이나 이야기는 한 번도 하지 않았다.

그렇다 해도 '재색 겸비'라는 말이 옷을 입고 걸어 다니는 것 같은 분이 그런 연유로 비뚤어진 언동을 하고 다니는 게 아깝기 그지없다.

나 역시 처음 그 눈동자와 마주쳤을 땐 다리가 후들거렸으니까 이런 말을 할 자격은 없지만, 막상 가까이서 모시다 보니 당초에 품었던 두려움은 수선화의 계절을 맞이한 묵은 눈처럼 깨끗이 녹아내렸다. 뿐만 아니라 지금은…… 거기까지 생각이 미쳤을 때 나는 스스로의 불손함을 탓하며 하얀 한숨을 내뱉었다.

코벤트 가든에 갔다가 돌아오는 길이었다. 나는 두꺼운 코트에 목도리, 장갑, 그리고 모자를 깊이 눌러쓴 차림으로 주인님 댁으로 돌아가고 있었다.

오른손에 든 장바구니에는 케저리Kedgeree를 만들려고 산 파슬리와 달걀, 훈제 대구가 담겨 있었다. 주인님은 오후에 외출하실 예정이니까 조금이라도 몸이 따뜻해지도록 렌즈콩 수프 재료도 사두었다.

어쨌든 간에 런던은 올해 유독 눈이 많이 내렸다. 하얀 눈으로 얇게 분칠한 거리는 오늘도 흐린 하늘에 뒤덮여 왠지 모르게 울적해 보였다. 고개를 숙이고 코트 옷깃이나 목도리에 턱을 묻은 채 걸어가는 사람들의 발걸음은 처형대로 향하는 사형수 같았다.

문득 바라본 돌바닥길 위에는 조악한 기하학 무늬가 몇 겹으로 그려져 있었다. 거리를 오가는 마차 혹은 자동차가 그려낸 것일 테지.

이따금씩 안대를 씌운 말이 발굽 소리를 내며 바로 옆을 지나갔고 나는 충분히 익숙해졌을 말똥 냄새에 얼굴을 찡그렸다. 오늘의 런던은 안개가 한층 짙기도 해서 목도리에 얼굴을 반쯤 파묻지 않으면 지독한 악취에 숨을 쉴 수가 없었다.

"역시 겨울 런던은 싫다니까. 숨이 막혀 견딜 수가 없잖아."

그때 미국 억양의 영어가 귓가를 스쳤다. 미국에서 건너와 어딘가에서 일하는 사용인들일까? 스쳐 지나가는 두 부인의 잡담에 나는 내심 고개를 크게 끄덕거렸다.

러셀 스퀘어는 중산 계급 분들이 사는 지역이라 그나마 낫지만 내가 사는 이스트엔드의 환경은 더욱 좋지 않았다. 아까 주인님이 꺼낸 "이 집에서 하숙하지 않겠어?"라는 농담에 잠깐이나마 진지하게 가슴이 두근거릴 정도로 말이다.

나는 묵묵히 걸어가면서 오늘 아침 주인님과 나눈 대화를 떠올렸다. 주인님의 놀림에 무심코 강하게 반발하는 건 내 나쁜 습관이지만, 그건 내 마음을 언제까지고 몰라주는 그분에 대한 우회적인 항의이기도 했다. 아니, 어쩌면 주인님도 사실은 다 알고 있으면서도 모르는 척하는 게 아닐까?

언제나 세상에 대한 혜안을 발휘하는 그분이 일개 사용인이 품은 주제넘은 감정을 꿰뚫어보지 못할 리가 없다. 그렇다면 내 마음은 이미 전해졌으면서도 현재진행형으로 무시당하고 있는 셈이다. 그렇게 생각하자 가슴 안쪽이 콕 아파왔다.

하지만 머릿속 한구석에서는 그게 당연하다고 납득하는 것도 사실이었다. 주인님은 명색이 젠트리 가문의 자제 분이고 나는 별 볼일 없는 사용인이다.

우리를 갈라놓는 신분의 벽은 높았고 날개가 주어진다 해도 뛰어넘기 쉽진 않았다. 주인님은 그런 현실을 정확히 인식하고 계실 뿐이다.

태어날 때부터 모든 걸 가진 상류 계급 남성이 가진 것 하나 없는 노동자 계급 여자에게 끌린다는 것 자체가 말이 안된다. 쉽게 말해 나는 스스럼없이 대해주는 주인님의 배려심에 취해 있을 뿐이다. 나는 대체 언제까지 이런 덧없는 꿈을 꾸려고 하는 걸까. 이제 그만 정신을 차려야 한다는 걸 알고 있는데도…….

"엘리. 자네는 영원한 앤 셜리로군."

문득 아까 주인님이 했던 말이 뇌리를 스치며 발을 멈추었다. 거리 한가운데에 멈추어 선 후 시선이 향한 곳에는 세련된 녹색 문이 있었다. 처마 끝에 매달린 간판을 보니 책대여점이었다. 머릿속에서 나에게는 평생 인연이 없는 장소라고 인식될 뻔했던 고문실이다.

그렇다. 책을 읽는 행위가 나에게는 고문이나 다름없었

다. 옛날부터 종이를 가득 메운 글자 나열을 보고 있으면 현기증을 넘어 두통이 났다. 하지만 오늘 아침 주인님의 입에서 '머릿속이 꽃밭인 여자'라는 말이 나오게 한 앤 셜리란 대체 어떤 사람일까? 나는 거기에 흥미가 생겼다.

어떤 이야기에 등장하는 어떤 인물인지는 모른다. 이름을 통해 여성이라는 걸 유일하게 유추할 수 있을 뿐이다. 고작 이 정도의 정보만으로 원하는 책을 찾아내긴 어렵겠지만, 가능하다면 주인님이 나를 앤 셜리에 비유한 이유를 알고 싶었다. 최악의 경우 실망할지도 모른다는 걸 각오하며 마음을 굳힌 나는 책 대여점 입구로 다가갔다.

문손잡이를 돌리는 동시에 시원한 종소리가 울렸다. 그 순간 고서 냄새가 확 밀려왔다. 가게 안은 생각보다 좁았고 여러 개가 늘어선 서가에는 수많은 책이 비좁게 꽂혀 있었다.

어딜 둘러봐도 책, 책, 또 책이었다. 나는 나를 포위하는 형형색색의 책등에 압도당하여 몸을 움직일 수 없었다. 기세 좋게 가게 안으로 들어온 것까진 좋았지만 책 대여점에 온 건 처음이라 뭘 어떻게 찾아야 할지 짐작도 가지 않았다.

"찾으시는 책이 있으신가요?"

장바구니를 손에 든 채로 내 자신의 무모함을 후회하고 있을 때 누군가가 불쑥 말을 걸었다. 놀라며 어깨를 움츠리자 늘어선 서가 사이로 키가 훤칠하게 큰 남성이 나타났다.

무슨 대답이든 해야겠다고 생각했지만 깜짝 놀란 탓에 입술만 뻐끔거릴 뿐이었다. 왜냐하면 안쪽에서 나타난 젊은 남성은 숨 쉬는 것도 잊을 만큼 외모가 아름다운 신사였기 때문이다.

이스트엔드에서는 절대 보지 못할 미청년의 등장에 나는 완전히 평정심을 잃고 말았다. 어쩌면 어딘가의 귀족가 자제일지도 모른다. '엄청난 분이 방문한 가게에 와버렸잖아 ⋯⋯.' 나는 자신의 불운을 저주하면서 황급히 신사에게 고개를 숙였다.

"바, 방해해서 죄송합니다. 저는, 저기, 아, 책을 찾고 있는데요⋯⋯."

"어떤 책이죠? 저라도 괜찮다면 도와드리겠습니다."

"아, 아뇨, 귀족 분을 번거롭게 해드릴 수는⋯⋯!"

아직 귀족이라고 확인되지 않았는데도 당황한 나머지 쓸데없는 말까지 나와 버렸다. 그러자 검은 코트의 청년은 잠시 멍한 표정을 짓다가 중산모자를 벗으며 웃었다.

"안심하시길. 저도 별 볼 일 없는 노동자입니다. 오해하게 만들었다면 사죄드리죠."

"앗⋯⋯ 아, 아, 아뇨, 죄, 죄송해요. 저도 참, 혼자 착각해서⋯⋯!"

또 주인님이 비웃을 만한 이야깃거리가 늘어나고 말았다. 나는 너무 수치스러워 얼굴이 새빨개진 채로 횡설수설하며 사과했다. 하지만 진짜 귀족 도련님이라 해도 의심할 여지가 없을 만큼 눈앞의 남자는 단정한 얼굴을 하고 있었다.

특히 인상에 남는 헤이즐 블루 빛의 눈동자는 잘 만들어진 유리 세공품처럼 보는 사람의 마음을 사로잡았다. 또렷한 이목구비에서 왠지 모르게 러시아 쪽 혈통이 느껴졌다.

하지만 말투는 사투리나 특이한 억양 없이 정중한 영국식 영어를 구사하고 있었다. 아일랜드인 부모님의 영향으로 아직도 아일랜드 억양이 덜 빠진 나와는 하늘과 땅 차이다.

밤의 어둠으로 염색한 듯한 머리카락은 단지 검을 뿐인데도 아름다워서, 금발에 녹이 슬면 이렇게 않을까 싶은 내 머리카락이 갑자기 한없이 부끄러워졌다.

"저, 정말 미안해요. 옷차림이 너무 신사다우셔서 당연히 양갓집 출신인 줄⋯⋯."

"황공하군요. 일단 버스커빌 백작가의 저택에서 일등 하인으로 일하고 있긴 합니다. 귀족가의 하인은 걸어 다니는 전시물이나 다름없으니까 옷차림에는 신경을 쓰고 있죠."

"어머, 그러셨구나."

나는 청년의 직함을 알게 되자 크게 납득하는 동시에 놀라고 있었다. 일등 하인이라면 저택에서 집사 다음 가는 권력을 가진 사용인을 말한다. 애초에 하인은 키가 크고 외모가 훌륭한 남성만이 될 수 있는 직업이었기에 그것만 봐도 그가 귀족의 보증을 받을 만큼의 인물임을 짐작할 수 있었다.

"실은 저도 예전에 더럼 자작가의 저택에서 메이드로 일한 적이 있어요. 그래봐야 견습생이고, 정식 메이드로 인정받기도 전에 해고당했지만요."

"아, 그러셨군요. 더럼 자작이라면 몇 년 전에 투자 사기를 당한 분이죠?"

"네. 그 일로 사용인이 대거 해고당했거든요. 하지만 버스커빌 백작은 아직 하인들을 고용할 만한 재력이 남아 있으시군요. 분명 다른 귀족 분들의 선망의 대상일 거예요."

"아니요. 여기서만 하는 이야기지만, 저희 가문도 미래가 그닥 밝지만은 않습니다. 더럼 자작이 결국 저택을 매물로 내놓았다는 이야기를 들었을 때는 백작님의 얼굴도 창백해지셨거든요. 요즘은 영지 경영이 어려워진 귀족이 많다고 하니, 차라리 이쯤 해서 의사나 변호사 밑으로 들어가는 게 장래가 보장될지도 모릅니다."

그는 농담인지 진담인지 모를 표정으로 당치도 않은 이야기를 하고 있었다. 다른 손님이 들을까 봐 등골이 서늘했지만 다행히 가게 안에는 우리뿐인 것 같다.

"아, 그런데 당신은 저택의 사용인이라고 하셨죠. 이 가게에는 무슨 일로……?"

"네, 가게 주인이 볼일을 보느라 가게 안쪽에 틀어박혀 있거든요. 저는 여기 단골이라 자리를 비운 동안 가게를 봐달라는 부탁을 받았습니다."

"앗, 손님에게 가게를 봐달라고 하다니 특이한 곳이네요."

"네. 하지만 덕분에 아름다운 여성 손님과 대화할 수 있는 행운을 얻었지요."

청년이 안색 하나 바꾸지 않고 잡담을 이어나가듯 자연스레 말을 꺼낸 탓에 나는 다시금 얼굴을 붉혔다. 저택을 방문한 손님의 말 상대를 해주는 것도 하인의 업무인 만큼 처음 만난 여성을 칭찬하는 일 정도는 그에게 일상다반사일 것이다.

하지만 그걸 알면서도 귀가 뜨거워진다. 바보구나, 엘리. 저런 건 그냥 사교적인 인사말일 뿐인데.

"그건 그렇고, 아까 찾으시는 책이 있다고 하셨죠?"

"아, 맞아요. 하지만 저, 실은 책의 제목을 모르거든요."

"호오. 그러면 내용은 기억하십니까?"

"아니요, 제가 아는 건 '앤 셜리'라는 여성이 등장한다는 것뿐이에요."

"앤 셜리? 아아, 『빨강머리 앤』이군요."

나는 오늘 이 청년에게 몇 번이나 놀라게 되는 걸까. 청년은 등장인물의 이름을 듣자마자 책의 제목을 유추해내더니다시 서가 사이로 사라졌다. 그리고 금세 아이스 그린 색상의 표지에 여성의 옆얼굴이 그려진 책을 가져와서 내게 쓱건네주었다.

"최근에 캐나다에서 입하된 장편 소설입니다. 빌려 가시겠어요?"

"앗…… 저기…… 이 책에 앤 셜리가 나오는 건가요?"

"네. 책의 제목만 보아도 알 수 있듯 앤은 이 이야기의 주인공입니다. 저도 전에 읽어봤는데 제법 흥미로운 내용의소설이더군요."

아무래도 이 청년 역시 주인님처럼 독서가인 듯했다. 나는 캐나다에서 먼 바다를 건너왔다는 책을 손에 든 채로 굳어버렸다. 설마 이렇게나 빨리 원하는 책을 찾을 줄 몰랐기에 머리가 상황을 따라가지 못한 것이다.

"찾으시는 책이 아니신가요?"

입을 다물어버린 내 반응이 의아했던지 잠시 동안의 정적 뒤에 청년이 고개를 갸웃거리며 물었다. 그제야 정신이퍼뜩 든 나는 "아뇨, 이 책이에요!"라고 상기된 목소리로 대답했다.

"고, 고맙습니다. 설마 진짜 찾을 거라는 생각을 못하고 있었던 터라 잠깐 당황했네요…… 전부 당신 덕분이에요."

"아뇨, 도움이 되어 영광입니다. 그런데 왜 『빨강머리 앤』을……?"

"그, 그게…… 친구가 추천해줬거든요. 멋진 책이니까 꼭 읽어보라고요."

"그러셨군요. 하지만 정작 제목을 깜빡하고 안 알려주다니, 조금 짓궂은 친구 분이시군요."

그렇게 말하며 웃는 청년을 보며 나는 허세를 부리려는 거짓말이 금세 들통났음을 깨달았다. 하지만 주인님에게 놀림 당한 분풀이로 빌리러 왔다고는 말할 수 없어 다시 얼굴을 붉힐 뿐이다.

"그러면 대여 수속을 해드리죠. 속편인 『에이번리의 앤』도 빌려 가시겠습니까?"

"아, 아뇨. 우선은 이 책만 빌려갈게요. 실은 제가 별로 독서와 친하진 않아서…… 저 같은 사람도 끝까지 읽을 수 있는 책일까요?"

"글쎄요. 주인공인 앤은 10대 소녀니까 끝까지 읽는 게 그렇게 어렵진 않을 겁니다. 그리고 '내 경험을 통해 말하자면, 모든 일은 즐겁다고 생각하면 늘 즐거워지는 법이야. 물론 즐기겠다는 굳은 결심이 가장 중요하지'."

"네?"

"책 속에 나오는 앤의 대사입니다. 이 이야기를 즐기겠다
는 굳은 결심과 함께 읽기 시작하면 분명 앤이 당신을 이야
기의 결말까지 데려가 줄 거예요."

내 뺨은 아직도 화끈거렸다. 온화한 말투로 미소 짓는 청
년의 눈동자가 너무나 따뜻했기 때문이다. 나는 처음으로
인형을 선물 받은 소녀처럼 『빨강머리 앤』을 품에 소중히
안고 대여 수속을 했다.

그러다 중간에 진짜 가게 주인이 나왔고, 청년은 임시 점
원 직무에서 벗어났으니 나를 주인님의 저택까지 바래다주
겠다는 말을 꺼냈다.

물론 처음에는 사양하려 했지만 그가 내 오른손에 들린
장바구니를 보고 여기에 책까지 넣으면 무거울 거라며 짐
꾼을 자처해준 것이다.

나는 그의 신사적인 화술에 완전히 넘어가서 별 수 없이
제안을 받아들이게 되었다. 마지못해서긴 해도 이런 미청년
과 어깨를 나란히 하며 거리를 걸을 수 있다는 게 내심 조금
쑥스러우면서도 자랑스러운 기분이긴 했다.

"그러고 보니 아직 이름을 안 알려드렸군요."

이윽고 주인님의 저택에 도착하자 청년은 중산모자를 살
짝 들며 입을 열었다.

"저는 제임스 오스트록이라고 합니다. 휴일에는 자주 런

던에 오고는 하죠. 백작님을 모시고 오는 경우도 많으니까 다음 기회가 있으면 꼭 차라도 함께 하고 싶군요."

"저야 감사할 따름이죠. 제 이름은 엘리 터너, 엘리라고 불러주세요."

"그럼 저도 제임스라고 부르시죠. 또 만날 날을 기대하겠습니다, 엘리."

자신을 제임스라고 소개한 그는 고혹적인 눈동자로 말하더니 물 흐르듯 자연스러운 동작으로 내 손을 잡으며 입을 맞췄다. 마음속 한편으로 이렇게 되길 바랐기 때문일까? 이번엔 나도 얼굴을 붉히지 않고 만족스러운 기분으로 제임스의 입맞춤을 받아들였다.

오랜만에 가슴이 빠르게 뛰고 있었다. 나는 배웅을 마치고 돌아가는 그의 뒷모습을 뚫어질 정도로 바라보고 있었다.

"제임스……."

멀어져 가는 그의 이름을 열기에 들뜬 기분으로 중얼거렸다. 언제 또 그와 만날 수 있을까? 내일이라도 좋다. 방금 헤어졌을 뿐인데 벌써부터 견딜 수 없이 그와 만나고 싶었다.

✝

"흐음. 이제야 자네에게도 백마 탄 왕자님이 나타난 건지도 모르겠군."

내가 식후주인 적포도주를 손에 들고 중얼거리자 와인 잔과 디캔터를 가져다준 엘리가 "네?" 하고 누가 보아도 들뜬 표정으로 고개를 가웃거렸다.

"그 오스트록 군이라는 청년 말이야. 자네가 보기에는 나이 차도 얼마 나지 않았다면서? 애인이 차기 집사라면 미래도 탄탄대로겠군."

"그, 그만하세요, 주인님. 그분과는 오늘 처음 만났을 뿐인걸요. 그리고 차기 집사라니, 사용인을 고용하는 가문이 줄어드는 요즘 시대에……."

"하지만 이제 귀족들은 하인은 몰라도 집사가 없는 생활은 상상하지도 못할걸. 설령 바스커빌 가문이 몰락해서 해고당하는 불운을 겪더라도 일등 하인의 직무를 훌륭히 수행한 그의 실적은 반드시 높은 평가를 받을 거야. 제대로 된 소개장만 있으면 다른 가문에서 집사로 고용될 가능성도 충분해. 하지만 뭐, 거리에서 우연히 어깨가 부딪힌 걸 사과하는 의미로 짐까지 들어주다니. 그것만 봐도 요새 보기 드문 신사로군. 이런 호기를 놓쳐선 안 될 것 같은데."

"거, 거기서 또 왜 그 이야기가 나오는 건데요."

엘리는 잔뜩 상기된 목소리로 그렇게 말하더니 도망치듯

지하실 주방으로 숨어버렸다. 저렇게 당황하는 걸 보면 단순히 부끄러워한다기보다 무언가 숨기고 있다는 느낌이 들지만, 어차피 그녀의 거짓말이 끝까지 통할 리는 없다.

무엇을 숨기는지는 곧 알 수 있을 것이다. 나는 최근에 입수한 프루스트의 신작을 읽으며 식후주를 음미하다가 이야기가 적당히 끊어질 때쯤 회중시계를 꺼내보았다.

시각은 저녁 8시 무렵이었고 엘리가 슬슬 퇴근할 시간이다. 나는 항상 테이블 끝의 특등석을 차지하는 호출 벨을 울렸다. 엘리는 평소보다 조금 늦게 부엌에서 얼굴을 비추었다.

"슬슬 2층으로 올라가려고."

고개를 끄덕인 엘리가 와인 잔을 정리하는 모습을 곁눈질하며 나는 식당을 뒤로 했다. 서재에 가서 적당한 곳에 책을 내려놓고 2층의 의상실로 향했다.

그리고 저녁 식사 정리를 마친 엘리가 지하실에서 올라오는 타이밍에 맞추어 1층에 내려가 코트를 걸쳤다. 마찬가지로 퇴근 준비를 마치고 나타난 그녀는 현관에 선 나를 보더니 흠칫하며 눈을 동그랗게 떴다.

"주인님, 외출하시게요?"

"그래. 마침 킹스크로스 역 쪽에 볼일이 있거든."

"하지만 이제 시간이 늦었는데요. 눈도 다시 내리기 시작했으니까 내일로 미루시는 게⋯⋯."

"상대가 이미 기다리고 있어서 그럴 수도 없어. 하는 김에 역까지 바래다주지. 표 값은 내가 내줄 테니까 오늘 밤은 지하철로 돌아가도록 해."

"그래도 괜찮으시겠어요?"

"오늘은 내가 기분이 좋아서 말이야. 주인이 호의를 베풀 때는 잠자코 따르는 게 이득이야."

엘리는 잠시 고민했지만 이윽고 고맙다는 말과 함께 들고 있던 코트를 입었다. 평소에는 지하실 뒷문으로 출입하는 그녀를 위해 현관문을 열어주며 밖으로 손짓했다.

싸락눈이 드문드문 내리는 런던 거리를 안개에 휩싸인 가스등이 희미하게 비추고 있었다. 나와 엘리는 공원 쪽까지 걸어가서 대기 중인 영업용 마차를 잡아 킹스크로스 역까지 동승했다. 차창 밖으로 보이는 풍경은 한산하기 그지없었다.

눈이 내리는 추운 날씨인 것도 한몫 했겠지만 그걸 감안해도 사람이 너무 없었다. 아무리 귀를 기울여 보아도 들려오는 건 우리를 태운 마차의 바퀴 소리와 말발굽 소리, 그리고 말이 몰아쉬는 숨소리뿐이었다.

"⋯⋯조용하네요."

나와 같은 생각을 했는지 반대편 창문으로 거리를 바라

보던 엘리가 불쑥 말했다.

"런던의 모든 사람들이 공포에 떨고 있으니까 말이지. 20세기에 다시 등장한 괴물 때문에."

내가 아무렇지도 않게 대답하자 엘리가 옆에서 몸을 희미하게 떠는 것 같았다.

"이번에도 사건이 미궁에 빠지게 될까요?"

"글쎄. 경찰도 이번 수사에는 위신을 걸고 있을 테니 어느 쪽이 이길지…… 하지만 이미 일곱 명이나 살해당한 시점에서 경찰이 진 것 같다는 생각도 드는군."

"무서워요. 산업혁명이 일어나고 시대가 크게 바뀌어간다고 생각했는데, 대체 언제쯤이면 세상에서 살인이라는 게 사라질까요?"

"그건 이제부터 외국과 살육전을 벌이려는 조국에 대한 빈정거림인가?"

"그렇게 생각하셔도 상관없어요. 전쟁이 발발해버리면 주인님도 군에 징집될지도 모르잖아요?"

"그렇겠군. 그리고 아마 오스트록 군도 징집 영장을 받게 되겠지."

"여기서 왜 그분 이야기가 나오는 거죠?"

"그에 대한 대답은 나보다 자네 가슴에 물어보는 게 더 빠르지 않을까?"

"……주인님은 사람이 못됐어요."

"고맙네. 그런 말 자주 듣거든."

엘리는 어린아이처럼 입술을 삐죽거리며 내게서 고개를 홱 돌렸다. 대화가 끊긴 우리를 대신해서 마차가 수다스럽게 밤길을 나아갔다. 가스등에서 다음 가스등으로 건너가기를 반복한 끝에 마차는 이윽고 역에 도착했다.

나는 마부에게 잠시 기다려달라고 말한 다음 마차에서 내린 후 엘리에게 손을 뻗어주었다. 엘리는 아주 잠깐 당황하더니 조심스레 내 손을 잡았다. 그녀의 신발이 신중하게 트랩에서 내려오는 것을 확인하고 들고 있던 지팡이를 고쳐 쥐었다.

"때맞춰 열차가 들어왔나 보군. 플랫폼까지 바래다주지."

"아뇨, 그러실 필요까지는…… 배려는 감사하지만 약속 상대가 기다리시잖아요?"

"그러고 보니 그런 이야기를 한 것 같기도 하군."

"네?"

"아니, 조금 정도는 상관없어. 그런 녀석은 얼마든지 기다리게 해도 되니까."

엘리는 의아해 하면서도 더 이상은 추궁하지 않았다. 역에 들어가 개찰구를 통과한 나는 이제 막 도착한 열차에 그녀가 탑승하는 것을 확인한 뒤에 인사를 대신해서 중절모를 들어 보였다.

"그럼 나는 이만 실례하겠어. 조심해서 돌아가게."

"네, 주인님. 여기까지 바래다주셔서 감사합니다."

엘리는 좌석 창문을 위로 올리며 예의바르게 인사했다. 나는 무심결에 평소처럼 빈정대는 말을 꺼낼 뻔 했지만 오늘밤만큼은 자제해야겠다고 생각하며 간신히 도로 집어삼켰다.

왜냐하면 이건 오늘 새로운 전환점을 맞이했을지도 모르는 그녀를 위한 조촐한 축복이었기 때문이다. 나는 제임스 오스트록이라는 남자의 얼굴도, 인품도 모르지만 엘리의 마음을 움직일 정도라면 분명 그녀를 맡길 만한 청년인 게 틀림없었다. 그렇다면 엘리에게서 자신감을 빼앗을 만한 이야기는 이제 그만하고 그녀를 보내주어야 한다.

엘리는 언동이 약간 험한 부분을 제외하면 성실하고 좋은 사람이었다. 그렇다면 괜찮은 사람을 만나 사랑을 하고 행복한 인생을 살아주었으면 한다. 절대 젠틀리 가문의 자제를 사칭하여 인간계에 잠입한 사신 때문에 인생을 망쳐도 될 여자는 아니니까 말이다.

"그러면 내일 보지. 좋은 꿈 꾸길 바라네."

나는 들어 올린 모자를 다시 쓴 뒤 그 말만 남기고 발걸음을 돌렸다.

"저기, 주인님!"

그런데 개찰구를 향해 걸어가려는 내 등을 엘리의 목소리가 붙잡았다. 무슨 일인가 싶어 뒤를 돌아보자 차창 밖으로 몸을 내민 엘리의 모습이 눈에 들어왔다.

"주인님, 저…… 저는……."

그 순간, 엘리는 심한 열병에 들뜬 것처럼 보였다. 촉촉한 눈동자에서 쏟아지는 간절한 눈빛은 내게서 무언가를 갈구하고 애원하며 꿈을 꾸고 있다.

그래서 나는 일부러 그녀의 간절한 바람에 보답하지 않았다. 그저 모자를 깊이 눌러쓰며 가만히 다음 말을 기다릴 뿐이다.

그때 기적 소리가 엘리를 꿈에서 깨웠다. 산업혁명이 낳은 거대한 강철 지네가 탄식 같은 소리를 내뿜으며 당장이라도 움직이려 하고 있었다.

"저기…… 주인님도 조심하세요. 너무 늦기 전에 들어가시고요."

"그래. 노력해보지."

"그리고 친구는 소중히 여기는 게 좋다고 생각해요. 예의 없는 행동만 하면 다들 정나미가 떨어져 떠나버린다고요."

"……그쪽도 노력해보겠어."

"가능한 범위 내에서 말이지……" 하고 덧붙이자 엘리는 조금 곤란해 하는 듯한, 어이가 없다는 듯한, 그리고 울 것 같은 얼굴로 웃었다. 그녀를 태운 지네는 이윽고 내 앞을 스쳐 지나가며 런던의 밤 속으로 빨려들어 갔다.

나는 열차가 사라지는 것을 지켜보며 자조감에 어깨를 으쓱거렸다. 그리고 이번에는 진짜로 몸을 돌려 마차로 돌아가 추운 하늘 아래서 기다리게 한 것을 마부에게 사과했다. 그리고 집으로 돌아가겠다고 말하며 자리에 앉았다. 텅 빈 옆자리를 그대로 남겨둔 채로, 나는 마차 안에서 뺨을 괴며 집으로 돌아왔다.

집 현관을 지날 무렵에는 기둥 시계가 밤 10시를 가리키고 있었다. 나는 적당히 코트를 벗어두고 서재로 가 기분 전환 삼아 서재 책상 앞에 섰다. 방 한쪽 구석에는 찰스가 있었다. 그는 서재의 한 개뿐인 의자 위에 앉아 내게 뭔가 할 말이 있다는 듯이 쳐다보고 있다.

"……하고 싶은 말이 있으면 얼마든지 해보라고."

나는 그의 시선을 견디지 못하고 일부러 침묵을 깨보았다. 그러자 찰스는 눈을 가늘게 뜨더니 혀로 코끝을 할짝거린 뒤에 의자에서 내려와 어딘가로 가버렸다.

……정말이지 붙임성 없는 고양이다.

나는 한숨을 쉬며 책상의 네 모퉁이를 조작해서 윗판을 떼어냈다. 그러자 이 세상에서 나와 상사만이 알고 있는 보물 상자가 드러났다.

나는 그곳에 담긴 무수한 유리병 중 특히 마음에 드는 것을 꺼내들었다. 머리 위에서 밝게 빛나는 전기조명에 병을 비추고, 아직도 바래지 않은 선명한 색채에 황홀해하며 눈을 가늘게 떴다.

"……이봐, 엘리. 내가 자네를 고용한 이유가 자네의 눈동자에 첫눈에 반했기 때문이라고 말하면, 자네는 어떤 표정을 지을까?"

그녀는 재미있다고 말하며 웃어버릴까? 바라건대 그런 반응이 나오면 기쁠 것 같다. 왜냐하면 내가 생각해도 우습기 때문이다. 우리 사신은 매일 밤 잠에 들 때마다 소중히 끌어안고 있던 온갖 감정을 어딘가에 떨어뜨리고 만다.

그래서 항상 공허한 아침을 맞이하고, 매일 아침 너의 눈동자에 사랑에 빠지곤 하지. 이봐, 엘리. 이런 건 웬만한 희극보다 훨씬 희극적이라고 생각하지 않아?

†

"넌 항상 주인님 이야기만 하는구나."

제임스의 입에서 돌연 그러한 말이 흘러나온 건 해가 바뀌고 한 달이 지나갈 무렵이었다.

런던의 겨울은 길다. 오늘 역시도 창밖은 잿빛 구름에 뒤덮여 있다. 하늘의 색이 원래 저랬던가 싶을 만큼 벌써 오랫동안 맑은 날씨를 보지 못한 것 같다. 거리의 사람들은 오늘도 다들 땅을 보며 걷는 사형수였다.

"어…… 아, 미, 미안. 내가 그랬어?"

여기는 리버풀 스트리트 역 근처에 위치한 찻집이었다. 거기서 3주 만에 만난 제임스와 마주앉은 나는 기억을 잃은 채 깨어난 사람처럼 당황했다.

그와 만나면 무심결에 들떠서 두서없는 이야기만 늘어놓는 게 사실이지만, 내가 그 정도로 주인님에 관한 이야기만 했는지 되짚어보며 얼굴을 붉혔다.

제임스와 만난 지 두 달 정도가 지난 어느 날 오후. 주인님의 배려로 반나절의 휴가를 받은 나는 마찬가지로 휴가를 받아 찾아온 제임스와 둘만의 시간을 보내고 있었다.

서로 사용인으로 일하는 처지다보니 그다지 자주 만날 수는 없었다. 그래도 우리는 그 뒤로 자주 편지를 주고받으며 꽤 친밀한 관계를 쌓아갔다. 독서가인 제임스가 써주는 편지는 고명한 시인이 읊조리는 시가^{詩歌} 같아서 떠올리기만 해도 쑥스러워진다.

그는 처음 만났을 때부터 내게 적지 않은 호의를 보여주었다. 이런 내가 어디가 좋은 건지 짐작조차 가지 않지만,

나도 그에게 계속 끌리고 있는…… 것 같다.

제임스는 언제 만나도 침착하고 이지적인데다 현명하면서도 아름다웠다. 내가 평생 가져보지 못한 모든 것을 전부 타고난 것 같은 사람이었다. 그런 의미에서는 조금 주인님과 비슷한 부분도 있었다.

……아무래도 나는 내가 갖지 못한 것을 가진 사람에게 끌리는 경향이 있는 것 같다. 하지만 이게 과연 흔히 말하는 사랑인 건지, 아니면 단순한 동경심인지는 나 자신도 잘 모르겠다. 제임스는 자주 사랑의 언어를 속삭여주지만 나는 아직 그의 호감을 완전히 받아주지는 못하고 있었다. 그런 와중에 벌어진 일이었다.

항상 주인님 이야기만 한다는 지적을 듣자 나는 크게 당황해버렸다. 물론 의도적으로 그랬던 건 아니다. 하지만 내 무신경한 행동이 나도 모르게 그에게 상처를 주었을지도 모른다고 생각하니 발밑부터 덜덜 떨려왔다.

마음에 둔 사람과 모처럼 간신히 짬을 내어 만나는데 그럴 때마다 그가 다른 여자 이야기만 꺼낸다면 나는 과연 그걸 견딜 수 있을까?

지금 작은 테이블을 사이에 두고 마주 앉은 그를 주인님으로 바꾸어 상상해본다. 그러자 즉시 아프게 저려오는 가슴을 움켜쥐면서도 방금조차 눈앞의 그가 아닌 주인님만 생각한 나를 자각하며 아연해졌다.

"저, 정말로 미안, 제임스. 별로 다른 뜻이 있는 건 아니야. 난 그냥 다른 이야깃거리가 별로 없어서…… 나 참 재미없는 여자지? 내가 생각해도 그래."

"아니, 그렇지 않아. 오히려 주인님 이야기를 할 때의 넌 평소보다 눈이 반짝거려서 무척이나 예뻐. 조용히 있을 때도 멋지지만 난 반짝거릴 때의 네가 더 좋아."

"응?"

"사랑에 빠진 거구나. 주인님에게."

제임스는 깍지 낀 양손 위로 잘생긴 턱을 올려놓으며 뭔가를 꾸미는 듯한, 혹은 시험하는 듯한 말투로 이야기했다. 순간 나는 핏기가 사라졌던 온몸에 갑자기 불이 붙는 것을 자각했다. 나는 어느새 귀까지 새빨개져서 그를 똑바로 쳐다볼 수 없게 되었다.

"아, 아니, 저기, 나는…… 주인님하고는 특별히 아무것도……."

"숨기지 않아도 돼. 네가 누군가를 좋아하고 있다는 건 처음부터 알고 있었으니까."

"그, 그러니까 정말로 그런 게 아니라……!"

"너의 일방적인 짝사랑이라고 말하고 싶은 거야? 뭐, 확실히 그건 그렇겠지. 상류 계급 남성과 사용인의 러브 스토리 따윈 결국 소설 속에서만 존재하니까."

억양도 없이 이어나가는 그의 말에 따귀를 짝 얻어맞은 기분이었다. 동요하며 뜨거워지던 몸이 급속히 식어가는 걸 느끼면서, 나는 앞에 놓인 찻잔을 의미도 없이 내려다보았다.

"그래서 네가 새로운 사랑을 찾아 나서려는 것도 알고 있어. 사랑으로 고민하던 와중에 때마침 나타난 나를 이용해서 현실과 타협하려는 거겠지. 아아, 하지만 오해하지는 말아줘. 특별히 화를 내고 있는 건 아니니까. 네 마음속에 무엇이 있는지, 나는 그걸 전부 이해하면서도 네게 구애하는 거야. 네가 나 아닌 누군가를 사랑하고 있어도 상관없으니까 널 갖고 싶어."

나는 잔잔한 얼그레이의 수면에서 시선을 들어 제임스를 바라보았다. 그는 여전히 평소와 똑같은 미소를 지으며 모든 것을 포용하듯 나를 바라보고 있었다.

"하지만 그런 건 내 일방적인 마음이라는 것도 충분히 잘 알아. 그러니까 이제 슬슬 네 대답이 듣고 싶어."

"내 대답……?"

"그래. 현실을 받아들이고 나와 평범한 인생을 보낼 건지, 아니면 주인님에 대한 마음을 소중히 간직한 채로 그것에 기대어 살아갈 것인지. 네 스스로 선택하길 바라. 그리고 이

걸 받아줘."

제임스는 당황하는 나를 내버려둔 채 품속에서 무언가를 꺼냈다. 테이블 위에 내려놓은 그것은 한 통의 하얀 봉투였다. 그는 그 봉투를 미끄러뜨리듯 내게 내밀었다.

"실은 작년 말에 바스커빌 백작의 장녀가 약혼했어. 다음 달 런던에서 양가의 상견례가 있을 예정이야. 나도 거기에 동행하기로 했고."

"그, 그렇구나…… 정말 경사스러운 이야기네."

"확실히 경사스럽지만 과정은 험난했어. 장녀인 마가렛 님은 열네 살이나 많은 미국 부호와 돈 때문에 결혼할 뻔 했거든. 하지만 본인은 가난한 자작인 존스 경과 서로 좋아하고 있었기 때문에 백작님을 설득하는 일을 나도 거들어야 했어. 덕분에 무사히 아가씨와 존스 경의 혼담이 결정된 다음 아가씨가 보답이라며 이걸 준비해주셨지."

백작가의 생생한 스캔들 이야기에 심장이 빠르게 뛰는 걸 느끼면서 나는 봉투를 받아들었다. 내용물을 확인해도 되는지 눈빛으로 묻자 제임스도 말없이 고개를 끄덕여 보였다. 나는 조심스레 봉인을 뜯었다. 안에 들어 있는 건 유려한 필체로 적힌 한 장의 메모와 티켓이었다.

"2월 6일 오후 5시 상연, 소호구区 웨스트 스트리트, 앰버서더스 극장?"

"그래. 그날 앰버서더스 극장에서 윌리엄 셰익스피어의 〈베니스의 상인〉이 상연되거든. 6일 밤엔 런던에 동행하는 모든 사용인이 백작님께 휴가를 받았어. 아가씨가 좌석을 예약해주신 거야. 네 대답이 예스라면 거기로 와줘."

"제임스……."

"난 네가 어떤 대답을 하든 받아들일 생각이야. 하지만 만약 와 준다면 약속할 수 있어. 앞으로 무슨 일이 있어도 영원히 널 사랑하겠다고."

나는 망연히 앉아 있는 것밖에 할 수 없었다. 제임스의 말이 기쁜지 슬픈지, 내 감정인데도 이름을 붙일 수 없었다. 잔뜩 들뜨면서도 어딘가로 추락하는 듯한, 정체를 알 수 없는 이 감정을 뭐라고 부르면 좋을까?

공연까지는 앞으로 열흘이 남아 있었다. 나는 그때까지 제임스와의 관계를 어떻게 하고 싶은지에 관한 결론을 내려야만 한다.

오늘까지 주인님을 향한 마음을 애매하게 끌어왔던 것처럼 제임스에 대한 감정도 어중간하게 놔둔 채로…… 언제까지고 어리광을 피울 수는 없었다.

그에게는 그의 인생이 있고 나에게도 나의 인생이 있다. 그런 둘의 인생은 하나로 겹쳐질 수도, 아니면 갈라질 수도 있었다.

앞길이 제대로 보이지 않으면 누구나 다리가 떨려 앞으로 나아가지 못한다. 그런 상황에서 기약도 없이 기다리게 할 만큼 나는 자신만만하지 않았고 제임스에게도 실례되는 일이었다. 그는 이렇게 성심성의껏 나라는 인간과 마주보고 있지 않은가.

나는 받아든 메모와 티켓을 다시 봉투에 집어넣고 살며시 입을 다물었다. 그렇게 잠시 침묵의 바다로 가라앉았다가 마음을 굳히며 다시 부상했다.

"……알았어. 조금만 생각할 시간을 줘. 네 마음은 정말 기쁘게 생각해. 이런 못난 나지만 그것만큼은 믿어줘."

애원하듯 말하자 제임스는 웃으며 고개를 끄덕여주었다. 손가락이 가늘면서도 남자다운 그의 손이 뻗어 와서 봉투에 올려둔 내 손 위로 겹쳐졌다.

그 뒤 우리는 찻집에서 나와 짧은 쇼핑을 즐긴 뒤 귀갓길에 들어섰다. 제임스는 오늘도 나를 바래다주겠다고 말했고 올드 스트리트 방향에 있는 아파트까지 어깨를 나란히 하며 걸어갔다.

"기차 시간은 괜찮아?"

"응. 너희 집에 바래다주고 가도 충분히 맞출 수 있으니까 걱정 안 해도 돼. 그러고 보니 말인데 결국 『에이번리의 앤』은 읽은 거야? 전에 만났을 때는 속편을 읽을지 말지 고민

중이라고 했었잖아."

"아니…… 실은 아직 안 읽었어. 『빨강머리 앤』은 정말 재미있었지만 그린 게이블즈로 돌아온 앤의 인생을 따라가 볼 용기가 아직 안 나서."

어느새 해도 저물고 눈을 밟는 우리의 발소리만이 들리는 가운데, 나는 후우 하고 하얀 입김을 불며 답답한 밤하늘을 올려다보았다.

"이야기의 결말에서 앤은 대학에 가는 꿈을 포기하고 양어머니인 마릴라에게 돌아가잖아? 길러준 부모님을 모시겠다는 앤의 마음은 훌륭하고 그게 올바른 선택이었다고 생각해. 하지만 그 선택을 위해 꿈을 포기한 순간, 앤의 심정이 어땠을지 생각하면……."

일하면서 짬 날 때마다 읽느라 한 달이 넘어서야 결말을 본 이야기를 회상하면서 나는 천천히 감상을 중얼거렸다. 꿈 많고 수다쟁이에 기가 세지만, 그런데도 도저히 미워할 수 없는 소녀 앤 셜리.

그 이야기를 다 읽고 나서 주인님이 왜 나를 그녀에 비유했는지 이리저리 생각하게 되었다. 단지 내가 몽상가임을 비웃은 건지도 모르고, 내 기가 센 성격을 에둘러 나무란 건지도 모르고, 아니면 특별히 깊은 의미는 없었던 건지도 모른다.

하지만 내가 책은 덮은 뒤에 앤이라는 소녀를 진심으로 사랑스럽게 느낀 것처럼 만약 주인님도 그런 감정을 조금이나마 내게 느껴주신 걸 거라고 자신감을 가져도 될까……?

"제임스. 그린 게이블즈로 돌아간 뒤에도 앤은 행복해?"

내가 하늘을 올려다본 채로 묻자 잠시 틈을 두었다가 제임스가 대답했다.

"그건 네가 직접 확인해야지. 앤도 말했잖아? '이제부터 발견할 것들이 잔뜩 있다는 게 정말 멋지지 않아? 만약 전부 내가 알고 있는 것들뿐이라면 절반만큼도 재미있지 않은걸!'이라고."

나는 눈을 동그랗게 뜨며 제임스를 돌아본 뒤에 웃고 말았다.

"맞는 말이네."

그렇게 중얼거리고 눈 위로 선명히 찍힌 내 발자국을 눈에 새겨두었다. 이윽고 아파트에 도착하자 우리는 서로 작별을 아쉬워하며 팔짱 끼던 팔을 풀었다.

"다음 달, 기다리고 있을게."

그는 마지막 말을 남기며 늘 하던 것처럼 내 오른쪽 손등에 입을 맞추었다. 나는 팔에 남았던 체온이 멀어져가는 것을 느끼며 역으로 향하는 제임스의 뒷모습을 배웅했다. 이윽고 그의 모습이 가스등 사이로 보이지 않게 되자 나도 모르게 작은 한숨이 흘러나왔다.

"내가 직접 확인해야 하는 건가……."

제임스가 해준 말을 반추하면서 열흘 뒤의 미래를 상상
해본다. 정식 극장에서 연극을 관람하는 건 생전 처음 해보
는 체험이었다. 나 같은 못 배운 사람이 봐도 내용을 제대로
이해할 수 있을지 모르겠다.

아니, 그보다 더 중요한 문제도 있다. 제임스의 제안을 받
아들인다면 부유층 사람으로 가득한 객석에서도 초라해 보
이지 않을 드레스를 준비해야 할 텐데…….

"모처럼 초대해준 제임스에게 창피를 줄 순 없잖아."

나는 그렇게 혼잣말을 중얼거리며 그제야 발걸음을 돌렸
다. 아파트 입구로 향하는 계단을 올라가서 문에 손을 댄 순
간 문득 깨닫는다.

그것은 시선이었다. 시선이라는 이름의 덫에 사로잡힌 느
낌이라고 해야 할까. 나는 즉시 뒤를 돌아보며 가스등의 희
미한 불빛 쪽에서 시선의 주인을 찾으려 했다.

하지만 내 눈이 닿는 범위 내에 수상한 그림자는 보이지
않았다. 하얀 눈에 반사된 거리는 무서울 만큼 조용해서 아
무도 모르는 사이에 동네 전체가 죽어버린 것만 같았다.

……잭 더 리퍼.

순간, 머릿속에서 재생되는 중얼거림이 내 심장을 얼어붙

게 했다. 그렇다. 20세기에 되살아난 과거의 괴물.

그 사건은 아직도 해결되지 않은 상태였다. 작년 말에 한 명이 더 죽었고 올해 들어 아홉 번째 피해자가 나왔다. 그렇다면 기념비적인 열 번째는 내가 될지도 모른다.

그런 공포가 갑자기 고개를 들자 온몸이 부들부들 떨려왔다. 순간, 머리 위에서 무슨 소리가 들리며 나는 미친 듯이 비명을 질렀다. 좌우나 뒤쪽도 아닌 머리 위였다. 덜덜 떨리는 입술로 고개를 젖혀 턱을 들고 3층 건물의 꼭대기 쪽을 자세히 살펴보았다.

그곳에서 무언가가 꿈틀거렸다. 온몸이 까맣고 흉기 같은 부리가 달린 그것은……

까악.

갑작스레 울려 퍼지는 울음소리에 나는 깜짝 놀라 부르르 떨었다. 틀림없다. 까마귀였다. 하지만 무슨 까마귀가 저렇게 큰 걸까. 울음소리를 듣지 못했다면 매나 독수리로 착각했을지도 모른다.

그 정도로 커다란 까마귀였다. 어린 시절 들었던 아서왕 전설 중에 왕이 마법에 당해 큰 까마귀로 변하는 내용이 있었는데, 설마 저 까마귀야말로 아서 펜드래건이 아닐까 싶을 만큼 위풍당당한 모습이었다. 그는 지붕창 위에 앉아 무슨 생각인지 나를 내려다보고 있었다.

"설마 런던탑의 까마귀……는 아니겠지?"

템즈강 부근에 세워진 런던탑에는 영국을 수호하는 까마귀가 살고 있다. 그곳에서 정성껏 길러지는 까마귀는 왕실의 상징이며 사라질 경우 나라가 멸망한다는 전승이 있었다.

전부 몇 마리가 사육되는지는 모르겠지만 만약 탑에서 날아온 까마귀라면…… 나도 모르게 불길한 상상이 들어 황급히 고개를 가로저었다.

살인귀니 전쟁이니, 최근 런던엔 불온한 단어로 가득하다. 그래서 무심결에 위험한 생각에 빠져든 거라고 스스로를 힐책하면서 그제야 아파트 입구로 들어갔다.

불어드는 찬바람을 쫓아내듯이 문을 닫자 바깥에서 또 까악 하는 울음소리가 들렸다. 왠지 나를 부르는 것 같다고 잠깐이나마 생각해버린 나는 역시 앤 설리인 걸까.

"……어쨌든 오늘 밤은 그만 자야겠어."

분명 기분이 너무 들뜬 나머지 피곤한 것일 거야. 한숨과 함께 스스로를 타이르듯 말하며 방으로 향했다. 세 번째 울음소리가 들린 것도 같았지만 이제는 신경 쓰지 않는다.

그날 밤, 나는 따뜻한 우유를 마신 뒤에 제임스에게 받은 봉투를 베개 밑에 넣어두고 잠에 들었다. 깊어져가는 밤의 한가운데에서 큰 까마귀가 울고 있었다. 마치 무언가의 시작을 알리는 낡은 종처럼······.

✝

　오늘은 더 이상 전보가 오지 않았으면 좋겠다고 생각하며 창가에서 멍하니 턱을 짚고 있을 때였다. 빅 벤의 종소리가 들려왔다.

　지금 몇 시나 됐지? 나는 어두운 창밖을 바라본 채로 품에 손을 넣어 회중시계를 꺼냈다. 저녁 8시 정각이다. 연극은 이제 슬슬 끝났으리라.

　"제임스가 같이 연극을 보러 가자고 했어요."

　엘리가 뺨을 붉히며 그렇게 말한 것이 사흘 전이었다. 금요일인 오늘, 그녀는 오후부터 반나절의 휴가를 달라고 했고 나는 흔쾌히 수락했다.

　"그런데 극장에는 어떤 옷을 입고 가면 좋을까요? 제가 가진 옷은 전부 초라해서 어떻게 해야 하나 고민하기 시작하면 밤에도 잠이 안 올 정도라······."

　고민하는 그녀를 해로즈백화점으로 데려가 살짝 동양풍인 드레스와 모피가 달린 코트를 한 벌씩 사준 것을 나는 후회하지 않는다.

　"시간적으로 여유가 있었다면 기성품 말고 맞춤 제작한

옷을 준비해줬을 텐데."

덤으로 산 에메랄드 목걸이를 내밀며 그리 말하자 보석과 똑같은 색의 눈동자가 촉촉해지며 엘리는 입을 틀어막았다.

"자네는 평소에도 열심히 일해주고 있어. 이건 그에 대한 정당한 보상이야. 아니면 자네는 내가 이 목걸이를 차고 파티에 가는 모습을 보고 싶은 건가?"

사양하는 그녀를 그렇게 설득하며 목걸이를 떠넘기다시피 한 건 조금 지나친 행동이었을까? 하지만 나도 작별 선물 정도는 해주고 싶었다. 새로운 인생을 나아가기로 결심한 그녀에게.

"어울리나요?"

극장으로 향하기 전, 옷을 갈아입고 불안하게 묻던 그녀의 목덜미와 뒷모습이 떠오른다. 드레스를 입고 입술을 붉게 칠한 엘리는 누가 봐도 양갓집 규수 같았다.

"좀 더 빨리 이렇게 입었으면 자네의 꿈도 20세기가 끝나기 전에 이뤄졌을지도 모르겠군."

그런 비뚤어진 대답밖에 해주지 못했지만 나와 그녀의 관계는 이게 맞다.

"주인님, 정말로 감사해요. ……다녀오겠습니다."

외출하기 전에 굳이 내게 인사하러 와준 엘리는 무척이

나 행복해보였다. 목에 건 에메랄드와 함께 반짝이던 그녀의 눈동자를 떠올리며 눈을 감았다.

"O Lord our God, Be Thou our guide, That by thy help, No Footmay slide……."

나는 〈웨스트민스터의 종〉을 흥얼거리며 연신 울려 퍼지는 종소리와 난로에서 장작이 타는 소리를 듣고 있었다. 엘리가 없는 밤은 조용했다. 그녀도 일하는 시간 내내 내 옆에 붙어 있는 건 아니다. 그런데도 조용했다.

이제 슬슬 새로운 가정부를 구해야겠다고 생각하며 나는 자연스레 찰스의 모습을 찾았다. 그도 이 서재를 마음에 들어 해서 밤에는 자주 난로 앞에서 몸을 웅크리고 있었지만 오늘 밤은 어딘가 다른 방에 가 있는 모양이었다.

저녁에 엘리가 외출하자마자 그녀를 잡으려는 듯이 들러붙던 것을 매정하게 뿌리친 것 때문에 마음이 상한 것일까. 찰스는 매일 먹이를 주는 엘리에겐 고분고분하면서도 주인인 나는 본인 마음에 조금만 안 드는 행동을 해도 금세 토라지곤 했다. 그렇게 되면 내가 양보하거나 그가 양보할 때까지 긴 냉전이 계속되었다.

정말이지, 나이를 먹을수록 성격이 괴팍해지는 건 고양이도 사람과 똑같은 것 같다. 그날 어미 고양이에게 버림받고 뒷골목에서 추위에 떨던 자기를 누가 구해준 건지 드디어

까먹은 걸까…….

"너도 혼자니?"

오늘처럼 추운 겨울 밤. 나는 좁은 골목길에서 시커먼 새끼 고양이를 발견하고 말을 건넸다.

"반가워. 나도 쭉 혼자거든."

추위와 배고픔으로 당장이라도 죽어버릴 것 같은 새끼 고양이가 파란 눈으로 나를 올려다보며 야옹, 하고 울었던 게 기억난다. 나는 들릴까 말까 한 힘없는 소리로 우는 새끼 고양이를 안아들고 집사도 없는 집에 돌아왔다.

죽어가는 새끼 고양이를 밤새 간호하는 동안 나를 "악마의 자식"이라 부르며 버린 어머니의 기억이 자꾸만 떠올랐다. 그럼에도 조부가 나를 가엾게 여겨 남겨주신 재산 덕분에 나는 혼자서 어떻게든 살아갈 수 있었다.

오히려 가문의 경영이니 사교계니 하는 하찮은 세계에 얽매지 않고 살 수 있게 되었다고 할 수도 있었다. 그렇다면 차라리 이런 눈으로 태어난 사실을 행운으로 생각해야 하지 않을까…….

거기까지 회상했을 때 나는 퍼뜩 정신을 차렸다.

……잠깐. 방금 그건 대체 누구의 기억이지? 전에 내가 임종을 지켰던 다른 사람의 기억인가?

아니, 틀리다. 회상 속에는 새끼 고양이 시절의 찰스가 있었다. 그렇다면…… 방금 기억은 뭐지? 설마, 내가 사신이 되기 전의 기억인 건가?

아니, 하지만 나는 찰스가 새끼였을 적의 모습을 본 적이 없다. 무긴의 안내를 받아 여기에 처음 왔을 때 찰스를 처음 만나지 않았던가. 찰스는 젊고 늠름한 성묘였고, 그도 사역마냐고 내가 묻자 무긴은 아니라고 짧게 대답했다.

그렇다면 어째서 고양이가 여기 있느냐는 내 질문에 그는…… 무긴은 뭐라고 대답했더라? 명백한 기억의 혼선에 나답지도 않게 당황하고 말았다.

진정하자. 이건 아마…… 그래. 평소에 회수하던 혼의 기억과 내 기억이 혼선되어 구분이 되지 않게 된 것뿐이다. 사신에게도 이따금씩 그런 일이 벌어진다. 내가 아닌 누군가의 인생을 계속해서 지켜보는 직업이다 보니 이렇게 되지 않는 게 오히려 이상하다고 할 수 있었다.

오늘 밤은 그만 쉬자. 괜찮다. 자고 일어나면 또 평소처럼 공허한 아침이 나를 기다리고 있을 것이다. 모든 감정이 도태되어 이런 식으로 혼란스러워하는 일도, 단 한 명의 인간에게 집착하는 일도 사라진다. 그래, 자자. 나는 아무것도 떠올리고 싶지 않다…….

하지만 침실로 향하는 내 앞을 가로막듯이 현관 벨이 시끄럽게 울렸다.

"전보입니다."

이어서 들려오는 배달부의 목소리. 나는 깊은 탄식을 내뱉은 뒤 초조하게 발걸음을 돌렸다. 현관까지 가서 조금 난폭하게 문을 열자 익숙한 얼굴의 배달부가 놀란 듯이 어깨를 움츠렸다. 그의 손에는 작은 봉투가 두 개 들려 있었다.

"그거, 양쪽 다 내게 온 건가?"

내가 무례하게 묻자 배달부는 갑자기 벙어리가 된 사람처럼 고개만 끄덕끄덕 했다. 나는 즉시 봉투를 낚아채고 마음에도 없는 "고맙소"라는 인사를 한 뒤 문을 닫았다.

"우리 상사 말이야. 가끔씩 '일부러 저러는 거 아냐?' 싶을 만큼 타이밍을 못 맞춘다니까."

아무도 듣지 않는 불평을 늘어놓으며 현관에서 재빨리 봉투를 뜯었다. 이런 시간에 급한 임무가 두 건이나 들어온다는 건 최악이었다. 첫 번째 임종지키미 대상자는 24세 남성, 사망 장소는 올드 스트리트 근처의 골목길, 그리고 나머지 한 건은…….

"……뭐?"

나는 얼빠진 의문부호를 내뱉자마자 옆에 걸려 있던 까만 코트를 낚아챘다. 제대로 몸단장도 하지 않고 그렇게 집을 뛰쳐나와 호통을 치듯 영업용 마차를 불러 세웠다. 당황한 마부에게 행선지를 말하고 최대한 서두르라고 명령했다.

"말도 안 돼."

두 통의 전보를 움켜쥐며 흔들리는 마차 안에서 무심결에 신음했다. 오늘 밤 내가 임종을 지켜야 하는 또 한 명의 이름은 엘리 터너.

잘못 볼 리가 없다. 그건 내가 사랑해버린 사람의 이름이었다.

✝

지하철에서 내리고 익숙한 이스트엔드 거리에 서자 소호의 떠들썩함은 전부 꿈속의 일처럼 느껴졌다. 그만큼 런던의 이쪽은 낙후되어 있어서 안개에 휩싸인 가스등도, 굳게 닫힌 민가의 창문도, 발밑에 쌓이는 하얀 눈조차도 전부 우울하기만 하다.

이 동네는 어쩌면 이렇게 조용할 수 있을까? 하얀 숨을 내쉬며 그렇게 생각했다. 나는 방금 전까지도 무수한 음악과 갈채와 화려하게 꾸며 입은 사람들의 눈부심 속에 둘러싸여 있었을 텐데. 가능하다면 계속 그 눈부신 꿈속에 있고 싶었다.

하지만 이것이야말로 내 현실이며 나라는 인간의 정체인 것이다. 꿈에 취하는 건 이제 끝이다. 나는 어둡고 쌀쌀한 현실 속에서 유일한 빛을 바라보았다.

그 빛은 무척 다정하고 아름다우며 고급스러운 양모 코트를 입고 있었다. 손을 대면 살며시 감싸 안아주듯 따뜻했다. 그래서 나는 그와 함께 걸어가기로 마음먹었다.

"연극은 재미있었어?"

"응, 무척. 재판 장면은 조금 무서웠지만 마지막에는 계속 웃기만 했어. 셰익스피어는 그런 이야기도 잘 쓰는 사람이었구나."

"셰익스피어의 작품은 확실히 비극 쪽이 유명하지만 난 그가 쓴 희극도 좋아해. 그중에서도 〈베니스의 상인〉은 개인적으로 가장 좋아하는 작품이지. '반짝이는 모든 것이 금은 아니다'라니, 좋은 말이라고 생각하지 않아? 오늘 밤의 좌석을 예약해주신 아가씨께 감사해야겠어."

우리는 그렇게 별 것 아닌 대화를 나누며 어깨를 나란히 한 채 귀갓길을 걸어갔다. 제임스도 오늘 밤은 런던에서 묵는다고 하니 평소처럼 서두를 필요는 없었다.

펍과 뮤직홀이 늘어선 소호와 달리 밤의 이스트엔드는 한산했다. 금요일 밤인데도 집들의 불빛은 이미 꺼져버려서 동네 전체가 잠들려 하고 있었다.

덕분에 나는 제임스의 발소리와 옷 스치는 소리, 억양이 약한 말소리까지 전부 독점할 수 있었다. 오늘 밤은 그의 신발이 눈을 밟는 소리마저 사랑스럽다.

"엘리. 오늘은 와줘서 고마워."

"고마운 건 내 쪽이야 제임스. 그런 멋진 연극에 날 초대해줘서…… 그런데 후회하지 않아?"

"왜? 전 세계를 샅샅이 뒤져도 나만큼 널 원하는 남자는 없을걸. 그런데 뭘 후회한단 말이야? 이렇게 네 반짝거림을 손에 넣을 권리를 얻은 밤에."

평소엔 담담한 어조로 이야기하는 제임스가 갑자기 달콤한 말투로 속삭였다. 그의 시선은 지나칠 만큼 달콤하게 나를 바라보고 있어서 무심결에 쑥스러워진다. 그가 이 정도로 나를 강하게 원할 줄은 몰랐다.

아니, 어렴풋이 느끼고 있었지만 인정하고 받아들이기가 두려웠을 뿐이다.

"오른손으로 기쁨을 붙잡으려 하면 왼손의 보물을 떨어뜨리게 돼."

인생이란 그런 거라고 어머니는 말씀하셨다. 나는 왼손의 보물을 잃는 게 두려웠다. 그래서 계속, 언제까지나 지켜내고 싶었다…….

하지만 오른손으로 새로운 기쁨을 움켜쥔 지금은 이게 올바른 선택이었다고 당당히 말할 수 있다. 왼손은 당분간 비워두자. 욕심이 나서 또 오른손을 뻗지 않도록.

"엘리. 넌 정말로 눈부셔."

가슴속에서 사소한 맹세를 하는 나에게 제임스는 계속해서 뜨겁게 말했다.

"난 옛날부터 너처럼 반짝이는 것들에 사족을 못 썼거든. 정말 어쩔 수 없이 끌리게 돼. 동경심……이라고 표현하면 좋으려나. 나와는 평생 인연이 없는 것들이니까."

"어라, 어째서?"

"난 말이지, 엘리. 지금이야 화려한 귀족 저택에서 일하고 있지만 원래는 이곳 이스트엔드의 슬럼가에 사는 고아였어. 매일매일, 내가 왜 사는 지도 모른 채 쓰레기를 줍거나 도둑질을 하면서…… 돈을 벌기 위해 템즈강에 떠오른 시체를 뒤졌던 적도 있었지."

그가 걸어가면서 갑작스레 꺼낸 고백에 나는 흡 하고 숨을 멈추었다. 지금의 그를 보면 도저히 상상하기 어려운 처절한 과거를 듣고 무심결에 눈을 크게 뜨며 돌아보았다.

"슬럼가의 고아? 네가? 정말이야?"

"그래…… 지금까지는 이야기하지 않았지만 말이야. 참 우스꽝스럽지 않아? 내가 살아가는 이유도 발견하지 못하고 이 세상은 살아갈 가치가 없다고 수도 없이 침을 뱉으면서도, 그런 주제에 시체 썩는 냄새가 온 몸에 배면서까지 살아남으려고 했던 거야, 난. 물론 겨울이 올 때마다 템즈강에 뛰어드는 생각도 했지만…… 저항할 힘도 없이 시대에 죽임당하는 내 자신이 너무나도 가여워서, 화가 나서, 결국 멈추고 말았어. 하지만 그런 생활을 몇 년이고 계속하다 보면 말이지, 사람의 마음이란 건 너무나도 쉽게 망가지고 말아. 그리고 나 역시 망가졌지. 지금도 여기에 구멍이 뚫려 있어서 무언가를 소중히 넣어두려 해도 물이 새는 것처럼 흘러나와버리는 거야."

검은 장갑을 낀 제임스의 손이 소리도 없이 가슴을 움켜쥐었다. 마치 정말 거기에 구멍이 뚫려 있어서 심장 박동과 함께 흘러넘치는 무언가를 막아내려는 것처럼.

"하, 하지만…… 하지만 넌 지금도 살아 있잖아."

"그래, 맞아. 난 살아 있지. 암흑 속을 방황한 끝에 한 줄기 빛을 찾아냈으니까."

"빛?"

"그래, 빛 말이야. 그 빛은 아주 짧은 순간, 암흑을 살짝 비추고는 바로 사라져버렸지만 말이지. 그런데도 확 퍼져나가는 순간의 그 빛이 얼마나 아름답던지…… 몇 번이고 또 보고 싶어졌어. 그래서 난 살아 있는 거지. 더욱 아름다운 반짝거림을 이 눈에 새겨두기 위해서."

그는 평소와 달리 잔뜩 고양된 모습으로 자신을 살아가게 하는 빛의 멋짐을 거침없이 이야기해주었다. 나로서는 그가 말하는 빛이 무엇인지 짐작조차 할 수 없었지만, 이제부터 함께 살아갈 남성의 마음속을 조금이라도 더 알고 싶었기에 열심히 귀를 기울였다.

"그런데 엘리, 넌 혼의 존재를 믿어?"

"혼? 글쎄…… 구체적으로 그게 뭐냐고 물으면 흔해 빠진 대답밖에 못하지만…… 그래도 혼은 있다고 생각해. 주인님이 전에 말씀하셨거든. 혼이란 건 사람이 가진 마음의 그릇을 가리키는 말이라고. 혼이 존재하지 않으면 마음이 물처럼 흘러내려서 가슴 속에 담아둘 수 없대. 기쁨도 슬픔도, 즐거움도 괴로움도, 무엇 하나 빠짐없이 소중히 간직할 수 있는 건 주님이 혼이라는 이름의 보물 상자를 내려주셨기 때문이라고…… 그래서 사람은 사람으로 존재할 수 있는 거라고, 그렇게 말씀하셨어."

"헤에…… 혼이라는 이름의 보물 상자……인가. 역시 네 주인님은 정말 시적이고 적절한 표현을 사용하는군. 그래, 보물 상자라. 아아, 정말 멋지게 들리는 말이야!"

제임스는 그렇게 말하자마자 걸음을 딱 멈추더니 갑자기 내 손을 잡았다. 내가 놀라 눈을 깜빡거리는 동안에도 그는 황홀한 말투로 샴페인처럼 달콤한 말을 계속 꺼냈다.

"그래, 그야말로 보물 상자야, 엘리. 혼이라는 이름의 상자 속에는 형형색색의 보석이 숨겨져 있지. 그게 있을 때 사람은 확 밝아지며 불꽃놀이처럼 반짝거려. 사람들은 다들 그런 건 보이지도 않고 존재하지도 않는다고 말하지만 나에게는 보여. 선명하게 보인다고. 그걸 혼이라 부르지 않으면 대체 무엇이 혼이란 말이지?"

"제, 제임스……?"

"하지만 혼의 반짝임은 사람에 따라 전혀 다른 색을 띠고 있어. 그중에는 조금도 아름답지 않고 탁한 혼을 가진 인간도 있지. 이스트엔드에서 사는 사람의 혼은 전부 그랬어. 너처럼 반짝거리는 혼의 주인은 좀처럼 눈에 띄지 않아. 그래서 난 네게 끌린 거야. 이루어지지 않을 연심에 괴로워하면서도 계속 사랑에 불타는 네 반짝거림에."

"저, 저기, 제임스……?"

"그리고 오늘 밤, 난 그 반짝거림을 손에 넣었어. 지금까지 손에 넣은 반짝거림 중에서도 네 것은 제일 뛰어나. 특히 오늘밤의 반짝거림은 가장 아름다워. 나는 이제 참을 수 없어. 지금 당장이라도 네 혼의 반짝임을 보여줬으면 해."

"제임스, 너 아까부터 무슨 말을……."

그건 너무나도 갑작스러웠다. 갑작스럽게, 나는 제임스가 하는 말을 이해할 수 없게 되었다. 분명히 같은 모국어로 이야기하고 있음에도 외국어를 듣는 듯한 착각, 혼란 그리고 공포. 내 손을 잡은 제임스의 눈은 형형하게 빛났고 어둠 속에서 유난히 하얀 결막이 스스로 빛을 내는 것 같아 무서웠다.

나는 즉시 붙잡힌 손을 뿌리치려 했지만 실패했다. 엄청난 힘이다. 대체 그는 왜 이러는 것일까. 소름이 끼치며 그를 바라본 순간, 나는 더욱 전율했다. 왜냐하면 제임스의 왼손에는 어느새 섬뜩할 만큼 날카로운 한 자루의 나이프가 들려 있었기 때문이다.

"한 번 더 말할게, 엘리. 오늘은 와줘서 고마웠어. 난 계속 이날이 오길 기다렸거든."

"제, 제임스……."

"아아, 마지막으로 한 가지만 알려줄게. 나에게는 옛날부터 이름이 없었어. 유감스럽게도 제임스 오스트록이라는 남자는 이 세상 어디에도 존재하지 않아."

그렇게 말하며 그가 양 입가를 치켜 올렸을 때, 나는 겨우 깨달았다.

이름이 없다는 그의 진짜 이름, 잭 더 리퍼.

머릿속이 꽃밭인 여자라 불렸던 두뇌가 간신히 그 답에 도달했을 때, 나는 찢어지는 듯한 비명을 질렀다.

충동적으로 눈앞의 괴물을 밀쳐내고 앞쪽에 보이는 샛길로 뛰기 시작했다. 낡고 좁은 골목길이었다. 어디로 이어지는지도 모르는 뒷골목을, 나는 드레스 자락을 걷어 올리며 달려갔다.

등 뒤에서는 나를 멈춰 세우려는 그의 발소리가 다가오고 있었다. 엘리, 엘리, 하고 거듭 들려오는 목소리에 다급함이나 분노는 담겨 있지 않았다. 그가 드러내는 감정이라곤 등줄기가 얼어붙는 희열뿐이다.

어째서 난 지금까지 그의 정체를 알아채지 못했을까? 어째서, 어째서, 어째서…….

"어째서……!"

목이 찢어져라 소리쳤다. 도움을 청하고 싶었지만 아무리 달려가도 사람은 보이지 않았다. 간신히 손에 넣었다고 생각했던 내 인생, 내 미래, 내 행복. 그런데 왼손의 보물을 내던지고 손에 넣은 결말이 고작 이런 거라니. 아아, 어설픈 희극보다 훨씬 희극적이다.

코트에서 삐져나온 에메랄드 목걸이가 가슴께에서 흔들렸다. 내 선택을 축복하며 배웅해준 그 사람에게 뭐라고 사과하면 좋을까.

그런 현실도피적인 생각이 뇌리를 스친 직후였다. 스윽 하고 등에 차가운 감촉이 느껴지더니 코트와 피부의 안쪽으로 무언가가 미끄러져 들어왔다.

고통이나 절망을 느끼기도 전에 눈물이 흘러나왔다. 내 의지와는 전혀 상관없이 몸에서 힘이 빠져나가며 차가운

땅바닥 위로 쓰러졌다.

그 뒤로는 아무 말도 할 수 없었다. 내 몸에서 쏟아져 나오는 따뜻하고 소중한 것이 눈을 녹이는 것을 느끼면서 달도 없는 밤하늘에 번뜩이는 칼끝을 바라보았다.

팔을 붙잡히며 저항할 수 없을 정도의 힘으로 몸이 뒤집히나 싶더니, 광기의 웃음과 함께 두 번째 칼이 내리꽂혔다. 뜨겁다. 몸이 얼 만큼 추운데도 얼음으로 만들어진 게 아닐까 싶은 칼날이 피부를 찢자 무척이나 뜨거웠다.

……주인님.

살아 있는 채로 지옥에 떨어지는 듯한 광경 속에서 나는 오로지 생각했다.

주인님. 전 당신을 사랑했어요. 어차피 헤어질 거였다면, 하다못해 이 거짓 없는 마음만이라도 당신에게 맡겨두고 갈 걸 그랬네요. 보답 받지 못할 사랑일지라도 여기에 당신을 사랑한 사람이 있었다는 사실을 분명히, 분명히…….

까악!

그때 당장이라도 막을 내리려는 내 의식을 날카로운 울음소리가 찢어발겼다. 아직은 끝낼 때가 아니라는 듯한 울음소리가 날갯짓과 함께 내려오더니 잭 더 리퍼를 맹렬히 덮쳤다.

"까마귀……."

나는 이미 목소리도 나오지 않는 입술 사이로 작게 중얼거렸다. 칠흑의 하늘에서 나타난 칠흑의 새가 요란하게 울어대며 날갯짓으로 잭 더 리퍼를 방해하고 있다.

설마 저 까마귀는…….

열흘 전 밤, 집에 돌아온 나를 내려다보던 거대한 까마귀가 생각났다. 지금 용감하게도 살인마에게 덤빈 큰 까마귀는 그날 밤에 본 그가 아닐까?

하늘에서의 급습에 허를 찔린 잭 더 리퍼의 손에서 나이프가 떨어졌다. 그는 떨어진 흉기를 즉시 주우려 했지만, 그보다 한 발 먼저 까만 칼자루를 쥐는 장갑이 보였다.

"고마워, 무긴."

아, 방금 그건 환청일까? 내가 마지막으로 견딜 수 없이 듣고 싶었던 목소리가 고막에 닿았다. 그리고 피가 사방에 튀었다.

†

그건 옛날, 아주 먼 옛날부터 정해진 일이다. 우리 상사가 내리는 결정은 절대적이며, 설령 천지가 뒤집히고 땅이 갈라져 지옥이 강림하더라도 대충 넘어가는 일은 없다.

그런 사실은 오랜 사신 생활 속에서 이미 깨우쳤을 텐데도…… 지독하게 추운 겨울 밤. 나는 피웅덩이 위에 쓰러진 엘리의 옆에 무릎 꿇으며 세상을 저주했다.

"주……주인, 님……."

말을 처음 깨우친 어린아이처럼, 핏기가 사라진 엘리의 입술이 힘겹게 나를 불렀다. 나는 대답할 말이 없어서 피와 눈물로 범벅이 된 그녀의 뺨에 살며시 손바닥을 갖다 댔다.

"주인……님…… 미안……요…… 나, 나…… 모처럼…… 주인님, 이…… 배웅해……주……셨는……데……."

"……이제 됐어, 엘리. 이제 됐어."

공허하게 나를 바라보는 엘리의 눈에서는 끊임없이 눈물이 흘러나왔다.

엘리의 젖은 눈은 이런 상황에서도 예뻐서…… 무척이나 예뻐서 웃음이 나올 것 같다. 눈물에 씻긴 그녀의 에메랄드는 가슴께에서 반짝이는 진짜 에메랄드 따위보다 훨씬 아름다웠다. 그래서 나는 그녀를 사랑했다. 사신 주제에 사랑해버리고 말았다.

이건 그에 대한 징벌인 걸까?

엘리가 나와 만나지 않았다면 훨씬 행복한 죽음을 맞이할 수 있지 않았을까? 아니면 나와 만났기 때문이라는 건방진 생각 자체가 지나친 교만일 걸까? 무력하고 공허한 나를 비웃듯이 빅 벤의 종이 울리고 있다.

"주인……님…… 저…… 마지……막으로…… 하고……
프은, 말이……."

"뭐지?"

"저……는…… 저…… 계속…… 주인, 님을……."

조용한 밤이었다. 얇게 쌓인 눈이 세상을 뒤덮어버린 것
처럼 조용한 밤이었다. 들려오는 건 종소리와 그녀가 쉰 목
소리로 꺼낸 마지막 말뿐.

그래서 나는 웃으며 대답했다.

"당신이 날 바라보았을 때, 내 마음은 둘로 찢겨져나가고
말았다. 절반은 당신의 것, 나머지 절반도 당신의 것……."

결국 그런 비뚤어진 대답밖에 해줄 수 없었지만 나와 그
녀의 관계는 이걸로 좋았다고 생각하고 있다.

"……끝난 건가."

엘리의 뺨 위로 마지막 물방울이 흘러내리고 내가 그녀
의 혼을 명부로 보냈을 무렵, 등 뒤에서 노인의 낮은 목소리
가 들렸다. 나는 소중하게 감싸 쥐던 그녀의 오른손을 슬며
시 내려놓으며 일어섰다.

뒤를 돌아보자 새하얀 지면에 내려선 새까만 까마귀가
있었다. 그의 뒤에서는 두 눈을 감싸 쥔 살인귀가 아직도 땅
을 구르며 신음하고 있다.

나는 그에게서 빼앗은 나이프로 겨울 공기를 휙 가르며

칼끝을 적신 피를 털어냈다.

"무긴, 비켜주겠어?"

"비키라고 하면 비켜야겠지."

살인귀 앞을 가로막던 내 사역마가 부리를 열었다.

"너도 알고 있겠지, 고양이 눈. 사신이 인간에게 손을 대는 건 용납되지 않아. 발밑을 봐. 그 경계를 넘으면 끝이야. 그럼 넌 사신으로 존재할 수 없게 된다."

까마귀의 모습을 한 사역마는 내내 무뚝뚝한 음성으로 사신의 규칙을 일깨웠다. 그의 말대로 내가 냉담하게 내려다본 눈밭 위로는 방금 털어낸 나이프의 피가 붉은 경계선을 그리고 있었다.

그러나 나는 조금의 망설임도 없이 이쪽 세계와 저쪽 세계의 경계선을 넘어버렸다.

"무슨 상관이야. 어차피 난 이제 돌아갈 수 없어."

"왜지?"

"기억이 났으니까, 무긴. 내 진짜 이름도, 사신이 되기 전의 기억도, 전부."

런던탑의 까마귀보다 훨씬 덩치가 큰 까마귀인 내 사역마는 아무 말 없이 눈을 가늘게 떴다. 거기에 담긴 건 체념일까, 아니면 연민일까.

그 어느 쪽도 아니었다는 걸 내가 알게 되는 건 좀 더 나중의 일이었다.

"그런가. 그러면 가도록 해라."

큰 까마귀가 요란한 날갯소리를 내며 날아올랐다. 그것이
나를 사신으로 키워준 그와의 영원한 작별임을 어렴풋이
깨닫고, 아주 잠깐 하늘을 올려다보았다.

"으……으으, 으…… 엘리…… 엘리는……?"

그의 날갯소리가 멀어지며 칠흑의 날개가 칠흑의 하늘로
녹아 사라질 무렵.

나는 밭밑에서 신음하는 살인귀를 내려다보며 모든 감정
을 무로 되돌렸다. 사신이 아니게 된 지금, 감정을 없애는
건 이제 불가능할 테지만 이상하게도 눈앞의 남자에 대해
서는 어떤 감정도 들끓지 않았다.

그저 내 나이프에 두 눈을 잃고 꿈틀거리는 고깃덩이를
아주 잠깐 동정했을 뿐이다. 내게 이 녀석은 사람의 형상을
한 오물에 지나지 않는다.

오물로 태어나 오물로 죽는 자. 아아, 뭐 이런 젠장맞을
밤이 다 있단 말인가. 하필이면 마지막으로 임종을 지킬 인
간이 이렇게나 나와 꼭 닮은 살인마일 줄이야.

"엘리는 이제 어디에도 없어, 잭 더 리퍼."

신음하며 왼손으로 허공을 더듬던 살인마가 내 목소리에
반응했다.

"아니, 존 메이블릭이라고 부르는 게 맞으려나? 놀랍군. 설마 인간의 몸으로 혼을 보는 힘을 가진 자가 있을 줄이야."

"……넌 누구지? 난 존 메이블릭이 아니야……."

"널 부모처럼 길러준 암살자가 붙여준 이름일 테지? 부모님과 이름은 소중히 해야지. 안 그래?"

나는 완전히 남의 일인 양 말하며 살인마를 걷어찼다. 피범벅이 된 얼굴로 쓰러진 그의 가슴 위로 발을 올려서 눈 침대의 감촉을 마음껏 느끼게 해주었다.

"으으, 엘리……! 이거 놔……! 난 엘리의 반짝거림을 지켜봐야 해……!"

"유감이지만 그건 불가능해. 그녀의 혼은 내가 받았어. 오랜 시간 이 일을 해온 나조차도 처음 볼 만큼 아름다운 혼이었지. 하지만 너에겐 작은 조각조차 보여줄 수 없어. 그녀의 혼의 반짝거림은 영원히 나 혼자만의 것이야."

"아, 아아, 아아아아아……!"

그녀의 혼이 더 이상 여기에 없다는 사실을 알았기 때문인지 그는 괴로워하며 발버둥 치기 시작했다. 뒤집힌 딱정벌레처럼 팔다리를 버둥거리며 괴성을 지르는 살인마를 나는 망가져가는 따분한 장난감처럼 내려다보며 말했다.

"아아…… 그리고 보니 원래는 네 눈알도 받아갈 생각이었는데 다급한 상황이라 망가뜨리고 말았군. 정말 아까운 짓을 했어. 소문이 자자한 살인마는 대체 어떤 눈을 하고 있을지 확인해두고 싶었는데 말이야."

나는 몸부림치는 그를 계속 짓밟으면서 익숙한 동작으로 손 안의 나이프를 빙글 돌렸다. 그렇게 까만 칼자루를 고쳐 쥐며 살인마였던 시절의 기억에 몸을 맡겼다.

"뭐, 상관없겠지. 눈알 수집도 이걸로 마지막이야. 내가 마지막으로 손에 넣는 건 다른 누구도 아닌 엘리의 에메랄드여야만 해. 그럼, 잘 가라고."

나는 무자비한 말을 내뱉으며 살인마의 가슴에 칼을 내리꽂았다. 20세기의 괴물은 심장으로 19세기 괴물의 칼날을 받아내며 죽었다.

임종지키미 업무 완료. 내가 마지막으로 전송한 혼은 구원될 수 없을 만큼 새까맣고 탁하며 슬플 정도로 공허했다.

✝

그날, 천사 사리엘은 한 명의 사신을 한 저택으로 인도했다. 이제 막 각성한 사신은 지독하게 공허하고 완전히 새로 태어난 상태라 몸에 걸친 까만 조끼와 하얀 셔츠 외에 이름도, 기억도, 눈알조차도 갖고 있지 않았다.

손을 잡아준 천사가 이끄는 대로 걸어가면서 그는 이따

금씩 왼손으로 허공을 더듬거렸다. 마치 끝도 없는 동굴을 더듬어가는 듯한 감각에 그는 한 번도 맛본 적 없는 당혹감을 느끼고 있었다.

"……저기, 천사 사리엘. 역시 지팡이가 필요할 듯합니다."

사신은 실명한 눈을 감은 채로 눈썹을 찡그리며 말했다. 상급자인 천사에게 무언가를 요구한다는 게 불손하다는 걸 알지만 이대로는 혼자 제대로 걸어가기 힘들 것 같았다. 그런데 천사는 낡은 벽지 냄새의 한가운데에 잠시 멈추어 서더니 조용히 미소 지을 뿐이었다.

"괜찮습니다. 이제 조금만 더 참으면 돼요."

남자인지 여자인지 구분이 되지 않는 온화한 목소리가 고막에 닿았다. 잠시 뒤에 경첩이 삐걱거리는 소리가 났고 사신은 자신의 신발이 푹신한 카펫을 밟고 있음을 느꼈다.

계절은 이미 봄에 접어들었음에도 밤새 내린 첫눈 위로 처음 발자국을 새기는 듯한 착각이 뇌리에서 잔물결처럼 번져나갔다. 그 순간 어떤 영상의 편린이 눈꺼풀 밑을 스쳐 지나갔지만 그것을 가로막는 목소리가 들렸다.

"어서 와."

전혀 모르는 남자의 목소리였다. 희미한 놀라움과 함께 멈춰 서자 오른손을 끌어주던 장갑의 감촉이 스윽 하고 사라졌다. 덕분에 사신은 갑자기 한줄기 빛도 없는 어둠 속에서 멈춰 선 꼴이 되었다.

입을 다문 채 천사의 다음 지시를 기다렸지만 침묵만이
내려앉을 뿐이었다.

"천사 사리엘?"

허공을 향해 불렀지만 천사는 더는 대답하지 않았다.

"난 사리엘이 아니야."

대신 대답한 건 방금 전에 어둠 속에 울렸던 것과 동일한
남자의 목소리였다.

"……당신은?"

"글쎄, 일단은 찰스라고 해둘까?"

목소리의 주인공은 당당하게 가명임을 선언하면서 태연
히 대답했다. 아주 짧은 순간, 그 목소리를 언젠가 들어본
것 같다는 느낌이 들었지만, 사신이 된 그의 감정이나 기억
의 흔들림은 생겨나자마자 눈앞의 어둠에 집어삼켜졌다.

"신참, 오늘부터 여기가 자네의 집이야. 그리고 난 자네의
사역마지. 자네를 어엿한 사신으로 육성해 이 세상과 저 세
상의 조율을 맡기는 자……라고 할 수 있다면 멋질 테지만,
사실은 그냥 죄인이야. 덕분에 이런 답답한 몸에 갇히게 됐
지. 찰스에게는 미안한 말이지만, 지금의 나와 비교한다면
차라리 프랑켄슈타인이 더 행복할 거야."

그는 넘쳐흐를 정도의 빈정거림을 담아 말하며 이윽고

어디선가 뛰어내렸다. 땅에 닿는 발소리가 이상하게 가벼웠기에 사신은 귀를 곤두세웠다.

"그런데 자네, 아무래도 자네에게는 눈이 없는 것 같군. 눈이 먼 상태로는 사신 일을 할 수 없어. 그러니까 자네에게 눈을 주라는 상사의 지시가 있었지."

찰스의 목소리는 이번에는 훨씬 낮은 위치에서 들려왔다. 그러나 마음이 텅 빈 사신은 대답할 말도 생각해낼 수 없어서 예의 바른 인형처럼 가만히 서 있을 뿐이다.

"……난 네게 눈을 주어선 안 된다고 말했지만 말이지. 예전에 내게 그랬던 것처럼 자네에게도 기회를 줘야 한다고 상사는 말했어. 그 사람은 부조리함을 좋아하는 주제에 이상한 데서 공평하거든. 그리고 더욱 다행인 점은 눈알이라면 여기에 썩어 넘칠 만큼 많다는 거야. 이 안에서 특별히 자네에게 어울릴 만한 걸 내가 골라주지."

유리와 유리가 맞닿는 아련한 소리가 들렸다. 아무래도 찰스가 물건을 골라주고 있는 것 같다. 이윽고 그는 수많은 유리병 중 단 하나를 입에 물더니 그것을 사신의 눈앞에 내밀었다.

"그럼 이걸 받아. 내 보물인 에메랄드 정도는 아니어도 비장의 일품이야."

사신은 찰스가 준 유리병을 받기 위해 왼팔을 허우적거

리다 손끝에서 유리의 차가움을 느꼈다.

"자네에겐 무척 어울려. 그래, 무척 어울리지."

희미하게 흔들린 병 속에서 두 개의 석양이 그를 바라보았다.

"자, 빨리 거울을 들여다 봐. 과연 자네는 그 붉은색을 어떤 붉음으로 부르게 될까?"

막간

검은 고양이와 왈츠

"안녕, 엘리. 오랜만이야. 여기로 돌아온 게 얼마만일까? 한동안 청소를 게을리 했더니 먼지가 꽤나 쌓였어. 나중에 그를 불러와 청소를 시켜야겠는데. 언제 또 런던으로 재소환될지 모르는 일이니까 말이야.

우리가 일본에 부임한 지도 오늘로 1주년이야. 그 나라는 뭐랄까, 참 재미있어, 응. 가보기 전만 해도 같은 섬나라니까 영국과 비슷하지 않을까, 어렴풋이 예상했지만 전혀 달랐지. 완전히 달라.

특히 우리로서는 이해할 수 없는 종교관을 보며 많이 놀랐어. 그럴 수밖에 없는 게, 일본에서는 우리 상사를 지칭하는 말이 800만 개나 된다고 하거든? 아무리 똑똑한 나라도 전부 기억하지는 못할 것 같아. 뭐, 일본에서도 100년 동안 일하라고 하면 이야기가 달라지겠지만 말이야.

그래도 100년…… 그래, 100년이야. 우리가 해로즈백화점에서 같이 쇼핑한 그날부터 벌써 100년이나 지났어. 믿어져? 난 너의 웃는 얼굴도, 네가 타주던 홍차의 맛도, 투박한 아일랜드 억양조차도 바로 어제 일처럼 기억하고 있는데.

셰익스피어는 『맥베스』에서 '아무리 세찬 폭풍우의 날에도 시간은 흘러가는 법'이라고 말했지만, 아무리 많은 시간이 흘러도 물러가지 않는 폭풍우도 있는 법이야. 난 요즘 들어 그런 생각이 들기 시작했어. 아니, 어쩌면 내가 꽉 붙들고 놓지 않는 걸까? 폭풍우여, 제발 물러가지 말아달라고. 넌 지금쯤 어딘가에서 새로운 인생을 만끽하고 있을 테지만, 이런 곳에서 영원한 폭풍우에 휩쓸리는 나를 보면 바보 같다고 비웃으려나?

하지만 나도 어쩔 수 없어. 아무리 기다려도 그 친구가 각성하지 못하는걸. 나조차도 20년쯤 지났을 때 눈이 뜨였는데 말이지? 뭐, 그 인간은 그 정도로 세상에 마음을 닫아걸고 있는 거라고, 일단 이해는 하고 있지만 말이야.

아니, 어쩌면 내가 문제인 걸까? 생각해보면 무긴은 가끔 약이 오를 만큼 요령이 좋았으니까. 그 녀석도 지금쯤 어딘가에서 환생해서 살아가고 있으려나. 나도 슬슬 그쪽으로 갈 수 있으면 좋을 텐데.

그런데 그의 혼은 무사히 되살아날 수 있을까? 넌 그 친구에 대해 생각하고 싶지 않을지도 모르겠군. 나도 100년 전에는 그랬으니까.

하지만 지금은 굳이 따지자면 흥미 쪽이 앞서고 있어. 어떻게 그럴 수 있느냐고 화를 내지는 말아줄래? 나도 많이 놀라고 있으니까. 아까는 그렇게 말했지만 그 친구도 일본에 온 뒤로 조금씩 변하기 시작했어. 어쩌면 우리가 재회할 순간은 의외로 가까울 지도 몰라.

다시 만나게 될 날을 기대하고 있을게, 엘리. 그때는 부디 나와 함께 춤을 한 곡 춰줘. 한심스럽게도 숙녀에게 춤을 청하는 건 이게 처음이지만 말이야. 너와 함께라면 멋진 왈츠를 출 수 있을 것 같아. 그러니까 언젠가 데리러 갈게. 그때까지는 좀 더 이 폭풍우와 함께 춤을 춰보려고 해. 그야, 모처럼 나한테도 혼이 있으니까 말이야.

아아, 수많은 아침을 맞이하면서도 슬픔의 빛이 바래지 않는다는 건 멋진 일이야. 엘리, 부디 마지막 순간에 내 눈앞을 장식하는 혼이 너의 눈동자와 같은 색이었으면 해."

제5화

꿈을 쫓는 사람과 악마

봄비가 내리는 걸까? 한없이 정적에 가까운 빗소리가 듣기 좋았다. 차광 커튼이 쳐진 어둑어둑한 방 안에서 드레스 자락이 바닥을 스치는 듯한 음색이 들려오고 있었다. 저게 만약 드레스에서 나는 소리라면, 분명 명부에서 돌아온 페르세포네가 온 세상을 돌아다니며 겨울의 끝을 재촉하고 있는 것이리라.

새벽녘에 비몽사몽하며 그런 꿈인지 공상인지 모를 생각에 잠겨 있을 때, 갑자기 귓가에서 스마트폰이 울렸다. 평소처럼 벨소리인 마더구스가 아니라 규칙적으로 들리는 무기질적인 전자음이었다.

나는 아직도 무거운 눈꺼풀을 억지로 뜨며 손을 더듬어

스마트폰을 찾았다. 그리고 화면을 켜자 알림 부분에서 메일 도착을 알리는 아이콘이 반짝이고 있었다.

[악마주의보]

열어본 메일의 제목은 실로 간결하면서 명쾌했다. '악마'라는 두 글자가 아침 특유의 흐릿한 사고를 천천히 깨워주었다.

"……찰스."

싱글 침대에서 몸을 일으키며 파트너의 이름을 불러보았다. 하지만 요람처럼 만들어둔 침상 위에 찰스의 모습은 없었다. 아직 동이 트기도 전인데 어디로 가버린 걸까? 나는 별 수 없이 사역마와의 정보 공유를 뒤로 미룬 채 옷을 갈아입고 침실을 나섰다.

드레스 셔츠의 단추를 잠그며 거실로 향하자 다마스크 무늬의 소파에 얌전히 앉아 있던 인형들이 일제히 나를 돌아보았다. 그리고 크게 당황한 듯 소파에서 뛰어내렸다. 주인이 이 정도로 빨리 일어날 줄은 몰랐던 것 같다.

"다들 좋은 아침이야. 혹시 찰스를 보지 못했어?"

제일 위쪽 단추까지 채우고 나서 문자 발밑에 정렬한 인형들이 서로의 얼굴을 마주보았다. 표정은 그대로지만 의아한 듯이 고개를 갸웃거리는 모습에서 그들도 찰스를 보지 못했음을 추측할 수 있었다.

"그렇군. 못 봤으면 됐어. 그렇지, 아침 식사는 평소에 먹던 시간에 준비해 줘도 괜찮아. 그보다도 너희들은 오늘부터 한동안 집 밖으로 나가지 말도록 해. 어제 내 관할 구역에 악마가 출현한 것 같아. 악마들은 사람의 혼을 양분으로 삼으니까 말이야. 너희들을 움직이게 하는 건 조각이긴 해도 인간의 혼이야. 표적이 될 가능성은 충분하지."

내가 주인다운 위엄으로 경고하자 인형들이 일제히 떨기 시작했다. 귀족 영애 차림의 인형은 경악한 나머지 자기 입을 틀어막았고 메이드 차림의 인형들은 서로를 끌어안았으며 병사 차림의 인형들도 총검을 짊어진 채 전율하고 있었다.

그들은 정원에 있는 작은 채소밭도 관리하고 있었기에 이따금씩 채소와 허브를 수확하기 위해 집 밖으로 나갈 때가 있었다. 물론 그들의 몸 안에 심어둔 혼은 아주 작아서 일반적인 악마라면 군침을 흘리지 않는다.

그러나 악마 중에는 너무 굶주린 나머지 자아와 이성, 분별력을 상실한 것들도 있다. 그런 놈들에게는 작은 콩 한 쪽도 분명 먹음직스럽게 보일 것이다.

"일단 악마 막이를 해둘 테니까 집 안이라면 안전할 거야. 문제는 찰스로군……."

사역마가 동물의 사체에 인간의 혼을 집어넣은 존재라는

건 나도 이미 알고 있었다. 혼이 없는 사신은 악마의 표적이 되지 않지만 사람의 혼을 가진 사역마는 다르다. 나는 항상 진짜 고양이처럼 변덕스러운 나의 파트너를 걱정하면서도 우선은 악마 막이 의식을 끝내놓기로 했다.

아침 해가 얼굴을 내밀기 직전의 헤븐리 블루 빛으로 가득한 실내에서 나는 기도문을 읊조리며 곳곳에 성수를 뿌렸다. 현관에는 은 십자가를 걸어두고 그 외의 출입구, 부엌 옆의 뒷문이나 큼직한 격자창문 주위로는 화이트 세이지의 향을 피웠다.

내 은신처에는 인형들에 깃든 혼 외에도 물감으로 쓰려고 수집한 수많은 혼의 조각이 있었다. 악마가 그 냄새를 맡으면 큰일이다. 그래서 나는 몇 겹에 걸쳐 정성스럽게 내 성을 지키기 위한 결계를 펼쳐놓았다.

모든 의식이 종료될 즈음에는 어느새 해가 높이 떠 있었다. 아직도 창문을 두드리는 가랑비 소리를 들으며 땀을 닦고 하늘을 올려다보았다. 아틀리에 창문 너머로 보이는 하늘은 흐린데도 눈이 부셔서 겨울의 구름 낀 영국의 하늘과는 정취가 달랐다.

"일본은 봄이 빨리 오는군……."

나는 혼잣말로 중얼거리며 잠시 가만히 서 있었다. 벚꽃이 피려면 아직 조금 이르지만 기온은 이미 많이 올라서 낮

동안에는 땀을 흘리는 경우도 많아졌다.

그때 문득 시야 한구석에 들어온 이젤로 자연스레 의식이 전환되었다. 갈 곳을 잃고 오랫동안 방구석에 방치된 그 이젤은 오늘도 역시 핼러윈의 망령처럼 하얀 천을 뒤집어쓰고 있다.

나는 어느새 일과가 된 무심한 동작으로 천을 벗겨냈다. 오늘이야말로 이 그림에 색을 칠할 수 있지 않을까 하는 옅은 기대를 품고서.

하지만 목탄으로 얇게 그려낸 데생을 보자마자 형언할 수 없는 감정에 숨이 막혔다. 아마 까맣게 잊어버렸을 뿐, 어제의 나도 이랬을 것이다. 덧붙이자면 그저께의 나도, 그 그저께의 나도, 그 전날의 나도, 그 전전날의 나도…….

그런 식으로 작년 가을부터 계속 방치된 한 장의 그림이 눈앞에 있다. 그날, 고등학교 옥상에서 몸을 던진 우스이 카에데가 마지막으로 보았을 풍경. 그녀의 혼을 회수한 나는 당일에 이 그림을 완성하려고 붓을 잡았다.

죽음의 순간 그녀가 옥상에서 바라본 핏빛 세계를, 그녀가 자신의 인생에서 유일하게 아름답다고 느낀 정경을 그림으로 남겨야겠다고 생각했다.

그러나 소묘를 마치고 색을 입히려 하자 무슨 영문인지 붓이 멈추고 말았다. 카에데가 남긴 노을빛 조각으로 새빨갛게 익은 석양을 그리려고 했지만 그녀의 혼을 가루로 만드는 일조차 꺼려졌다. 내 안의 무엇이 그렇게 만들었는지는 지금도 알 수가 없다.

하지만 이 그림에는 아무리 해봐도 색을 입힐 수 없어서…… 입히는 순간 내 안의 무언가가 바뀌어버릴 것 같은 느낌이 들어 결국은 이젤 그대로 봉인하는 길을 선택했다.

그리고 가끔씩 이렇게 떠올렸다가 역시 오늘도 글렀다는 생각에 어깨를 축 늘어뜨리는 것이다. 못 그릴 것 같다면 빨리 지하실 창고에 처박아두고 잊어버리는 편이 마음은 편할 텐데도.

나는 새하얀 태양을 바라보며 잠시 멈춰 섰다가 호출 벨의 음색에 정신을 차렸다. 인형들이 식사 준비를 끝냈을 때 울리는 종소리였다.

나는 석연치 않은 기분으로 다시 이젤을 천으로 덮은 뒤 세이지 향으로 가득한 거실로 돌아왔다. 그런데 거실에는 어느새 찰스가 돌아와 있었다. 그는 식탁 옆에 놓인 그릇 앞에 웅크리고 앉아 일부러 영국에서 사온 그레인 프리 사료를 맛있게 음미하고 있었다.

"안녕, 자네. 아침부터 꽤나 지독한 냄새가 나는 걸 피우고 있군. 설마 그럴 리는 없겠지만 악마라도 나타난 거야?"

"그래, 그 설마가 맞아. 오늘 아침에 상부에서 긴급 연락이 왔어. 하필 이럴 때 자네는 어디에 갔던 거지?"

"잠깐 근처 사교장에. 오늘 아침에 집회가 있었거든."

"집회?"

"고양이 세계에도 여러 가지 일이 있어. 요즘 시대에는 특히 말이야."

찰스는 톡 쏘듯 대답하더니 다시 먹이 그릇에 얼굴을 파묻었다. 고양이의 세계가 어떤지 잘은 모르겠지만, 아무래도 그는 이 동네에 사는 고양이의 일원으로서 이웃 고양이들과 교류하고 있는 것 같다.

"그러면 혹시 자네가 가끔 훌쩍 나갔다 오는 건 그 집회인지 무언지에 얼굴을 내밀기 위해서였던 거야? 자네가 진짜 고양이들과 어울리다니 의외로군."

"시끄러워. 정보 교환이야, 정보 교환. 일본의 캐트 시[Cait Sith]는 놀랄 만큼 뛰어나거든. 그래서 친분을 유지하러 간 거지 놀러 갔던 건 아냐."

"일본에도 캐트 시가 있다는 말은 처음 듣는군."

"이 나라에서는 '네코마타[猫股]'라고 부르는 것 같더군. 그들의 정보망은 확실해. 아무래도 일본의 고양이에게는 사람의 눈에 보이지 않는 것들이 보이는 것 같아. 덕분에 일거리를 하나 받아왔는데, 자네도 물론 같이 가주겠지?"

묘하게 단정적으로 말하는 걸 보면 나에겐 그가 말한 '일

거리'에 대한 거부권이 없는 것 같다. 오늘 예정은 통상적인 임종지키미 업무가 3건 있을 뿐이고 긴급 사항만 없다면 시간은 그럭저럭 여유가 있었다.

그런데 고양이한테서 일거리를 받아온다는 게 말이 되긴 하는 건가? 수상히 여기는 게 표정에 드러났는지 찰스는 자리에 앉은 나를 올려다보며 콧방귀를 뀌었다.

"One picture is worth a thousand words(백문이 불여일견)지. 어쨌든 자네도 그 위장에 걸릴 것 같은 에그 베네딕트를 빨리 먹어치우도록 해. 정말로 악마가 나타났다면 시간이 없어. 오늘 첫 업무를 보기 전에 먼저 현장을 확인하러 가보자고."

아무래도 고양이 집회에 갔던 일을 들킨 것 때문에 기분이 좋지 않은 듯하다. 끝마다 날이 서 있는 찰스의 말에 어깨를 움츠리면서도 나는 부지런히 아침을 먹었다. 인형에게 켜달라고 부탁한 TV에서 아침 뉴스가 흘러나오고 있었다.

일어나서 처음으로 보는 뉴스가 비행소년의 무면허 운전에 의한 사망사고라는 사실에 나는 눈썹을 찌푸렸다. 앞에 놓인 접시에서는 갈라진 포치드 에그에서 걸쭉한 노른자가 흘러나오고 있었다.

악마로 불리는 존재는, 말하자면 인간의 부정적인 감정의 집합체다. 그것도 죽은 자의 혼에서 나쁜 부분만 모여 이윽고 자아를 얻게 된 것을 그렇게 부른다.

사신에게 제대로 인도받지 못한 혼이 오랫동안 방치되면 생전의 미련이나 산 자에 대한 부러움 혹은 적대감에 의해 악령으로 전락하곤 한다. 그런 악령들이 서로를 끌어당김으로써 어느 날 홀연히 생겨나는 것이 악마였다.

그렇게 해서 하나의 인격을 얻은 악령의 집합체는 현세에 대한 집착이 유발하는 굶주림과 갈증에 괴로워하기 시작한다. 그들을 괴롭히는 공복감은 일반적인 음식으로는 채워질 수 없다.

악마의 괴로움을 한순간이나마 덜어주는 건 인간의 싱싱한 혼뿐이다. 그래서 그들은 인간의 혼을 꺼내 먹는다.

그러나 혼이란 건 육체와 강한 결속으로 묶여 있는 법이다. 이걸 육체에서 꺼내 먹는 건 사실 의외로 쉽지가 않다. 그래서 악마는 인간을 속인다. 가호라는 이름의 새장에서 혼이라는 어린 새를 꾀어내어 덥석 잡아먹기 위해서.

하지만 난폭한 자들은 더욱 손쉬운 방법으로 혼을 훔치려 든다. 인간을 살해해서 혼이 육체에서 분리될 때 통째로 집어삼키는 것이다.

물론 죽음이 임박한 사람에게는 우리 사신이 순차적으로 파견되므로 사람을 죽이고 먹는 행위에는 큰 위험이 따른다.

다음 임종지키미 대상자의 위치를 편지나 전보로 전달받던 시대라면 모를까, 현대에 와서는 전화 한 통이면 사신이 현장으로 급행할 수 있다. 어지간히 궁지에 몰린 악마가 아니라면 그런 위험을 감수하면서까지 혼을 먹으려 하진 않을 것이다.

그래서 그들은 죽은 자를 좋아한다. 악마들은 모종의 이유로 사신의 인도를 받지 않고 현세에 남은 죽은 자의 혼을 자주 노린다.

이미 육체를 잃고 알몸 같은 상태로 방황하는 혼이라면 사신의 제재를 받지 않고 혼을 먹을 수 있기 때문이다. 악마에게 먹힌 혼은 그들의 일부로 흡수되어 자아를 상실하고, 영원히 반복되는 굶주림과 갈증의 연쇄에 사로잡혀 인간을 습격한다.

그래서 우리 사신은 당장 죽음을 앞둔 인간의 혼뿐 아니라 현세를 떠도는 죽은 자의 혼도 찾아내어 명부로 인도해야 한다. 우리는 이것을 '전송 업무'라고 부르는데, 상사가 따로 이 전송 업무를 지시하진 않는다. 달마다 할당량이 정해져 있을 뿐이다.

덕분에 사신들은 임종지키미 업무 틈틈이 할당량에 쫓기며 방황하는 혼을 찾아내야 한다. 성실하게 성과를 내지 못하면 업무량이 더 많고 가혹한 지역으로 좌천된다는 사실을 사신이라면 누구나 알고 있기 때문이다.

'아케론강 너머의 일은 사신들에게 일임한다'라는 방침을 내세우면서도 결국 우리 목줄을 쥐고 흔드는 걸 보면, 우리 상사는 정말 한숨이 나올 만큼 유능한 것 같다.

"저기 있네. 저 남자야."

아침 식사 후에 찰스가 나를 데려간 곳은 시내에 위치한 넓은 공원이었다. 이 도시에 사는 사람이라면 누구나 알만 한 성터공원으로 광대한 공원 부지 안은 푸르른 풀과 나무로 가득했다.

문득 둘러보니 여기저기 할 것 없이 꽃망울이 맺힌 벚나무가 잔뜩 심어져 있어서 계절이 조금만 지나면 수많은 꽃구경꾼으로 붐빌 거라는 걸 쉽게 짐작할 수 있었다.

꽃망울의 개화를 재촉하듯 내리는 잔잔한 비는 '사이카우催花雨(꽃을 재촉하는 비)'라는 일본어와 정확히 들어맞았다. 일본인은 자연 현상에 정서적인 이름을 정말 잘 붙이는 것 같다.

내가 그런 생각을 하며 돌아본 곳에 문제의 남자가 있었다. 나이는 30대 후반 정도, 나이에 맞지 않는 약간 캐주얼한 복장으로 산책로 옆 벤치에 앉아 있었다. 제멋대로 자라난 수염을 살짝 정돈한 듯한 느낌의 턱수염을 제외하면 특별히 이렇다 할 특징이 없는 남자였다.

다만 한 가지 기묘한 점을 들자면 그는 다소 계절과 동떨어진 복장을 하고 있었다는 것이다. 상의는 캐러멜 색의 다운재킷, 하의는 청바지 자락을 넣은 스노우 부츠를 신고 꼼꼼하게 목도리까지 두르고 있었다.

비가 오는 쌀쌀한 날씨임을 감안해도 다소 과한 복장이었다. 마치 그 혼자서만 한겨울에 남겨진 것 같았다.

그리고 그에게는 이상한 점이 하나 더 있었다. 비 오는 날에 굳이 젖은 벤치에 앉아 우산도 없이 계속 스마트폰을 들여다보고 있는 모습이었다.

아무리 이슬비라지만 오늘 새벽부터 끊임없이 내리고 있는데 우산을 갖고 있지도 않다는 건 아무래도 이상했다. 저렇게나 열심히 스마트폰을 들여다보고 있으면 액정 위로 빗방울이 떨어지는 게 당연히 신경 쓰일 텐데 말이다.

"……확실히 저 사람은 잔류 영혼인 것 같군."

나는 그 두 가지 위화감에 대한 답을 그렇게 결론내리며 찰스에게 말했다.

잔류 영혼.

모종의 이유로 현세에 남아 방황하는 혼을 통칭하는 말이다. 그들의 모습은 보통 사람의 눈에는 비치지 않지만 혼을 보는 것 자체가 업무의 일환인 우리 사신에게는 당연히 보인다.

덧붙여 말하자면 은신처 주변에 사는 고양이 중에도 잔류 영혼이 보이는 경우가 있는지, 찰스는 그들에게서 남자의 정보를 얻어왔다고 한다. 인간의 몸을 빌리고 있는 나는 쉽게 믿기 어려운 이야기지만 말이다.

"어때? 이제 조금은 내 이야기에 신뢰감이 생겼겠지?"

찰스는 그런 내 마음을 꿰뚫어본 것처럼 코를 높이 쳐들며 말했다. 의기양양한 그를 보며 적당히 맞장구를 쳐준 나는 남자에게로 시선을 돌렸다.

일단 그는 아직 생전의 모습을 그대로 간직하고 있는 듯했고 악령 특유의 혼돈스러운 기척도 풍기지 않았다. 그렇다면 죽은 지 그리 오랜 시간이 지나지 않았을 수도 있고, 자신이 죽었다는 사실을 깨닫지 못했을 수도 있다. 예상되는 가능성은 이 두 가지였다.

둘 중 정답이 무엇이든 간에, 잔류 영혼들은 때때로 평소의 일과나 죽기 직전의 행동을 반복하는 경향이 있다. 사망 당시의 모습을 유지한 채, 시간이 흘렀음을 인지하지 못하고 그저 생전의 행동을 충실히 재현하는 것이다.

그는 아마도 저렇게 벤치에 앉아 스마트폰을 들여다보는 것이 중요한 일과였으리라. 아니면 저기서 스마트폰을 보다가 모종의 이유로 사망한 걸까?

나는 예상되는 가능성의 범위를 최대한 좁히기 위해 그

가 하는 것처럼 스마트폰을 꺼냈다. 브라우저 앱을 열고 공원 이름에 '사고' 혹은 '사건' 같은 단어를 붙여 검색해보았다. 하지만 표시된 검색 결과 중에 눈에 띄는 정보는 보이지 않았다.

그렇다면 그는 다른 장소에서 사망했을 가능성이 높을 것이다.

"……찰스. 저 남자는 어째서 지금도 이 세계에 머물고 있는 걸까?"

"글쎄. 어떤 사신이 업무를 소홀히 했을 수도 있고, 아니면 삶에 관한 강한 미련 때문에 혼의 탯줄이 제대로 끊어지지 않았을 수도 있고…… 다만 저 사람은 저렇게 온종일 스마트폰만 보고 있을 뿐이고, 어딘가로 이동하거나 다른 행동을 취하진 않는 모양이야."

"하지만 만약 후자의 이유라면……."

"응. 일단은 미련을 없애주지 않으면 명부로 보내기 어렵겠지. 아니면 자신이 이미 죽었다는 사실을 강제적으로 자각시켜서 일단 악령으로 만들어볼까? 그러고는 낫으로 싹둑, 베어버리기만 하면 끝이야. 명부로 보내기보단 그러는 게 훨씬 간단할 텐데."

"찰스. 구제 가능성이 있는 혼을 고의로 악령으로 전락시키는 건 중죄야."

"고의가 아니면 되는 거잖아? 악마 때문에 급하게 대처하다 보니 대상이 이성을 잃고 악령화 되었다고 보고하면 될 거 아냐."

"그런 조잡한 거짓말이 그 대단한 상사에게 통할 거라 생각해?"

"아니, 전혀 안 통하겠지. 그래서 말해본 거야."

내 사역마의 짓궂은 말에 나는 두 번째 한숨을 내쉬었다.

하지만 찰스의 말도 일리가 있다. 저 남자 같은 잔류 영혼에게 악마는 충분히 위험한 존재다. 어제 이 근방에서 출몰했다는 악마가 그라는 식량을 발견한다면 사태는 최악의 결말을 맞게 된다. 그것을 미연에 방지하려면 가급적 신속하게 저 남자를 명부로 보내야만 했다.

하지만 만약 그가 강한 미련 때문에 이 세계로 되돌아온 혼이라면 이야기가 귀찮아진다. 그런 혼은 원인이 된 미련을 해소하고 혼과 현세를 잇는 탯줄을 끊어주지 않으면 아무리 명부로 보내도 몇 번이고 되돌아오고 만다.

그래서 우리 사신은 죽기 직전의 인간이 최대한 미련을 남기지 않도록 행동하는 것이다. 하지만 그의 임종을 지켜본 사신은 그러한 작업을 소홀히 했거나 애초에 임종 자체를 지키지 못한 것 같다. 덕분에 우리만 고생이다.

"어쨌든 본인에게서 이야기를 들어보자고. make hay

while the sun shines(기회가 오면 놓치지 마라)이니까."

"오늘은 공교롭게도 비가 오지만 말이지."

찰스의 빈정거림은 못 들은 셈 치고, 나는 나무 뒤에서 한 걸음 걸어 나왔다. 은신처를 나설 때보다도 빗방울이 조금 강해진 느낌이었다.

"안녕하세요."

그가 앉은 벤치는 공터 외곽에 덩그러니 심어진 녹나무 밑에 있었다. 1인용 작은 나무 의자가 세 개 나란히 연결된 듯한 모양의 벤치다.

그는 그 벤치 왼쪽 끝에 앉아 있었고, 나는 오른쪽 끝에 자리를 잡았다. 내가 즐겨 입는 재킷만큼이나 새까만 우산 을 손에 든 채로.

하지만 우리가 나란히 앉은 벤치 주변에는 같은 모양의 벤치 두 개가 녹나무를 둘러싸듯 놓여 있었다. 그런데도 왜 굳이 남이 먼저 자리를 잡은 벤치를 골라 앉았단 말인가.

그런 의문을 그대로 드러낸 시선으로 문제의 그 남자는 나를 바라보았다. 하지만 나는 일부러 아무렇지 않은 태도 와 말투로 예전부터 알고 지낸 사이처럼 말을 이어나갔다.

"꽃샘추위네요."

"……네? 아, 네. 뭐…… 그렇죠."

그는 내 예상보다 반음 정도 낮은 목소리로 대답했다. 흐린 하늘 탓에 흑발로 보였던 짧은 머리는 가까이서 보니 희미하게 갈색 빛이 났다. 눈썹이나 수염이 새까만 걸 보면 원래 색깔은 아닐 테지만 염색한 것치고는 꽤나 자연스러운 색이었다.

쌍꺼풀 없이 가늘고 긴 눈에 칠흑의 눈동자가 보였다. 얇은 입술이 반쯤 벌어져 있어서 어찌 보면 졸려 보이는 얼굴 같기도 했다. 키는 일어서면 나보다 클 것 같다.

가까이에서 그런 관찰을 하고 있자 상대방도 정체 모를 외국인이 물끄러미 쳐다보는 게 거북했는지 내게서 시선을 돌렸다.

"무례했다면 죄송합니다. 항상 여기 오시지 않나요? 실례지만 이름이 어떻게 되십니까?"

다시 스마트폰 액정으로 떨어지려던 그의 시선이 나를 힐끔 쳐다보았다. 그의 옆얼굴은 경계심, 그리고 수상쩍음이라는 두 가지 물감으로 그려낸 것 같았다.

그러나 이제 곧 오늘의 첫 임종지키미 업무를 수행하러 가야 하는 입장이다 보니 견실함보다 효율을 중시할 수밖에 없었다. 난데없이 자기소개를 요구받은 그는 노골적으로 눈썹을 찡그리면서도 일본인다운 관대함으로 대답해주었다.

"……토사카인데요."

물론 말투는 퉁명스럽기 이를 데 없다.

"토사카 씨……셨군요. 한자는 무슨 글자를 쓰시죠?"

"그게…… 복숭아 도桃자에 비탈 판坂자를 써서 토사카桃坂 인데요."

"아아, 앵매도리櫻梅桃李의 '도'인가요. 멋진 성씨군요."

"……당신, 일본인? 앵매도리 같은 말을 용케 알고 있네 요……."

"태생은 영국이지만 일본에 온 지 오래되어서요."

지난 1년 동안 임종을 지킨 사람들과 만나며 수없이 반복 해온 대화들. 그것을 익숙한 연극 대사처럼 읊조리면서 나 는 아주 잠시 동안 비와 우산의 협주에 귀를 기울였다.

우리 머리 위에 뻗은 녹나무 가지가 잎사귀 끝에 물방울 을 모으고, 크게 키운 다음에야 똑 하고 떨어뜨린다. 그 물 방울이 이따금씩 우산에 부딪치며 튀어 오르는 소리가 왠 지 묘하게 기분 좋았다.

"토사카 씨는 항상 여기서 무얼 하십니까? 저는 자주 산 책을 하러 옵니다만."

"뭐…… 저도 비슷하죠. 퇴근길에 항상 여기를 지나거든 요. 그래서 잠깐 쉬다가 집에 돌아가고는 하죠."

"확실히 여긴 식물이 많아서 마음이 편안해지는군요. 집 이 공원에서 가까우십니까?"

"아…… 그렇죠. 집이랑 직장이 딱 공원을 사이에 두고 있거든요."

"그렇군요. 이런 멋진 공원 근처에 사신다니, 부럽습니다."

자신을 토사카라고 소개한 그의 경계심을 건드리지 않도록 세심한 주의를 기울이면서, 나는 필요한 정보를 조금씩 끌어냈다.

성씨와 대략적인 주소를 알아낸 것만으로도 적지 않은 수확이었다. 이름까진 모르더라도 성씨와 주소만 판명되면 명계의 데이터베이스에서 대상을 좁혀나갈 수 있다.

"그런데 아까부터 스마트폰 화면을 열심히 보시던 것 같던데요."

내가 더 깊이 들어가는 질문을 하자 토사카는 퍼뜩 놀라며 바로 스마트폰 전원을 껐다. 아니, 버튼을 누르는 시간이 짧았던 걸 보면 전원을 끈 게 아니라 화면만 꺼지도록 한 것일까.

그러나 스마트폰이 얕은 잠에 빠지기 직전, 나는 무례하다는 걸 알면서도 똑똑히 보았다. 메일 작성 화면으로 보이는 하얀 배경에 무수한 글자가 꽉 들어차 있는 것을.

"혹시 동영상 같은 것을 보셨나요? 실은 저도 최근에 자주 스마트폰으로 재미있어 보이는 동영상을 찾아보거나 음악을 듣거나 합니다. 그런데 그것도 모국에서 나온 것들뿐이고, 아직 일본의 크리에이터는 잘 몰라서요. 추천하시는 노래나 동영상이 있으면 제게도 알려주실 수 있을까요?"

그럼에도 나는 시치미를 딱 떼며 전혀 엉뚱한 화제를 꺼냈다. 노골적으로 화면을 들여다보았다는 사실을 알면 아무리 친절한 민족으로 유명한 일본인이라도 기분이 상할 수밖에 없을 테니 말이다.

"아, 그게…… 저도 시간 때울 때 동영상을 보긴 하는데 외국인에게도 추천할 만한 건 별로…… 음악이라면 조금 추천할 수 있을지도 모르지만요."

"아, 그렇다면 평소 주로 음악 동영상을 보시나 보군요?"

"뭐…… 그렇죠. 저도 조금은 음악을 배운 사람이라 최근에 어떤 곡이 유행하는지, 그런 게 가끔 궁금해져서 보는 정도지만요."

"오, 음악을 하시는군요. 그럼 혹시 악기도 연주하십니까?"

"아, 음…… 일단 기타하고 베이스 정도는요."

"기타 연주라니, 멋지네요. 그쪽 일을 하십니까?"

"아아, 아니…… 옛날에는 기타로 먹고 사는 것도 생각해봤는데, 지금은 전혀 다른 일을 하고 있죠. 이제 음악에 별로 흥미가 없어져서요."

"그러세요? 모처럼 연주 기술을 가지셨는데 아깝군요."

"뭐, 기타 정도야 연주할 줄 아는 사람이 얼마든지 있고요. 달리 하고 싶은 일도 없고 해서 대충 계속하고 있던 것뿐이죠. 무엇보다 지금은 다른 일을 준비 중이라…….”

“다른 일……이라면요?”

내가 고개를 갸웃거리며 묻자 토사카는 애매하게 웃으며 말끝을 흐렸다. 지금까지는 순조롭게 대답해주었는데, 현재 열중하고 있는 것에 관해서는 별로 이야기하고 싶지 않은 듯했다.

“그러는 그쪽은 무슨 일을 하시는데요? 평일 아침부터 이런 곳에 와 있는 사람이 많진 않을 텐데요.”

이야기를 회피하기 위해서였는지 이번에는 토사카가 먼저 질문하는 것을 보고 나는 바로 확신했다. 그는 미련이 있어서 저세상에서 돌아온 혼은 아니다. 자신의 죽음을 아직 자각하지 못한 혼인 것이다. 왜냐하면 지금 토사카는 현재의 일시를 ‘평일 아침’이라고 이야기했다.

그의 기억에서 오늘이 몇 월 며칠로 인식되고 있는지는 모르지만, 적어도 평일은 아니다. 오늘은 일본에서 보통 휴일로 여겨지는 토요일이었다.

게다가 토사카는 방금 전 공원에 계속 앉아 있는 이유로 항상 퇴근길에 이곳을 지나기 때문이라고 말했다. 즉 그는 이곳에서 전혀 움직이지 않으면서 퇴근길에 여기에 들른 것으로 생각하고 있다.

그런 그의 모순된 발언이 의미하는 것은 바로 '연쇄'였다. 토사카는 아마도 그가 사망한 날 혹은 그 전후의 며칠 동안의 시간을 반복하고 있다.

그것도 퇴근길에 일과처럼 들리던, 이곳에서의 휴식만을 빼내서 만든 일그러진 연쇄다. 전후의 기억은 제멋대로 덧씌워지고, 태양과 달의 운행은 의식 밖으로 튕겨 나갔다.

쉽게 말해, 시간 개념을 상실한 것이다. 지금의 토사카는 머리 위에서 태양이 저물고 밤의 장막이 내려와도 시간의 경과를 인식하지 못하는 기이한 존재가 되어 있었다. 자신의 죽음을 자각하지 못하는 혼은 인생의 종말을 외면하기 위해 그런 식으로 스스로를 속이는 것이다.

하지만 덕분에 내가 원하는 정보는 대충 다 모였다. 그를 명부로 인도하기 위해 필요한 것은 무엇일까, 답은 바로 그에게 진실을 떠올리게 하기 위한 죽음의 증명이었다.

"저는…… 흔히 말하는 안내인 같은 일을 하고 있습니다. 있어야 마땅할 것을 있어야 마땅할 장소로 되돌리는 일이죠. 말로 설명하기는 어려워서 이해하는 사람이 거의 없지만 말이죠."

나는 그렇게 대답하면서 조용히 자리에서 일어났다. 실체가 없는 그와 달리, 내 슬랙스는 젖은 벤치에 앉은 탓에 조금 축축해져 있었지만 정보 값으로는 싸게 먹힌 편이다.

"토사카 씨. 조만간 또 여기에 와도 괜찮을까요?"

"네? 아아, 뭐. 저도 매일 여기 있는 건 아니지만…… 그래도 괜찮다면요."

"고맙습니다. 반드시 당신에게 해야 하는 이야기가 있지만 오늘은 사정이 있어서 다음에 뵙겠습니다. 다만 한 가지 부탁드릴 게……."

"부탁이요?"

"네. 무척 단순한 부탁입니다. 다음에 뵐 때까지 이 묵주를 맡아주셨으면 합니다."

부탁의 말과 함께 내가 품에서 꺼낸 것은 둥글게 렌 흑요석 사이로 은사슬과 십자가가 매달린 낡은 묵주였다. 이건 내가 신참내기 사신일 때 사역마인 찰스와 함께 상부에서 받은 사신 칠도구 중 하나였다.

내가 일본에서 태어난 사신이었다면 분명 로사리오가 아닌 염주나 부적을 받았을 테지만, 형태가 어떻든 간에 명계에서 지급되는 장신구에는 특별한 가호가 깃들어 있다. 악령들의 접근을 막고 소유자를 지켜주는 퇴마의 힘이다.

혼이 없는 우리 사신에게는 필요 없는 물건이지만, 악마의 표적이 되기 쉬운 사역마나 잔류 영혼을 보호해야 할 때 빼놓을 수 없는 성구聖具이기도 했다. 나는 그것을 자크 루이 다비드가 그려낸 대관식의 나폴레옹처럼 엄숙하게 토사카의 머리 위로 걸어주었다.

　살아 있는 눈동자처럼 반짝이는 흑요석이 천천히 토사카의 목에 걸렸다. 그는 평소에도 반쯤 벌어져 있던 입을 쩍 벌린 채 전혀 영문을 모르겠다는 듯이 나를 바라보았다.

　그러나 진실을 밝히는 건 그가 자신의 정체를 떠올렸을 때라도 늦지 않다.

　"일본 분에게는 별로 익숙하지 않은 물건일지도 모르지만, 비밀 정보부나 비밀 결사와는 상관없는 물건이니 안심하시길. 행운의 부적 같은 겁니다."

　"네, 뭐……."

　"지금은 저보다 당신이 갖고 있는 편이 좋을 것 같으니 맡겨두겠습니다. 다시 뵐 때까지는 무슨 일이 있어도 몸에서 떼지 말아주세요. 이유는 그때 설명 드리겠습니다. 그러면 또, 좋은 하루 되시길."

　나는 어안이 벙벙해진 그에게 미소를 지어 보이며 유유히 걸어갔다. 불러 세우는 목소리는 들려오지 않았다.

　대신 녹나무 가지에서 물방울이 또 떨어지면서 머리 위에서 투둑 하는 소리를 냈다. 우산 위에서 퍼지는 그 음색이 유독 귓가에 맴도는 건 어째서일까.

✝

토사카 킨야, 37세, 프리터.

그것이 지금의 내 직함이다. '프리터'라고 하면 그럴듯해 보여도 현실은 그냥 편의점 아르바이트생일 뿐이다.

야간 근무라 어느 정도의 수입은 들어오지만, 사십 줄을 눈앞에 두고도 이런 직업은 좀 그렇지 않나 하는 생각도 없는 건 아니다.

대체 어쩌다 이렇게 된 걸까? 괴로운 자문이 이따금씩 문득 떠올랐다가, 답을 찾아봐야 부질없다는 결론과 함께 사라져간다. 하지만 적어도 20년 전의 내가 꿈꾸던 미래 예상도와 현실 사이에는 너무나도 깊은 간극이 있었다.

젊을 때는 내가 나름대로 이름이 알려진 기타리스트나 베이시스트가 되어 그럭저럭 괜찮은 밴드에 영입되고 그런대로 괜찮은 수입을 얻으면서 음악으로 먹고 살 거라고, 막연히 그런 식으로 미래를 예상하고 있었다.

하지만 현실은 비정한 법이라, 나는 나름대로의 꿈도 이루지 못한 채 음악 세계에서 도태되었다.

애초에 고등학교 시절, 특별히 들어가고 싶은 동아리도 없어서 빈둥거리다가 친구의 권유로 경음악부에 들어간 것이 음악을 시작한 계기였다. 프로가 되기 위해 처음부터 기교를 갈고 닦아온 녀석들을 당해내지 못하는 것도 무리는 아니다.

하지만 달리 하고 싶은 일도 없었던 데다 당시의 밴드 멤버가 졸업한 뒤에도 활동을 계속하자고 고집을 부렸기에 나도 흐름에 몸을 맡겼다. 그런 식으로 음악 활동을 질질 끌다가 간신히 단념했던 게 스물여섯 살 때였다.

동호회 밴드보다 조금 나은 수준의 실력밖에 없던 우리는 전혀 나아지지 않는 일상에 차츰 지쳐가다가 마지막에는 불꽃놀이처럼 사방으로 흩어졌다. 언젠가 밴드로 먹고 살 수 있을 거라는 안일한 생각으로 살아가던 내 인생이 나락으로 구르기 시작한 건 그 무렵부터였다.

음악 활동을 계속하기 위해 대학 졸업 후에도 제대로 된 직장을 구하지 않았던 나는 이국땅에 알몸으로 던져진 것처럼 무일푼으로 시작해야만 했다.

하지만 코딱지만큼 남아 있던 저금은 금세 바닥이 났고 끝이 보이지 않는 외줄타기 같은 생활이 막을 연 것은 말할 것도 없다.

그런 시간이 몇 년간 계속되다가 아무리 노력해도 제대로 된 인생을 살아갈 수 없다는 무자비한 현실에 좌절할 때쯤, 피폐해진 심신으로 갈구한 것은 '음악으로 먹고 산다'라는 과거의 꿈이었다.

먼 옛날에 버리고 왔던 열정의 불꽃이 다시금 등 뒤를 바싹 쫓아왔고, 결국 꽁무니에 불이 붙어버린 나는 휴일마다 기타 케이스를 들고 거리로 나가서 거의 아무도 들어주지 않는 내 애창곡을 노래하기 시작했다.

하지만 애초에 난 베이시스트였고 밴드 활동 시절에도 보컬이 따로 있었기 때문에 노래 실력은 특출하지 않았다.

아니나 다를까, 약소한 거리 공연의 성과는 전혀 나타나지 않았지만 나는 기사회생을 노리며 다양한 밴드의 멤버 모집에 닥치는 대로 지원하기도 했다.

그러나 결국 매번 인간관계 때문에 일이 꼬이거나 밴드의 관객 동원이 생각대로 되지 않는 식으로 탈퇴와 공중분해의 반복이었다. 이렇게 해서 시간은 계속 헛돌았고 나는 두 번째 좌절을 맛보았다.

이윽고 정신을 차리고 보니, 내게 남은 거라고는 기타를 팔아 마련한 한줌의 푼돈과 서른이 넘은 나이에 아직 직장도, 가정도 가지지 못했다는 현실뿐이었다.

쓸데없는 고생이나 충돌을 회피하며 그저 휩쓸리는 대로 살아온 대가는 어느새 해안가에 밀려온 고래의 사체만큼이나 크게 부풀어 올라 있었다. 그리고 또다시 아르바이트를 전전할 뿐인 외줄타기 생활이 시작되었다. 나는 하고 싶은 일도 없고 목표도 없는, 공허하고 지루한 시간을 헤매는 신세가 되었다.

물론 가정을 갖고 싶었던 적도 한두 번이 아니다. 이성과의 만남이 전혀 없었던 것도 아니었다. 하지만 지금 내 수입으로 살림을 차리기는 상당히 빠듯했고, 그렇다고 제대로 된 직업을 구하고 싶어도 이런 나이와 경력으로 그게 가능할 것 같진 않았다.

쉽게 말해 난 이미 사회에서 낙오된 패배자였고, 패배자는 아무리 발버둥 쳐도 위로 올라설 수 없는 것이 이 세상의 룰이었다. 난 세상의 불공평함과 영원히 꺼지지 않는 불황의 밤에 저주를 퍼부으며 게으른 생활을 반복했다.

그때였다. 어느 날 내 눈앞에 하늘의 계시가 내려온 것은.

"화제의 웹소설, 드디어 영화화……?"

아니, 이걸 하늘의 계시라고 부른다면 너무나도 보잘 것 없고 바보 같아서 다들 웃어버릴지도 모르겠다. 나는 그날 편의점 알바 중에 따분함을 주체 못하다가 입구 근처의 진열장에서 적당한 잡지를 골라 심심풀이로 읽고 있었다.

거기서 발견한 내용은 일반인이 인터넷에 무료로 연재하던 소설이 출판사와 계약을 맺고 정식으로 출판되자마자 베스트셀러에 등극, 당당히 영화화까지 되었다는 신데렐라 스토리였다. 어느새 나는 완전히 몰입해서 그 지면을 읽어내려가다가 아무도 없는 가게 안이 쩡쩡 울리는 목소리로 "이거다!" 하고 소리쳤다.

솔직히 고백하면, 난 소설 같은 걸 써본 적도 없고 제대로 읽어본 적도 없었다. 하지만 밴드로 활동하던 시절에 작사를 몇 곡 해본 적도 있었고 글을 쓰는 건 PC와 키보드, 아니 하다못해 스마트폰만 있어도 시작할 수 있지 않은가.

반전 없는 일상에 진저리가 나던 나는 조금도 주저하지 않았다. 알바가 끝나자마자 바로 서점으로 달려가 소설을 쓰기 위한 작법서 몇 권과 그 신데렐라 스토리의 웹소설을 사서 집으로 뛰어갔다. 그 뒤로 나는 신데렐라가 탄생한 바로 그 웹사이트에서 소설을 쭉 연재하고 있다.

처음 시작했을 때만 해도 소설이라고 부르기도 민망한, 초등학생 작문처럼 조잡하던 내 문장도 지금은 그나마 볼 만해졌다.

틈 날 때마다 스마트폰을 만져댄 보람이 있어서 SNS와 익명 게시판을 이용한 홍보, 1위 작품에 대한 완벽한 모방, 이해관계가 일치하는 작가들끼리의 친목질 등등 독자를 늘리기 위한 영업 방식을 어렴풋이 깨우친 것도 큰 수확이었다.

성공한 사람들을 필사적으로 흉내 내며 체면 따윈 내려놓고 조회 수만 추구한 덕분에 내 작품도 최근에는 적지 않은 독자에게 나름대로 좋은 평가를 받게 되었다.

이제 남은 건 작품을 연재 중인 웹사이트를 통해 출판사에서 컨택이 오는 걸 기다리는 것뿐⋯⋯이지만, 아직까지는 아무 소식도 없었다.

조회 수나 좋아요 수는 당당히 중간 이상이라고 할 수 있는 수준인데도 본격적인 집필 활동에 들어선 지 2년이나 경과한 지금도 유리 구두를 손에 든 왕자님이 찾아올 기미는 보이지 않았다.

사이트 내에서 알게 된 얼굴도 모르는 동료들은 하나둘 프로 작가의 칭호를 획득하고 있는데 어째서 나만 빛을 못 보는 걸까?

내 작품도 데뷔한 녀석들의 소설에 전혀 뒤지지 않을 텐데. 아니, 오히려 능가하고도 남는다. 그런데 어째서 인정받지 못하는 걸까?

나만. 나 혼자만······.

나는 오늘도 익숙해진 초조함에 시달리면서 다운재킷의 주머니에 상비된 담배를 꺼냈다. 상식이라곤 눈곱만큼도 없는 학생 놈들이 낮밤을 가리지 않고 떠들어대는 싸구려 아파트로 돌아가기 전에 한 글자라도 많이 써놔야 한다는 건 알고 있었다.

하지만 요즘 들어서는 의욕이 완전히 고갈되어서 다음 연재 내용을 쓰기 힘들어지고 있었다. 아무리 써내려가도 두꺼운 잿더미에서 빠져나가지 못하는 나날은 우울이라는 혈전이 되어 뇌에 자리 잡았고, 의욕도 이야깃거리도 문장도 전부 거기서 막혀버리고 말았다.

"휴우…… 역시 재능이 없는 건가, 난."

레퍼토리로 굳어진 푸념을 중얼거리면서 쓴 연기를 토해
낸다. 이른 아침의 공원은 지나다니는 사람도 적어서 다른
세상처럼 고요했다. 혼잣말을 조금 중얼거려봐야 듣는 건
길고양이나 비둘기, 까마귀 정도였다. 그런데 뭘 거리낄 게
있단 말인가.

"내가 볼 땐 나름대로 괜찮은 것 같은데 말이지…… 편집
자들도 보는 눈이 없다니까."

늘어진 자세로 벤치 등받이에 등을 기대며 스스로를 대
충 위로해본다. 그러자 즉시 자조가 흘러나왔지만 절반 정
도는 빈말도 아니었다.

"난 왜 항상 잘못된 선택만 하는 거냐고……."

직업도 없고 이해해주는 사람도 없고 운도 없다. 나는 대
체 앞으로 몇 번이나 이런 허무함을 견뎌야 하는지 생각하
자 담배연기와 뒤섞인 한숨이 새어나왔다.

아니, 별로 소설이 아니어도 상관없었다. 뭐든 한 가지,
한 가지면 된다. 세계 각지에서 주목받는 뮤지션이나 운동
선수처럼 내게도 자랑할 만한 게 필요하다. 단지 그것뿐
이다.

만약 이대로 가정도, 명예도, 이 세상에 태어난 의미조차

도 갖지 못한 채 늙어간다면 그것만큼 비참한 일이 또 어디 있단 말인가. 아아, 어느새 습관처럼 굳어진 자기혐오에 오늘 역시도 기분이 별로다.

나는 진전이 없는 스마트폰의 집필 화면을 닫고 기분 전환 삼아 브라우저 앱을 열었다. 북마크를 통해 웹소설 관련 게시판에 들어가서 어딘가에 내 작품을 칭송하는 말이 떨어져 있지 않은지 게시글을 체크하려 했다. 그때였다.

"저기이……."

갑자기 옆에서 목소리가 들려오자 나는 깜짝 놀란 나머지 스마트폰을 떨어뜨릴 뻔했다. 손바닥 위에서 곡예를 부리는 그것을 황급히 잡아낸 뒤 안도의 한숨을 쉬며 목소리가 들린 방향으로 돌아보았다.

"갑자기 말 걸어서 죄송해요……! 깜짝 놀라셨죠?"

시선을 돌린 곳에는 전혀 모르는 여자가 있었다. 나이는 스물대여섯 정도에 체구가 굉장히 작고, 내 다운재킷과 똑같은 캐러멜 색의 중단발머리를 나부끼는 낯선 여자가.

이 공원에 다니게 된 뒤로 모르는 사람이 말을 걸어오는 건 이걸로 두 번째였다. 첫 번째는 상당히 잘생긴 얼굴에 의안이라 착각할 만한 붉은 눈동자를 가진 영국인이었다. 그로부터 많은 시간이 지난 것도 아닌데 이번에는 여자인가. 이 사람은 아무래도 일본인인 것 같지만 말이다.

"저, 저기. 제가 사람을 잘못 본 거면 죄송해요. 하지만 저기, 혹시…… 10년 전쯤에 역 앞에서 자주 기타를 치시던 분 아니신가요……?"

립글로스로 요염하게 빛나는 여자의 입술에서는 전혀 예상치 못한 말이 흘러나왔다. 그때 이걸로 제 역할은 끝났다는 듯이 스마트폰이 눈꺼풀을 닫았다.

†

토사카 킨야, 향년 37세, 사인은 사고사.

요 며칠 동안 필요한 정보는 전부 수집했다. 아무래도 그는 퇴근길에 빨간불인 횡단보도를 건너다 트럭에 치였다는 것 같다.

신호를 무시한 이유는 보행 중 스마트폰 사용 때문이었다. 그는 스마트폰 화면에 열중한 나머지 횡단보도에 들어서기 직전에 신호가 빨강으로 바뀐 것을 인지하지 못한 채 차에 치였다. 운전자 쪽도 운전 중에 한눈을 팔고 있었기 때문에 쌍방의 불운과 부주의가 겹친 사고였다고도 할 수 있을 듯하다.

"이봐, 이제 슬슬 움직이지 않으면 위험할 것 같은데?"

오늘도 역시 컴퓨터 모니터를 노려보는 내 발밑에서 찰

스가 연신 고양이 세수를 하며 말했다. 그러고 보니 일기예보에서는 오후에 비가 온다고 했다.

식당과 거실의 경계선에 위치한 기둥 시계를 돌아보자 시각은 이제 곧 오후 12시였다. 어느새 벌써 시간이 이렇게 된 걸까. 나는 인형들이 타준 실론티가 완전히 식었다는 것을 깨닫고 금박으로 화려하게 장식된 찻잔을 잠시 멍하니 들고 있었다.

"나도 알아, 찰스. 하지만 조금만 더 기다려줬으면 해. 이제 두 명 정도 후보가 남아 있거든. 양쪽 모두 킨야가 전에 소속되어 있던 밴드의 멤버인데……."

"지난주에도 그런 소릴 하면서 닥치는 대로 찾아갔다가 실연당하는 아폴론마냥 전부 거절당했잖아. 설마 자네에게 숨겨진 자식이 있고, 그 아이에게 죽은 이도 살리는 의술을 전수해줄 케이론을 찾고 있는 건 아니겠지?"

"그러면 자네가 검은 고양이가 된 건 원래 하얗던 털을 내가 홧김에 까맣게 칠해버렸기 때문인가?"

"호오, 자네가 나를 검은 고양이로 바꿀 만큼 강하게 분노하는 모습이 궁금하긴 하군. 안 그런가? 런던에서 살 때의 자네는 언제 무슨 일이 벌어져도 소설 속 사건이라도 지켜보는 것처럼 냉정하게 방관했잖아. 그러던 자네가 지금은 어째서 잔류 영혼을 구원하는 방법 따위에 얽매이는 거지?

일본에 오기 전의 자네라면 미다스 왕의 귀를 당나귀 귀로 바꿀 때처럼 주저 없이 황금 화살로 그를 명부로 보냈을 텐데 말이야."

"……마치 내가 판의 갈대피리를 조롱했다는 듯이 말하지 말라고."

"하지만 실제로 자네는 '록시아스^{Loxias}(모호함의 신)'잖아. 이제 와서 실은 쌍둥이 누나나 여동생이 있다고 해도 놀라울 게 없지."

한 마디도 안 지려고 한다는 말은 그야말로 찰스를 위해 존재하는 것 같다. 오늘의 그는 끝까지 내 모든 행동과 아폴론의 추문을 연관 지어야만 속이 후련한 모양이다. 하지만 나는 그의 꼼꼼한 빈정거림 속에 담긴 한 가지 지적에 뜻밖의 충격을 받으며 입을 다물었다.

맞은 상대를 고통 없이 즉사하게 할 수 있다는 전설 속 아폴론의 화살, 분명 그건 지금 내 손에도 쥐어져 있다.

잔류 영혼이 된 킨야를 명부로 보내는 일은 사실 내게 그렇게 어렵지 않은 일이다. 그에게 자신의 죽음을 이해하도록 하기 위해 필요한 정보는 이미 충분히 모였다. 그가 세상을 떠난 일시, 사인, 사고 현장까지 한 조각도 빠짐없이 완벽히 갖추어져 있다.

남은 건 이 퍼즐 조각들을 한 장의 그림으로 완성해 그의 발밑에 깔아주는 일뿐이다. 그런데도 나는 이미 며칠 동안이나 그 기회를 뒤로 미루었고 지금도 시간을 허비하는 중이었다.

아무리 퇴마용 묵주를 맡겨두었다지만 킨야가 어떤 계기를 통해 자신의 죽음을 깨닫고 스스로 악령화 될 위험성을 생각하면 찰스가 가차 없는 빈정거림의 창으로 나를 찔러대는 것도 무리는 아니었다.

하지만 난 여전히 '과연 킨야를 지금까지 그랬던 것처럼 담담히 명부로 보내버려도 되는 건가' 하고 망설이고 있다. 무엇보다 킨야에게는 그의 죽음을 애도해줄 사람이 한 명도 없다.

이건 내가 100년에 걸쳐 도출해낸 지론인데, 죽음을 자각하지 못한 잔류 영혼을 원활히 명부로 보내려면 대상과 생전에 인연이 깊었던 사람에게 협력을 구하는 게 가장 효과적이다.

처음 보는 사신이 갑자기 눈앞에 나타나 "당신은 죽었습니다"라고 통보하는 것보다는 가족이나 친구가 눈물지으며 꺼내는 한 마디가 죽은 자의 마음에 와 닿는 건 어찌 보면 당연한 일이다. 그래서 나는 이번에도 생전에 킨야와 관련이 있는 사람들을 찾아 협력을 구하려 했다.

그런데 그의 가족 친구 동료 전 애인, 그 누구를 찾아가

봐도 킨야의 죽음을 진심으로 안타까워하는 사람은 없었고, 덕분에 나는 지금 이렇게 사역마에게 온갖 잔소리를 듣고 있는 것이다.

아무래도 킨야는 타인과의 관계에서 명확한 국경선을 설정해두고, 웬만해서는 자기 영토 내로 들어오는 것을 허용하지 않는 사람이었던 것 같다. 그가 평생 동안 추구했던 국수주의의 원인은 아마도 그가 자란 환경에 기인한다는 게 내 생각이다.

킨야는 우수한 교육자였던 어머니와 완고하면서 장인 정신을 가진 아버지 밑에서 태어났다. 위로는 누나가 한 명 있었는데 그녀 역시 학업과 사생활 양쪽에서 특별한 결점이 없는 우등생이었다.

반면 킨야는 딱히 공부에 적성이 없었고, 그렇다고 다른 분야에서 뛰어났던 것도 아니었다. 그걸 '평범하다'라는 한마디로 정리해버렸으면 좋았을 테지만, 주위에서는 매번 교사인 어머니와 고명한 장인이었던 아버지, 재색을 겸비한 누나와 비교하며 그를 열등감 덩어리로 만들어버렸다.

덕분에 킨야는 아무 장점도 없고 초라한 자신을 남들 앞에 드러내는 걸 극단적으로 두려워하게 되었다. 있는 그대로의 자신이 조롱당하고 상처받는 일에 진저리가 났던 것이리라.

그 결과, 그는 그런 자신을 만들어낸 가족과도 사이가 나빠졌고, 특히 가업을 잇게 하려는 아버지와 격렬하게 다투었다. 일부러 보란 듯이 부모님이 원하는 길과 정반대의 길로 나아가다가 결국에는 집에서도 뛰쳐나갔다고 한다.

이후로는 몇 년 동안이나 연락이 끊겼고 어디서 무얼 하는지도 모르고 살았다. 사고 연락을 받기 전부터 아들을 이미 죽은 사람처럼 생각했기에 비보를 듣고서도 놀라지 않았다. 그렇게 이야기해준 사람이 다름 아닌 킨야의 어머니였다.

바로 지난주, 내가 킨야의 옛 친구인 척 조문을 갔을 때의 일이었다. 그밖에도 방문했던 친구나 전 애인의 반응도 크게 다르지 않았다. 그들은 킨야의 이름을 듣고 '아, 그런 애도 있었지' 하고 몇 년 동안 까맣게 잊고 있었던 옷이 잔뜩 좀먹은 채 옷장 구석에서 발견된 듯이 말했다.

킨야가 죽었다는 사실을 알고 다들 놀라는 표정을 짓긴 했지만 울거나 슬퍼하는 식으로 애도의 뜻을 드러내는 사람은 아무도 없었다. 그들은 나와 헤어지자마자 평소와 전혀 다를 것 없는 일상으로 웃으며 돌아갔다. 나는 그런 경위로 지금 어찌할 바를 모르고 있었다.

이렇게 된 이상 죽음을 증명해줄 사람을 데려가는 건 포기하고 내가 직접 그를 납득시킬 수밖에 없다는 건 알고 있었다. 방금 찰스에게 변명으로 내세웠던 남은 몇 명의 후보자들조차 특별히 킨야와 사이가 좋았던 사람들은 아니었다. 오히려 오늘까지 접촉을 시도했던 사람들보다 훨씬 얕은 관계였다.

그렇다면 더 이상의 증인 찾기는 헛수고였다. 나는 죽은 자를 올바르게 인도하는 자로서 킨야의 악령화를 최우선적으로 막아야만 한다. 머리로는 그걸 알고 있었다. 알고 있으면서도 오늘도 그 공원에 가기가 꺼려지는 건 왜일까.

차르르르르.

PC 화면에 표시된, 최근 10년 동안 죽은 자의 정보가 축적되어 있는 명부의 데이터베이스를 바라보며 침묵해버린 내 귀에 인형들이 울리는 종소리가 들렸다. 점심식사 준비가 끝났음을 알리는 신호였다.

부엌에서는 완두콩으로 예쁘게 장식된 뱅거스 앤 매시 Bangers and Mash가 먹음직스러운 냄새를 풍기고 있었다. 내가 고맙다고 인사하며 접시를 받자 그 옆에는 휘핑크림과 새빨간 베리로 장식된 벨기에 와플까지 놓여 있었다. 후식까지 완벽하게 준비해주다니, 우리 집 인형들은 여전히 솜씨가 좋다.

하지만 나는 새하얀 크림 위에 보석처럼 반짝이는 베리를 보자마자 갑자기 가슴이 답답해졌다.

방금 구운 와플에서 풍기는 달콤한 냄새가 가만히 멈춰 선 나를 현혹했다. 새하얀 캔버스 위에서 지금도 당홍색으로 빛나는 석양의 잔상…… 그게 문득 내 뇌리를 스쳤다. 그러고 보니 나는 어째서 오늘도 그 그림에 색을 칠하지 못한 것일까?

너무 달기만 해서 속이 더부룩해질 것 같은 벨기에 와플을 먹어치운 뒤 찰스의 기관총 같은 잔소리에 결국 항복한 나는 오후의 임종지키미 업무로 향하기 전에 드디어 성가신 일을 처리하기로 결심을 굳히며 지하실 문을 통과했다.

하지만 문제의 공원 이름을 말하며 손잡이를 돌리자 문은 예상치도 못하게 웬 건물 안으로 연결되었다. 아무래도 공원 맞은편에 위치한 현청 건물 1층으로 나온 것 같다.

생각해보면 오늘은 휴일이었고 점심때를 조금 넘긴 시간이라 공원 안은 적지 않은 사람으로 붐빌 것이다. 그래서 누구의 눈에도 띄지 않고 목적지 근처로 나올 수 있는 장소가 여기밖에 없었던 것이리라.

"찰스."

사정을 이해한 나는 문을 함께 통과해온 찰스를 품에 안고 정면 출구 쪽으로 서둘러 빠져나갔다. 이 건물 최상층에는 주변 풍경을 한 눈에 내다볼 수 있는 전망대가 있어서 공휴일에도 일반인에게 개방되고 있었다.

그래도 명색이 현청 부속 건물이므로 출입구에는 그럴듯한 제복으로 몸을 감싼 경비원이 서 있었다. 그는 왼팔에 고양이를 안고 뻔뻔한 얼굴로 건물을 빠져나오는 내 모습을 확인하자 한쪽 눈썹을 치켜뜨며 뭐라 형용하기 어려운 표정을 지었다.

그러면서도 황급히 제지하지 않았던 건 내가 일본의 상식에 얽매이지 않는 자유분방한 외국인으로 보였기 때문일 것이다. 덕분에 나는 내게 주어진 육체가 영국인이라는 사실이 태어나서 처음으로 고맙게 느껴졌다.

경비원의 의미심장한 시선을 느낀 찰스가 평소와 전혀 다른 애교를 부리며 야오옹 하고 간드러지는 울음소리를 냈을 때는 나도 간담이 서늘해졌지만 말이다.

"찰스."

"이런, 이런. 왜 그렇게 노려보는 거지? 나는 그저 휴일에도 시민의 안전을 위해 열심히 일하는 저 신사의 노고를 조금이나마 치하했을 뿐이잖아."

"자네는 요새 왜 그렇게 기분이 좋은 거야? 내가 업무 수행을 위해 마음 고생하는 모습이 자네에게는 그렇게나 보기 즐거운 건가?"

"뭐, 어떤 의미에선 그렇다고 할 수도 있겠지. 그건 그렇고, 드디어 여기까지 온 거면 그 잔류 영혼을 설득할 계획은 세워져 있는 거겠지?"

"……해볼 수 있는 만큼은 해볼 거야. 하지만 일이 틀어지면 어쩔 수 없이 자네에게 의지할 수밖에 없겠지. 사태가 어떻게 흘러가도 대처할 수 있게 그 남자를 잘 지켜봐 줘."

"알았어, 알았어. 쉽게 말해 Look before you leap(돌다리도 두드려보고 건너라)이라는 거지? 나에게는 식은 죽 먹기야. 난 이 답답한 목걸이만 빨리 풀어준다면 무엇이든 상관없거든."

……킨야의 목숨을 빼앗은 사고 기록을 본 뒤에도 저렇게 빈정댈 수 있다는 게 어찌 보면 대단했다. 이건 나조차도 말문이 막혀 어깨를 으쓱거리자 내게 안긴 찰스는 까만 털에 파묻힌 검정색 목걸이가 부모의 원수라도 되는 양 뒷발로 여러 번 걷어찼다.

덕분에 털갈이에 들어선 그의 겨울용 털이 사방으로 흩어지며 내 재킷에 달라붙었다. 그건 그나마 참을 만했지만 그에게 걸려 있는 목걸이는 GPS발신기가 내장된 정밀기계라서 그런 식으로 함부로 다루면 곤란했다.

이 비품은 내가 자비로 산 거라 고장이 나기라도 하면 뼈아픈 지출을 통해 새 제품을 사야만 하기 때문이다. 물론 찰스도 그걸 잘 알면서 하는 행동일 거다. 아무래도 더 이상은 무슨 말을 해봐야 그를 기쁘게 할 뿐인 것 같다.

그렇게 판단한 나는 현청을 나오자마자 보이는 도로를 건너서 그 앞에 놓인 내성內城 다리로 시선을 돌렸다. 사무라이의 시대와 현대를 갈라놓는 깊은 해자 위에 걸린 넓은 돌다리였다. 그 위로는 지금도 공원을 출입하는 사람들의 왕래가 빈번했다. 다리 좌우로 뻗은 돌담 너머를 내다보자 그곳에는 회반죽벽에 기와지붕을 올린 망루가 엄숙한 문지기처럼 자리를 지키고 있었다.

아마 많은 외국인이 일본의 성에 대해 가장 먼저 떠올리는 이미지가 저것일 테다. 물론 이곳의 망루는 작은 2층 규모라 유명한 천수각 같은 것과 비교하면 위엄은 다소 떨어지지만 말이다.

"……오늘은 후지산이 안 보이는 것 같군."

두 문지기의 감시를 받으며 다리를 건너고 드디어 공원 부지에 들어섰을 때 나는 하늘을 올려다보았다. 비구름이 얇게 낀 하늘은 오늘 아침 TV에서 방송한 일기예보의 정확성을 대변하듯이 언제 비가 내려도 이상하지 않을 양상을 보이고 있었다.

"아쉽지만 오늘은 놀러 나온 게 아니잖아. 우리는 이제부터 죽은 자에게 죽음을 강요하러 가야 하니까, 이런 날 정도는 후지산富士山(후지산이라는 이름이 불사의 산에서 유래했다는 설이 있다)이 숨어 있어 주는 게 나아."

"……확실히 그럴지도 모르겠군."

"그럼 이제 자네가 지시한 대로 근처에서 대기하겠어. 되도록 내가 나설 상황이 안 만들어지면 고맙겠군."

찰스는 고양이 주제에 용케 어깨를 으쓱거리더니 말이 끝나기 무섭게 내 품에서 휙 뛰어내려서 수풀이 우거진 방향으로 걸어갔다. 만에 하나의 사태에 대비해서 눈에 띄지 않는 장소에 숨어 있으려는 생각일 것이다.

나는 그의 뒷모습을 눈으로 배웅하며 간신히 각오를 다잡았다. 기장이 조금 긴 재킷 주머니에 무심하게 손을 찔러 넣고, 공터 구석에 외로이 심어진 커다란 녹나무를 돌아보았다. 그 늠름한 나무줄기 밑에 오늘도 역시 그가 앉아 있었다.

"토사카 킨야 씨."

나는 당장이라도 하늘에서 빗방울이 떨어질 듯한 낌새에 마음이 급해지면서 그를 불렀다. 그러자 불이 붙은 담배를 입에 문 채로 목을 뒤로 젖혀 머리 위의 나뭇가지를 멍하니 쳐다보던 킨야가 갑자기 꿈에서 깬 것 같은 얼굴로 나를 발견했다.

"……아, 당신."

담배가 떨어지면 어쩌나 걱정될 만큼 입을 쩍 벌린 킨야가 졸려 보이는 눈을 동그랗게 떴다. 그래서 나도 일어선 채로 고개를 숙였다.

하지만 어딘가 묘했다. 오늘의 그는 스마트폰을 들고 있지 않다. 찰스의 보고에 따르면 거의 온종일 스마트폰 화면을 뚫어질 듯이 노려보고 있다고 했는데 말이다.

"지난번에는 실례가 많았습니다. 오늘도 여기 계셨군요."

"아아…… 뭐, 우연이지만요. 정말로 올 줄은 몰랐네요……."

"물론 약속은 지켜야지요. 지금 시간 괜찮으십니까?"

"네, 뭐…… 그러고 보니 나한테 무언가 할 말이 있다고 했었죠?"

"네. 만약 괜찮으시다면 조금 걸었으면 하는데요. 이야기를 하면서 당신에게 보여드리고 싶은 게 있습니다."

오늘로 두 번째 만남인 킨야는 이번에도 의아하다는 태도를 숨기려고 하지 않았다. 하지만 다행히 나를 믿어준 것인지, 아니면 반전 없는 일상에 한줄기 신선함을 원했던 건지는 몰라도 이윽고 짧게 대답하며 승낙해주었다. 그는 입에 물고 있던 담배를 휴대용 재떨이에 넣으며 자리에서 일어섰다.

"아, 그러고 보니 이거…… 하라는 대로 갖고 다니긴 했는데, 돌려줘야겠죠?"

함께 걸으려는 순간, 내 옆에 선 킨야가 문득 생각났다는 듯이 다운재킷 주머니에 손을 집어넣었다. 그곳에서 길게

딸려 나온 것은 바로 그날 내가 그에게 건네주었던 명계의 묵주였다.

하지만 나는 묵주를 내민 킨야에게 한 손을 들어 보이며 제지했다. 무엇보다 지금부터 사실을 알게 된 그가 급속히 악령화 되는 사태를 막기 위해서라도 묵주는 갖고 있어주는 편이 좋았다.

"죄송합니다. 그건 토사카 씨가 조금만 더 갖고 있어 주시겠습니까?"

"네? 뭐, 갖고 있는 거야 별로 상관없지만…… 이게 대체 뭔가요?"

"전에도 말씀드렸던 대로 그냥 행운의 부적입니다. 하지만 지금은 아직 저보다 당신에게 더 필요할 것 같아서요."

"……저기, 전에도 조금 그런 생각이 들었는데 혹시 무속 사기나 종교 권유 때문에 이러시는 거라면……."

"아니요. 저는 수상한 항아리 같은 걸 들고 다니지도 않고, 이래 봬도 무교라 당신을 고차원의 세계로 초대하지도 못합니다. 다만 오해를 감안하고 말씀드리자면, 이 세상에 혼이라 불리는 존재가 있다는 사실만큼은 확신하고 있죠."

"혼?"

"네. 토사카 씨는 혼이 존재한다는 걸 믿으십니까?"

크고 작은 다양한 나무가 심어진 정원의 오솔길을 걸어

가면서 나는 가능한 한 자연스러운 말투로 그렇게 물었다. 그러나 슬쩍 훔쳐본 킨야는 아니나 다를까 사기꾼이라도 만난 듯한 표정을 짓고 있다.

뭐, 영국인인 내가 무교라는 건 아무리 생각해도 부자연스러웠고 일본인은 특히나 반종교적인 민족으로 알려져 있다. 그러니 혼의 유무 같은 초자연적인 화제를 꺼내면 바로 거부 반응이 나타나는 것도 무리는 아닐 테다.

"아, 글쎄요…… 전에 TV 같은 데서 혼의 존재를 증명하려 한 과학자가 있었다는 이야기는 들어봤지만요. 아마 사람이 죽으면 반드시 몇 그램 정도의 체중이 줄어드는 것을 밝혀내서, 그게 바로 혼의 무게라고 주장했다는 이야기였던 것 같은데……."

"던컨 맥두걸의 '21그램설' 말이군요. 현대에 와서는 부정된 학설이지만 저는 꽤 흥미로운 시도였다고 생각합니다. 그는 인간이면서도 혼의 존재를 관측하려 했죠. 맥두걸의 실험은 어떤 의미에서 무척 급진적이었습니다. 우리 같은 존재의 입장에서 볼 때는요."

앞을 바라보며 담담한 목소리로 이야기하는 나를 보고, 스쳐 지나는 사람들이 수상한 시선을 보내는 걸 알 수 있었다. 그들에게는 내 옆에서 걸어가는 킨야의 모습이 보이지 않을 테니 당연한 일이었다.

나는 이런 일도 있을까 싶어 미리 준비해둔 무선 이어폰을 품에서 꺼내 한쪽 귀에만 끼워두었다. 이렇게 해두면 현대인 대부분은 이 이어폰을 통해 누군가와 통화 중인 걸로 오해해줄 것이다.

인류가 이런 혁신적 기술을 발명해준 덕분에 죽은 자나 사역마와 대화하는 우리 사신이 수상한 사람으로 신고당할 위험성이 예전보다 훨씬 줄어들었다. 그런 의미에서도 과학자는 역시 위대한 존재다.

"토사카 씨. 전에 직업에 관해 물으셨을 때, 저는 안내인 같은 일을 하고 있다고 말씀드렸죠?"

"아, 아아…… 확실히 그런 이야기를 했던 것 같은……."

"네. 그리고 저는 오늘 당신을 어떤 장소로 안내하기 위해 여기에 왔습니다."

"……네?"

"실례라는 건 알지만 당신의 신상을 여러모로 조사해봤습니다. 토사카 킨야 씨, 37세. 현의 서부 출신으로 예전에는 열심히 음악 활동을 하셨죠. 여러 록밴드에 소속되었던 이력이 있고, 이 근방에서는 나름대로 발이 넓으십니다. 특히 학생 시절에 친구들과 함께 결성한 밴드 활동이 인생에서 가장 긴 음악 활동이었죠. 저도 기회가 된다면 10대 시절부터 연마해온 당신의 베이스 실력을 꼭 보고 싶습니다."

내가 계속 담담하게 말을 이어나가자 차츰 킨야의 안색이 바뀌어갔다. 경악을 뛰어넘어 흙빛에 가까워진 그 얼굴이 이제야 죽은 사람다워졌다고 하면 너무 잔혹한 표현일까.

하지만 다음 순간에 킨야의 얼굴을 물들인 것은 노골적인 경계심이었다. 아무래도 내가 그의 국경선 안으로 진입하는 속도가 다소 지나쳤던 모양이다.

"……이봐. 당신 혹시 탐정인가? 그렇다 쳐도 누가 뭣 때문에 나를……."

"아니요. 저는 셜록 홈즈가 아닙니다. 그러니 당신의 정체와 경력을 한 눈에 꿰뚫어보지 못하고 굳이 며칠 동안의 시간을 들여 정보를 수집할 수밖에 없었죠. 하지만 덕분에 과거의 당신을 아는 사람들과 귀중한 시간을 보낼 수 있었습니다. 특히 부모님께서는 여러모로 흥미로운 이야기를 들려주시더군요."

"뭐……?! 다, 당신 설마 내 본가에……!?"

"네. 공교롭게도 누님께서는 다른 지역으로 시집을 가셔서 만나 뵙지 못했지만, 양친께선 지극히 건강하시고 특별히 생활에 곤란한 점도 없으셨습니다."

"아, 아니. 내가 묻고 싶은 건 그런 게 아니라……."

"다만 몇 년이나 소식도 없이 행방불명이던 당신을 부모님도 걱정하셨던 것 같습니다. 특히 어머님 쪽은 갑작스런 방문이었는데도 당신의 옛 친구를 사칭해 나타난 저의 이야기를 묵묵히 들어주셨거든요. 지금까지의 경위가 경위인지라 절대 입 밖으로 소리 내진 않으셨지만…… 마음속에선 당신과 한 번이라도 만나고 싶다고, 그렇게 생각하시는 것 같았습니다."

나는 줄곧 다리를 움직이는 일에 전념하면서, 이번에는 옆의 킨야를 보지 않고 그런 말을 꺼냈다. 물론 그의 부모님이 아들과의 절연을 진정 후회한다는 확신이 있었다면 나는 그들을 이 자리에 불러서 부디 킨야의 죽음을 증명해줄 증언대에 서달라고 부탁했을 것이다.

하지만 아무리 고찰해봐도 역시 그런 확신을 얻지는 못했다는 이야기를 킨야에게만은 꺼내선 안 될 것 같은 느낌이 들었다.

그래서 객관적 사실과 희망적 추측 사이에 놓인 아슬아슬한 길을 선택한 것이지만, 아무래도 내 나름대로의 각색이 킨야의 눈에는 전혀 다른 빛깔로 비춰진 것 같다.

"아아…… 그래, 그렇게 된 거구만. 당신, 보아하니 우리 부모님한테 고용되어 온 거지? 하, 정말이지. 이제 와서 또 가업을 이으라는 끔찍한 소리를 하려는 거냐고. 장난하는 것도 아니고."

"아니요, 저는 누군가에게 고용된 것도, 당신에게 가족애를 설교하기 위해 파견된 것도 아닙니다. 그저…… 이 일의 본론으로 들어가기 전에 당신이 짊어진 문제를 조금이라도 가볍게 해드리고 싶었습니다."

"그럼 그 인간들한테 전해. 난 두 번 다시 본가로 돌아갈 마음도 없고, 이제 와서 하찮은 가족 놀이에 어울려줄 생각도 없어. 그 인간들 때문에 이미 엉망이 된 인생을, 더 이상 망가뜨리게 놔둘 것 같아?"

"……그러면 부모님과 화해할 마음은 없는 겁니까?"

"그래, 없고말고. 만약 진심으로 아들한테 사과할 마음이 있다면, 평생 날 그냥 가만 놔두시라고 해. 그게 나한텐 가장 고마운 일이니까."

"하지만 이렇게 생각해보신 적은 있습니까? 당신이 그 부모님 밑에서 태어났기 때문에 음악과 만날 수 있었다고요."

"……뭐어?"

"발상의 전환이라는 거죠. 예를 들어, 출생지나 시대, 재해처럼 자기 힘으로 어찌할 수 없는 것에 인생을 지배당한다는 건 굉장히 불쾌하고 받아들이기 힘든 일일 겁니다. 하지만 그렇다고 분노나 증오에만 집중하다 보면 만만치 않은 현실과 직면할 때마다 본인만 더욱 힘들어질 뿐입니다. 그렇다면 억지로라도 사물을 긍정적으로 받아들이는 편이 과거와의 타협을 훨씬 쉽게 만들어주지 않을까 하는 거죠."

"그래서 부모님을 용서하고 조금은 정상적인 인간처럼 감사를 드려보라는 거냐?"

"아니요, 그런 게 아니라…… 그게 무엇이든, 조금이라도 당신이 자신의 인생을 긍정하기 위한 발판이 될 수 있다면 좋을 것 같다고 생각했습니다."

"허, 긍정? 긍정 말이지……."

킨야는 자조인지 냉소인지 모를 엷은 미소로 갑자기 캐러멜색 재킷의 주머니로 손을 집어넣었다. 그리고 거기서 잔뜩 구겨진 담뱃갑을 꺼내더니 걸어가면서 익숙한 동작으로 담배를 입에 물며 불을 붙였다.

내가 그를 데려가려는 곳까지는 이제 얼마 남지 않았다. 문득 시선을 드니 내성문內城門에서부터 쭉 올라온 곳에 위치한 북문이 보이기 시작했다. 즉 나는 킨야를 데리고 광대한 공원 부지를 쭉 가로질러 온 셈이다.

이대로 어떻게든 대화를 이어나가서 저 문을 통과해야 한다. 무슨 일이 있어도 킨야의 기분을 상하게 해서 중간에 되돌아가는 실수가 있어선 안 된다. 그래서 나는 최대한 신중하게 말을 고르며 그의 생각을 보다 긍정적인 방향으로 유도하기 위해 노력했다.

……적어도 나는 그럴 생각이었다.

"이봐. 당신, 그 말은 우리 부모님뿐만 아니라 옛날 밴드 친구들하고도 만났었단 거잖아. 그래서 어땠지? 그 자식들 중에 내가 지금 어디서 뭘 하는지 진심으로 궁금해 하는 녀석이 있던가?"

"그건⋯⋯."

"없었겠지. 뭐, 있을 리가 있나. 난 결국 어딜 가든 무시나 당하는 웃음거리였고, 잘해봐야 공기 취급이었어. 그야 물론 학생 시절에 마음 가는 대로 밴드를 할 때가 인생에서 가장 즐거웠던 게 사실이지만 말이지. 어차피 애들 장난이었어. 성공하지 못하면 의미가 없다고, 음악 같은 건. 아무도 듣고 싶어 하지 않는 소리를 열심히 뗑가뗑가 울려대 봤자, 그건 비참하고 한심할 뿐이야."

킨야는 내 대답을 들으려 하지도 않고, 이번엔 진짜 자조와 함께 말을 쏟아냈다. 아무도 듣고 싶어 하지 않는 소리. 킨야가 내던지듯 말한 한 마디는 싸늘한 나이프의 칼끝처럼 내 심장 속을 쏙 파고들었다.

쓴맛에 몸부림치는 듯이 피어오르는 담배 연기가 그의 인생을 대변하다가 바람에 날려 사라져갔다.

아무리 필사적으로 연주해도 결코 누구의 귀에도 닿지 못하는 음색. 그런 것에는 아무 가치도 없다고 단언하는 그의 주장이 옳다면, 내가 나를 위해서만 만들어낸 그 물감들은 캔버스 위에서 어떤 의미를 가지는 걸까?

"……토사카 씨는 음악 자체가 좋아서 베이스를 연주했던 게 아닌가요? 당신에게 음악이란 다른 사람에게 인정받기 위한 수단이었을 뿐이란 겁니까?"

"……."

"그렇다면 음악 활동이 고통으로 바뀌어버린 것도 납득이 가는군요. 그런데 저번에 이야기할 때 지금은 다른 일을 준비하고 있다고 하셨죠? 그쪽은 잘되고 계십니까? 자신이 원하는 바를 손에 넣으셨습니까?"

입을 다물어 버린 킨야에게 그렇게 물었을 때, 나는 드디어 북문을 빠져나와 안쪽 해자를 건너 한때 외성으로 불리던 구획으로 나왔다.

그곳에서 공공체육관과 초등학교로 둘러싸인 길을 빠져나가 똑바로 북쪽으로 향하면 목적지가 나온다. 성터의 바깥 해자를 건너는 한 줄기의 다리. 그 다리 너머에 펼쳐진 넓은 교차로를 향해 걸어갔다.

그런데 드디어 다리가 눈앞까지 다가왔을 때, 킨야가 갑자기 걸음을 멈추었다. 조금 늦게 멈춰선 내가 몇 걸음 앞에서 뒤를 돌아보자 돌담이 드리운 그림자 속에 가만히 선 그가 핏기 없는 얼굴로 두 눈을 크게 뜨고 있었다.

"토사카 씨?"

"……가고 싶지 않아."

그는 말했다. 교차점을 지나는 자동차 소리에 허무하게 지워질 만큼 쉰 목소리로.

"어째서죠? 당신이 돌아가야 할 장소는 이 다리 건너편에 있을 텐데요."

그래서 나도 대답이 뻔히 보이는 질문을 굳이 던져보았다. 법수로 장식된 다리의 난간을 가리키면서, 그가 오늘까지 필사적으로 얼버무리던 것을 눈앞으로 끌어내기 위해.

"토사카 씨. 여기서 걸음을 멈춘 걸 보면 역시 당신도 사실은 기억하고 계셨던 거군요."

"기……기억하다……니, 뭘?"

"작년 말 저 교차로에서 당신이 경험한 일…… 말입니다."

내가 재킷 주머니에 손을 넣은 채로 드디어 핵심을 찌른 순간, 마치 이때를 기다렸다는 듯 대형 트럭 한 대가 비명을 지르며 다리 건너편을 가로질렀다. 그와 동시에 킨야의 얼굴이 점점 생기를 잃어갔다.

파리해진 그의 입술이 떨리며 말이 되지 못하는 목소리가 새어나왔다. 나는 그 목소리를 똑똑히 들으면서 짧은 공백을 두고 말을 꺼냈다.

"토사카 킨야 씨. 저는 사신입니다."

방금 전, 그가 내 심장에 슬며시 찔러 넣었던 나이프가 산산조각나면서 목에 무언가가 걸리는 게 느껴졌다.

"기억이 나셨습니까? 당신이 누구고, 그날 아침 여기서 무슨 일이 있었는지."

"아……."

"게다가 이제 곧 벚꽃 전선이 이 도시까지 치고 올라올 시기입니다. 그 말인즉슨, 당신이 죽은 지 벌써 3개월이 넘은 셈이죠."

"거짓말이야."

"유감스럽게도 진실입니다. 제 말에 거짓이 없다는 건 당신 본인이 가장 잘 알고 있을 텐데요. 저는 이제부터 당신을 명부로 데려가야만 합니다. 죽은 혼의 안내자로서요."

내가 이어 나간 말이 과연 어디까지 그의 마음에 닿을 수 있었을까. 하다못해 바다에 떨어진 한 점의 물방울만큼이나마 닿기를 간절히 바라면서, 나는 킨야에게 다가갔다. 그가 이미 자신의 죽음을 이해했다는 건 홈즈 정도의 추리력이 없어도 충분히 알아챌 수 있었다.

이렇게 된 이상 남은 건 방황하는 혼을 무사히 명부로 보내주는 일뿐이다. 가능한 한 미련을 남기지 않고, 고인이 현세에서의 죽음을 순순히 받아들일 수 있도록 말이다.

"아…… 아니야…… 나는…… 나는 절대 죽지…… 아니라고……!"

하지만 내가 품은 소박한 바람이 내 상사의 귀에 닿지 않았음이 금방 드러났다. 왜냐하면 진실을 거부한 킨야가 머리카락을 쥐어뜯으며 살벌한 모습으로 소리치더니 몸을 돌려 달려가 버렸기 때문이다. 그는 마치 헤라클레스에게 쫓기는 케리네이아의 암사슴처럼 필사적이었다.

킨야가 왔던 길을 되돌아가 다시 북문을 향해 달려갔을 때 나는 즉시 뒤쫓으려 했지만 급히 멈추었다. 이미 육체가 없는 킨야는 몇 대의 차와 접촉해도 통과해버리는데 반해, 피와 살을 가진 나는 차도로 몸을 날릴 수 없었기 때문이다.

"찰스!"

그래서 불가피하게 내 파트너에게 의지해야 했다. 내가 이름을 부른 것보다도 빠르게, 공원 쪽으로 달려가는 킨야의 뒤를 검은 그림자가 뒤쫓았다. 로빈 후드가 내쏜 화살처럼 북문 안쪽으로 사라진 그것은 틀림없는 찰스였다.

숙련된 사역마다운 그의 기지에 감사하며 재빨리 스마트폰을 꺼내 조작했다. GPS의 신호 추적 앱에 표시된 까만 화살표는 똑바로 공원 중심을 향하고 있었다. 무리에서 홀로 떨어진 녹나무가 외롭게 서 있는 그곳으로.

✝

다 개소리야.

아까부터 계속 똑같은 말이 뇌리에서 되풀이되었다. 머릿속이 새하얘져서 제대로 생각을 할 수가 없다. 나는 달리고 또 달려서 뒤쫓아 오는 무언가로부터 도망치려 했다. 이렇게 전력으로 달려보는 게 얼마만일까. 어쩌면 대학교, 아니 고등학교 때 육상 수업 이후로 처음인지도 모른다.

하지만 그런 것치고는 몸이 가볍다. 지치지도 않고 숨도 차오르지 않았다. 어째서일까?

아니, 지금은 그런 생각을 할 때가 아니다. 생각하지 않아도 된다. 생각해서는 안 된다. 나는 온갖 잡념과 들끓는 위화감, 그리고 공포를 떨쳐내기 위해 달렸다. 목적지는 정하지 않았다. 아니, 솔직히 말하면 어디로 가야 할지도 모르겠다.

그저 도망치고 싶었다. 어디든 상관없다. 나를 뒤쫓아 오는 것들이 더는 보이지 않는 곳이면 된다.

"개소리하지 말라고."

나는 초조함에 쫓기며 누구에게 할 것 없이 욕설을 내뱉었다. 순간, 커플로 보이는 두 남녀가 혼잣말을 하며 질주하는 나와 스쳐 지나가면서도 눈길 한 번 주지 않는다는 사실에 또 화가 치솟았다. 다들 대체 나한테 무슨 원한이 있다고 이러난 말이다.

타인이라 불리는 인종은 항상 이랬다. 다들 나를 등신 취급하거나 눈길조차 안 주거나, 그 둘 중 하나일 뿐이다. 가족도, 옛 친구도, 한때 사귀었던 사람조차도.

재미없는 인간, 다들 그렇게 제멋대로 꼬리표를 붙인다. 내가 겪은 고생과 갈등도 모르는 주제에 겉으로 보이는 부분만을 가리키면서.

제기랄.

나는 모든 걸 엉망으로 망가뜨리고 싶은 충동에 휩싸이며 달렸다. 솔직히 어디를 어떻게 달려왔는지도 모르겠다. 정신을 차리고 보니 눈앞에는 제법 풍채가 좋은 위인의 동상이 있었고, 나는 그 앞에서 양 무릎에 손을 댄 채 몸을 숙이고 있었다.

숨도 차오르지 않고 덥지도 않았지만 이마에서는 땀이 잔뜩 흘러내렸다.

"대체 뭐냐고, 빌어먹을……."

나는 아무도 듣지 않는 욕설을 내뱉으며 망연자실해졌다. 위를 올려다보니 매인지 솔개인지 모를 새를 왼손에 올린 노인이 공원 한가운데에 서서 내 쪽이 아닌 어딘가를 바라보고 있었다.

"이봐. 난 대체 뭐냐고."

자신도 우스꽝스럽게 느끼면서도 달리 의지할 사람이 없어 동상에게 물어보았다. 물론 대답을 기대한 건 아니다. 그저 물어보지 않을 수 없었다.

난 결국 뭘까? 무엇이었던 걸까?

그 수상한 영국인의 말이 사실이라면…… 아니, 말도 안 된다. 내가 이미 오래 전에 죽었다고? 그럼 지금 여기서 이렇게 동상과 이야기하는 나는 뭐란 말인가?

나는 살아 있다. 그렇게 입 밖으로 소리 내어 확인하려 했을 때, 새빨간 회상이 뇌리를 스쳤다. 삐익거리는 브레이크 소리. 눈앞을 가득 메운 트럭의…….

"어라? 킨야 씨?"

순간, 등 뒤에서 들려온 여자의 목소리에 나는 몸을 부르르 떨었다.

"아~ 역시 킨야 씨네요! 여기는 웬일이세요?"

조심스레 돌아본 곳에는 낯익은 여자가 서 있었다. 얼마 전 어디선가 나타나 "역 앞에서 자주 기타를 치던 분 아니신 가요?"라고 물어오던 여자였다.

여자의 이름은 데몬曬門이었다. 이 도시 토박이로 10년 전에 기타를 들고 꿈을 좇던 시절의 나를 자주 보았다고 한다.

게다가 꽤나 특이하게도, 데몬은 당시 내 노래가 무척 좋았다는 말도 해주었다. 어디가 좋은지는 모르겠지만 왠지 무척 마음이 끌리는 노래였단다.

그래서 내 얼굴을 정확히 기억했고 자기도 모르게 먼저

말을 걸었다고 한다. 어느 날부턴가 모습이 뚝 끊겼던데 이제 음악은 하고 있지 않은 거냐고도 물었다.

"난 말이죠, 당시 한참 사춘기라 별 것도 아닌 여러 일로 고민하고는 했거든요. 킨야 씨의 노래를 듣고 있으면 그런 게 전부 아무래도 좋게 느껴졌어요. 그래서 참 멋진 노래를 부르는 사람이라고 생각했고, 어느 새부턴가 어떤 사람인지 궁금해졌어요."

쑥스럽게 웃으며 그렇게 말해준 데몬은 첫 재회 후에도 자주 내 앞에 나타나 당시의 이야기를 하고 싶어 했다. 내게는 떠올리고 싶지도 않은 흑역사였지만 그런 건 상관하지도 않았다. 오히려 이렇게 부탁해올 정도였다.

"킨야 씨, 이제 음악은 하지 않으시는 거예요? 전 킨야 씨의 노래를 한 번 더 듣고 싶은데."

나는 이미 몇 년 동안 기타를 치지 않았고 지금은 다른 분야에서 하고 싶은 일이 있다고 말했지만 그녀는 절대 굽히지 않았다.

"그럼 전 내일 또 부탁하러 올게요! 도망치시면 안 돼요?"

장난스럽게 보조개를 보이는 데몬을 보고 있으면 나도 그닥 불쾌한 기분은 들지 않았다. 다시 한 번 노래해달라고 끈질기게 매달리는 건 곤란했지만 아무도 찾아주지 않던 내 음악을, 노래를 지금도 좋아한다고 말해주는 건 순수하게 기뻤기 때문이다.

"데몬."

요 며칠 동안 많이 친해진 여자의 이름을 부르며 나는 가만히 섰다. 입에 넣으면 캐러멜처럼 달콤할 것 같다는 몽상이 들 만한 색의 머리카락을 나부끼며 데몬은 천진난만하게 웃었다.

"마침 잘 됐다! 마침 킨야 씨를 만나러 가던 길이었거든요. 하지만 별일이네요. 평소엔 벤치에 앉아 계시더니……아, 설마 저를 만나러 와주신 건 아니겠죠?"

데몬은 장난기 넘치게 말하면서 핑크색 립글로스를 바른 입술로 초승달 같은 미소를 그려냈다. 원래부터 이런 농담을 부끄러운 기색도 없이 꺼내는 성격이라는 건 이미 알고 있었다. 하지만…….

"데몬, 너…… 내가 보이는 거야?"

나도 모르게 망연히 묻자 "네?" 하고 얼빠진 대답이 돌아왔다. 데몬은 가뜩이나 큰 눈을 동그랗게 뜨며 적당히 마스카라를 칠한 속눈썹을 위아래로 흔들었다.

"보이냐니, 그야 안 보이면 말을 어떻게 걸겠어요?"

"아, 아니…… 그렇……군. 그렇……겠지. 하하…… 하하하. 나도 참, 무슨 소릴 하는 건지."

너무나 당연하기 그지없는 데몬의 대답을 듣고, 나는 웃어버리고 말았다. 온몸에서 힘이 빠져나가는 걸 느끼면서 앞머리카락을 쓸어 올리며 웃음을 참지 못했다.

맞아. 난 대체 뭘 그렇게 당황했던 걸까? 사신이라고? 그런 녀석이 현실에 존재할 리가 없잖아.

지옥을 담아낸 것 같은 붉은 눈동자에 압도당해서 완전히 정신이 나가 있었다. 아무리 작가 흉내를 내고 있었다지만 픽션의 세계에 너무 심취했던 모양이다. 지금도 내 눈앞에는 나를 보고, 내게 이야기하면서 매일 기타를 쳐달라고 조르는 여자가 있지 않은가.

덕분에 나는 최근 들어 다시 한 번 음악을 시작해봐야 하는지 진지하게 고민했을 정도였다. 아무리 계속 써봐도 잿더미에서 빠져나가지 못하는 소설과 달리, 노래와 기타라면 날 찾아주는 사람이 있다. 단 한 명뿐일지라도, 지금 겨우 눈앞에 나타났다.

이제 와서 음악의 세계로 돌아가는 것에 대한 수치심이나 망설임도 물론 있다. 아무리 현을 튕겨도 누구에게도 닿지 못하는 쓸쓸함을 맛보는 건 이제 지긋지긋하다. 기타를 놓기로 결심한 날, 나는 마음속으로 그렇게 맹세했다.

하지만 이번엔, 이번만큼은 어쩌면 다를지도 몰랐다.

"킨야 씨. 혹시 피곤해요? 아니면 투명인간 놀이라도 하고 있었어요?"

"아니, 미안. 여기에 오기 전에 이상한 소리를 하는 녀석이랑 만나서…… 그래도 이젠 괜찮아."

"정말요? 그런데 이상한 소리라니, 무슨 말을 들었는데 그래요?"

"내가 이미 죽었다느니, 자기가 사신이라느니, 그런 말도 안 되는 소리였어. 일본인은 아니었으니까 우리가 모르는 종교 권유 같은 거였을 거야, 아마."

"헤에…… 그건 위험한 냄새가 나네요."

"그치? 아니, 정말로 이상한 남자였다니까."

나는 데몬의 목소리 톤이 갑자기 한 음 정도 낮아진 것도 알아채지 못하고, 아직도 가시지 않는 마음의 동요를 웃어넘기기 위해 필사적이었다. 방금 내게 벌어진 일은 아무리 생각해도 정상이 아니었다. 잊어버려야 한다. 따라잡혀선 안 된다.

"아, 킨야 씨. 제가 오늘은 기타를 가져왔거든요? 짜잔!"

내가 뇌리에 스치는 붉은 점멸을 떨쳐내고 있을 때, 분홍빛 미소를 띤 데몬이 화제를 전환하듯 말했다. 그녀가 상반신을 틀며 보여준 등 뒤에는 분명 검은색 기타 케이스가 매달려 있었다. 나는 당황할 수밖에 없었다.

"너, 기타를 갖고 있었어?"

"네! 갖고만 있지 거의 치진 못하지만요. 옛날에 킨야 씨의 팬이었을 때 직접 쳐보고 싶어서 샀었어요. 하지만 독학으로는 전혀 치지 못하겠어서 금세 벽장에 처박아뒀었죠. 하지만 오늘 오랜만에 꺼내왔답니다!"

데몬은 익살스러운 말투로 이야기하며 아무 의미도 없이 제자리에서 몸을 빙글 돌렸다. 동시에 봄 색상의 스프링코트 자락이 허공에 펄럭이며 눈앞이 화악 화사해졌다.

"하지만 오늘이 마지막 부탁이에요. 이 이상 조르면 역시 킨야 씨가 성가시다고 생각하실 테니 안 된다면 이제 포기할게요. 굳이 강요하려는 것도 아니고…… 끈질긴 사람은 미움받으니까요."

"데몬……."

"저기요, 킨야 씨. 저는 정말로 킨야 씨의 노래가 좋았어요. 그래서 어떻게든 한 번 더 노래를 듣고 싶었던 거예요. 실례가 됐다면 죄송해요. 하지만 만약…… 만약 그렇지 않다면…… 그 주머니 안에 든 걸 버리고 대신 이걸 받아주시지 않겠어요?"

데몬의 가냘픈 어깨에서 기타 케이스의 어깨 줄이 쓱 내려왔다. 그걸 양손으로 소중하게 감싸더니 내게 내미는 것이었다.

열병에 들뜬 듯한 데몬의 눈이 나를 가만히 바라보고 있었다. 중학생처럼 작은 체구의 데몬은 키가 큰 나를 위해 하얀 구두 뒤꿈치를 들며 입술을 다물었다.

이 정도로 직설적인 마음을 받아보는 건 태어나서 처음인지도 모른다. 이렇게까지 나오는 데몬의 호의를 거절해야 할 이유가 있을까? 지금의 내게?

점점 잿더미에 파묻혀가는 소설 흉내 따위보다 훨씬 눈부시고 가치 있는 것이 지금 눈앞에 있다. 나는 더 이상 망설이지 않았다.

아마 이것이 내 인생의 마지막 전환점이자 기회일 것이다. 여기서 데몬의 손을 잡지 않으면 난 평생 모두의 웃음거리로, 아무도 찾아주지 않는 인간으로 남게 된다. 그렇다면 나는…….

"놓으면 안 돼!"

그때 누군가의 외침이 들린 것 같았다. 하지만 이미 데몬의 열병에 전염된 나는 시키는 대로 재킷 주머니에 손을 집어넣어 그 저주스러운 까만 묵주를 꺼냈다.

행운의 부적 좋아하시네.

그런 냉소에 도취된 나머지 데몬이 어째서 묵주의 존재를 알고 있었는지에 관해 나는 전혀 생각하지 못했다. 그렇게 묵주를 내던진 오른손을 뻗어 예전에 버렸던 과거를 다시 붙잡으려 했다.

순간, 기타를 감싼 나일론이 손가락 밑에서 걸쭉하게 녹

왔다. 갑자기 나타난 새빨간 혀가 일그러진 초승달 미소를
할짝거렸다.

✝

앞서 달려간 찰스를 따라잡았을 때는 이미 늦은 뒤였다.
온몸의 털을 곤두세운 찰스가 몸을 활처럼 굽히고 하악질
을 하며 위협하는 방향에는 검붉고 긴 여러 개의 팔에 붙잡
힌 킨야가 있었다.

그의 머리는 새빨갛게 갈라진 거대한 입에 목까지 집어
삼켜진 상태였다. 침에 녹은 혼이 빠르게 원형을 잃어갔다.
몸의 형태도, 옷과 피부의 경계도 애매해진 킨야의 모습은
다양한 물감을 무질서하게 흩뿌려놓은 것처럼 녹아내리더
니 마지막에는 누렇고 불규칙한 치열 사이로 쑤욱 삼켜지
고 말았다.

"아아아아, 맛있어. 너무 맛있어!"

껄껄거리며 거슬리는 홍소에 뒷덜미가 따가운 느낌이 들
었다. 마치 거인의 신체를 훼손하고 막 꺼낸 내장 덩어리 같
았다. 악령으로서의 의지를 가진 그것이 섬뜩하게 찢어진
큰 입을 하늘로 향하며 세상의 섭리를 비웃듯 외치고 있
었다.

"아아, 역시 악령화 되지 않은 혼은 최고라니까! 꿈도, 신념도, 신앙도 없는 시대에 여기는 인간 뷔페야! 정말 멋진 시대지!"

"찰스!"

귀가 더러워질 것 같은 악마의 폭소를 들으며 나는 내 사역마를 불렀다. 양손의 손톱이 손바닥에 꽉 박히는 고통 덕분에 들끓는 감정을 간신히 억누를 수 있었다.

어째서.

방금 홀연히 세상에서 사라져버린 그를 향해 그렇게 외치고 싶었다. 어째서 놓아버린 걸까. 그를 이 세상에 붙잡아두고 있었을 마지막 희망을.

"자네, 준비해!"

아주 잠시 내 사고에 덧씌워졌던 덧없는 감상을 찰스의 목소리가 걷어차 버렸다. 땅을 차며 높이 도약하는 그를 보며 나도 조건반사처럼 재킷 소매를 걷어붙였다.

그 위로 찰스가 날카로운 송곳니를 찔러 넣었다. 아무리 시간이 흘러도 이 나라에 적응하지 못하는 색의 피부에 이물질이 꾹 박히는 감촉과 함께 피가 흘러나왔다.

명계로의 안내. 사신들 사이에서 그렇게 불리는 이 의식 직후에 찰스의 몸이 갑자기 윤곽을 잃고 불꽃처럼 흩어지더니 거대한 낫의 형태로 변했다. 내 키만 한 크기로 검게 타오르는 듯한 사신의 낫이었다.

그림 속 사신이 낫을 든 이미지로 그려지는 이유가 바로 이 때문이었다. 악령으로 전락한 혼을 정화하기 위해 우리 사신은 사역마에게 우리의 피를 먹임으로써 그들을 단혼^{斷魂}의 낫으로 부리는 것이다.

하지만 정화는 구원과 다르다. 사신의 낫으로 혼을 벤다는 건 인간이던 영혼을 조각내 자아를 빼앗고, 지성을 빼앗고, 다시 인간으로 태어날 권리마저 빼앗아 보다 작은 생물, 예를 들면 새, 짐승, 물고기, 곤충의 세계로 보냄을 의미했다.

그렇게 해서 아주 긴…… 말도 안 되게 긴 시간 동안 자연계를 순환한 혼만이 다시금 인간계로 돌아올 수 있었다.

각 인격의 핵이 되는 혼의 본질이나 쌓아온 선업, 악업, 생전에 사랑한 사람들과의 인연…… 원래는 환생한 뒤에도 계승되어야 하는 그것들이 완전히 초기화된 상태로 말이다.

"아아, 해냈어, 해냈어. 사신보다도 빨리 혼을 먹어버렸어! 아쉽게 됐네에, 사신 씨. 하지만 누가 먼저 혼을 가져가느냐 하는 대결, 스릴 넘치고 즐거웠어."

이 악마는 지금까지 얼마나 많은 혼을 먹어치운 걸까. 일그러진 형태를 이루는 몸의 표면에는 숫자를 헤아릴 수 없는 남녀노소의 얼굴이 떠올라 있었고, 그 밑으로 길게 찢어진 하나의 입에서 흘러나오는 섬뜩한 목소리는 여러 사람의 음성이 겹쳐서 울리는 듯했다.

이 정도로 비대화한 악마와 대치하는 건 나 역시 처음인지도 모른다. 거대한 몸을 구성하는 수많은 얼굴은 추하게 문드러져 실체가 없는 존재임에도 심한 썩은 내를 풍길 정도로 커져 있었다. 이대로 방치하면 물질계에 간섭할 수 있을 정도의 힘을 얻게 될지도 모르는 위험한 악마였다.

무질서하게 움직여대는 무수한 눈알은 내가 먼저 움직이길 기다리는 것일까, 아니면 악마 따위에게 뒤처진 사신을 비웃고 있는 것일까.

나는 결합된 얼굴 틈새에서 절족동물처럼 뻗어 나온 몇 개의 다리가 도망칠 틈을 엿보듯 움직이는 것을 주시하면서 말했다.

"악마. 사신이 근처에 있다는 걸 알면서 죽은 자의 혼에 손을 댄 게 네 실수였다. 여기서 널 베어주겠다."

"……? 어라, 어라, 어라아? 당신, 사신? 사신 맞지?"

"……이 낫을 보고도 상대가 누군지 모를 만큼 의식이 혼탁해진 건가?"

"달콤해, 달콤해…… 달콤한 냄새. 사신 주제에 엄청 좋은 냄새가 나잖아아. 먹어버리고 싶을 만큼 좋은 냄새야……!"

"안 됐지만, 난 벨기에 와플이 아냐."

나는 점심을 먹고 속이 더부룩했던 것을 떠올리면서 드

꿈을 좇는 사람과 악마   253

디어 움직이기 시작했다. 악마의 헛소리를 일일이 상대해줄 순 없다. 녀석(아니, 이번만큼은 녀석들이라고 해야 하려나)은 이미 자아를 잃은 의식의 집합체일 뿐이다.

진지하게 상대해봐야 시간 낭비일 뿐이라는 걸 난 경험을 통해 알고 있었다. 그래서 빨리 끝내버리자고 생각했다. 저 역겹게 썩어버린 혼을 더는 쳐다보고 싶지도 않았다.

죽은 자의 혼은 원래 훨씬 아름다운 것이다. 킨야의 혼도 분명 명부의 언덕을 내려가면 아무리 미약하더라도 그만의 빛깔을 내뿜었을 것이다. 그런데 이 악마는 그것을⋯⋯.

"자네, 녀석의 뒤!"

그런데 막상 악마에게 바싹 다가가 있는 힘껏 낫을 휘두르려 하자 머릿속에서 찰스의 경고가 들렸다.

다음 순간, 내가 급히 멈추는 것과 동시에 악마의 거대한 몸이 푹 가라앉았다가 인지를 초월한 높이까지 뛰어올랐다. 저 악마에게 질량이 없다는 사실을 여실히 말해주는 광경이었다.

하지만 내가 숨을 삼킨 이유는 180cm가 넘는 내 키마저 가볍게 뛰어넘는 녀석의 도약력에 놀라서가 아니다. 내가 낫을 휘두르기 직전, 크게 뛰어오른 녀석의 바로 뒤에 순진하게 웃으며 달려오는 인간 아이들이 있었기 때문이다.

찰스의 경고가 아주 조금만 늦었어도 악마가 피한 낫 끝이 틀림없이 아이들의 혼을 두 동강 냈을 것이다. 나는 킨야를 쫓아 공원으로 돌아오는 와중에 스마트폰의 육체 투명화 앱을 실행해서 사람들의 눈에는 보이지 않는 존재가 되었기에 아무것도 모르는 아이들이 무방비하게 달려오는 것도 무리는 아니었다.

하지만 덕분에 나는 악마를 놓치고 말았다. 내 의식이 아이들에게 집중된 몇 초 사이에 공처럼 솟구친 악마는 이미 20미터 넘게 도망치고 있었다.

"아하하하하핫! 또 놀자, 먹음직스러운 사신 씨!"

……완전히 당했다.

멍하니 선 내 바로 옆으로 아이들이 요란하게 지나쳐가는 발소리를 들으면서 나는 나무들 너머로 사라지는 악마의 그림자를 바라보았다. 저렇게나 거리가 벌어진 이상 지금부터 쫓아간들 도저히 따라잡기는 어려웠다.

내가 그렇게 체념하기를 기다렸다는 듯이 낫의 형상이 스윽 사라졌다. 검은 불꽃은 소리도 없이 떨어지는 액체가 되었다가 이윽고 찰스의 모습으로 응고되었다. 검은 고양이로 돌아온 그는 다소곳이 앞발을 모은 채 앉아 가슴 가득 빨아들인 유감의 뜻을 토해냈다.

"아~ 아. 보기 좋게 도망가 버렸어. Even Homer sometimes nods(원숭이도 나무에서 떨어질 때가 있다)란 말은 바로 이럴 때 쓰는 거겠지. 악마 사냥에 있어서는 누구보다도 경험이 풍부한 자네답지 않게 이번에는 상당히 허술한 일처리였어."

"……오늘만큼은 변명할 말이 없군. 제 아무리 비대해져봐야 어차피 악마라고 상대를 얕잡아본 것 같아."

"그것보다도 오늘따라 일을 너무 서둘러서 그런 게 아닐까? 그 악마가 상당한 실력이었다는 건 둘째 치더라도, 자네가 자제력을 잃고 나를 휘두르려 하다니 말이야. 평소의 자네라면 바로 근처에 어린아이가 있다는 것 정도는 알아서 감지하고 적절히 대처했을 텐데?"

"……."

"휴우…… 그래도 설마 케이론을 찾아다니는 사이에 악마에게 선수를 빼앗길 줄은 몰랐는걸. 어쨌든 일단 보고하러 돌아가지. 우리의 고생이 헛되이 끝났다는 걸 알면 상사가 진심이 가득 담긴 잔소리로 우리를 위로해줄 테니까."

찰스는 그렇게 말하며 몸을 일으키자마자 꼬리 끝을 흔들며 걸어가 버렸다. 그가 코로 가리킨 곳에는 하마터면 산 채로 혼이 잘릴뻔한 아이들의 모습이 있었다.

"앗, 누나. 저기에 뭐가 있어!"

두 아이 중 남동생으로 보이는 소년이 들꽃 꽃망울이 맺힌 수풀 속을 가리켰다. 불려온 소녀가 천천히 걸어가더니

동생이 가리킨 무언가를 주워들려고 했다.

그러나 소녀의 손가락이 닿기도 전에 잽싸게 달려간 찰스가 소리도 없이 그것을 낚아챘다. 그대로 달려가 버리는 그의 입가에서 흔들리는 건 성스러운 십자가가 매달린 낡은 묵주였다.

모처럼 발견한 보물을 낯선 검은 고양이에게 빼앗긴 남매가 아쉬워하는 목소리로 동일한 선율을 연주했다. 하지만 즉시 찰스를 뒤쫓으려는 아이들을 조금 떨어진 곳에 있던 부모님이 불렀다.

"애들아, 비가 올 것 같으니까 이제 그만 돌아가자!"

비라는 말을 듣고 나는 문득 하늘을 올려다보았다. 머리 위의 비구름은 우리가 현청을 나오던 때보다도 더욱 두꺼워져서 낮게 으르렁거리고 있었다. 나락 밑에 갇힌 퀴클롭스의 원망처럼 들리는 먼 천둥이었다.

본격적으로 비가 쏟아지기 전에 나도 찰스를 쫓아가야 한다. 머리로는 그렇게 생각했지만 어째서인지 내 두 다리는 그림자를 꿰매놓은 것처럼 움직이지 않았다.

부모님의 품에 안기는 아이들을 지켜보던 내 뺨 위로 이윽고 물방울이 흘러내렸다. 그리고 봄을 멀리 밀어내는 차가운 비가 내리기 시작했다.

올해 봄은 비가 꽤나 자주 내렸다. 덕분에 벚꽃이 예년보다 일주일 정도 늦게 필 예정이라고 한다. 하지만 내 눈앞에서는 한 발 먼저 벚꽃이 만발해 있었다.

기분 전환 삼아 그리기 시작한 후지산과 벚꽃 그림이었다. 요 며칠 동안 보기 어려운 푸른 하늘 아래서 흰 구름을 뒤집어 쓴 일본 제일의 명산과 이 나라의 봄을 상징하는 꽃이 명암을 넣어 겹쳐져 있었다. 작년 일본에서 보낸 첫 번째 봄에 봤던 풍경을 따라 그린 것이다.

얼마나 정교하게 따라 그렸는지 확인하러 가고 싶었지만, 답안지를 보는 건 좀 더 나중 일이 될 것 같다. 오늘도 가랑비가 창문을 때리고 있었다.

나는 오른손에 팔레트를 든 채 이젤에서 한 걸음 떨어져 보았다. 그리고 미세한 위화감에 고개를 갸웃거렸다.

……뭘까? 하늘의 색과 차별화를 꾀하기 위해 산을 너무 어둡게 해서 그런가?

하지만 공교롭게도 오늘 몫의 흰색과 파란색은 전부 사용해버린 뒤였다. 대충 책장을 둘러봐도 있는 거라곤 내 이상보다 훨씬 짙거나 옅은 파란색뿐이다.

그렇다면 차라리 앞쪽의 벚나무 줄기 색을 일부러 밝게 해볼까? 그렇게 생각하며 문득 눈에 띤 붉은색에 손을 뻗어보았다. 그리고 작은 병을 잡기 직전에야 깨달으며 손을 멈추었다.

몇 번을 봐도 반할 것 같은 당홍색이 손가락 끝에서 유혹하듯 반짝이고 있었다. 하지만 그 반짝거림을 보자마자 형용할 수 없는 우울함이 가슴 속에 자욱해지며 나는 손을 내렸다. 고개를 돌리자 아틀리에의 한쪽 구석에는 아직도 할로윈 의상을 뒤집어쓴 유령이 있었다.

……나는 대체 뭘 하고 있는 걸까? 오늘은 모처럼의 휴일이다. 악마를 눈앞에서 놓친 상으로 상사에게 휴가를 몰수당한 우리는 한동안 안식일과는 인연이 없는 생활을 했고, 오늘에 와서야 간신히 하루뿐인 휴일을 허락받았다.

이런 날이야말로 저 새하얀 핼러윈 유령에 색을 입혀야 한다. 이 기회를 놓치면 다음에는 언제 휴가를 받을 수 있을지 아무도 몰랐다. 그런데도 나는 오늘도 저 그림을 외면하고 있다.

그렇게 생각한 후 다시 한 번 눈앞의 이젤을 바라보자 방금 전까지 그리던 그림이 갑자기 진부하고 우스꽝스럽게 느껴졌다. 일본에서 가장 덧없이 지는 꽃과 불사^{死}라는 이름의 산이 가까이 붙어 있는 모습이 너무 유치한 역설처럼 보였다.

한숨을 내쉰 나는 작업대에 팔레트를 내려놓고 앞치마도 벗었다. 결국 미완성 그림에는 손도 대지 못한 채, 화이트 세이지 향이 그윽한 부엌으로 되돌아왔다.

"잠깐 나갔다 올게."

오후의 홍차를 준비하던 인형들이 놀란 듯이 얼굴을 들었다. 단 하나, 다마스크 무늬 소파에서 휴식을 취하던 찰스만이 무심하게 "잘 다녀와"라고 대답해주었다.

나는 항상 입는 조끼 위에 검은색 재킷을 걸치고 지하실로 내려갔다. 현관에서 가져온 우산을 들고 행선지를 짧게 말했다. 문을 열자 그날 킨야와 걸었던 공원이 나왔다.

나는 은신처와 연결된 공중 화장실을 나와 우산을 펼쳐 쓰고 걸어가기 시작했다. 평일 오후와 비. 두 가지 우울함이 겹친 공원에서 사람의 모습은 전혀 보이지 않았다.

마치 세계에 나 홀로 남겨진 듯한 정적 속에서 빗물에 흐릿해 보이는 빈 벤치를 지나 잔디광장으로 발걸음을 옮겼다. 그렇게 해서 작년에 처음으로 후지산을 봤던 장소에 서 보았다.

당연히 비의 장막에 가로막혀 후지산의 위용은 보이지 않았다. 머리 위로 뻗은 벚나무 가지도 아직 꽃을 피우지 못했다. 올려다보자 차가운 빗물을 견디어내듯 가만히 몸을 웅크린 꽃망울이 여러 개 맺혀 있을 뿐이다. 그 꽃망울에서 물방울이 떨어지며 툭 하고 작은 소리를 냈다.

우산 위에서 튀어 오르는 그 소리를 들으며 "그랬군" 하고 중얼거렸다.

"……이 소리. 생명이 튀어 오르는 소리와 비슷해."

사람의 혼이 가장 아름답게 반짝일 때의 소리. 나는 그런 소리를 한순간이나마 사랑스럽게 느꼈던 걸까.

멈추어 선 내 머리 위에서 생명의 소리가 계속 춤을 추었다. 머리로는 듣고 싶지 않다고 생각하지만, 오늘도 다리가 움직이지 않는다.

"The rain falls on the just and the unjust."

작게 중얼거린 말이 물방울과 함께 튀어 오르며 사라졌다. 봄은 아직도 조금 먼 곳에 있다.

제6화

제비와 불꽃놀이

꾀꼬리 우는 계절이 지나고 거리의 하늘 위로 제비가 날아
다니기 시작했다.

시원하게 트인 푸른 하늘에서 가볍게 날아 내려온 한 마
리의 제비가 내 눈앞을 가로지르더니 낡은 건물 처마 끝으
로 미끄러져 들어갔다. 요란스러운 울음소리에 문득 눈을
들자 유리문 바로 위에 제비 둥지가 보였다.

타일이 깔린 좁은 차도가 뻗어나가는 역 앞 번화가. 나는
지금 그곳의 큰길에서 옆길로 빠진 곳에 있었다. 다음 업무
까지 어중간하게 시간이 남아버려 평소처럼 시간을 때우는
중이다. 이런 식으로 한가한 시간을 주체하지 못할 때마다
나는 항상 이곳으로 향했다.

번화가 조용한 뒷길에 있는 낡은 복합 건물. 주위 건물과 비교하면 호리호리해 보이는 인상의 외관은 올 때마다 영 미덥지가 않다. 다른 두 건물 사이에 끼어 위축된 것처럼 보이기 때문이다.

건물 안으로 들어가면 나오는 엘리베이터 홀은 무척 좁았다. 건물 밖에는 간판이 없기 때문에 안에 무엇이 있는지 알고 싶으면 건물 안쪽에 있는 비상계단 앞 안내판을 살펴보아야 했다.

건물에 입주해 있는 건 실체가 불분명한 재단의 사무실과 아지트 느낌의 스낵 바, 환자가 드나드는 걸 본 적이 없는 한의원, 그리고 무척 아담한 사설 갤러리였다.

나는 빌딩에 들어가자마자 바로 엘리베이터를 타고 4층으로 올라갔다. 이동 중에 덜컹덜컹 불안한 소리를 내는 기계장치의 상자 안에서 나는 오른손에 든 종이봉투 속 내용물을 확인했다. 노포 화과자 점의 과자 상자가 눌리거나 찌그러지지 않았는지 세심히 확인하던 중 머리 위에서 시대감이 느껴지는 음색이 띠리링 하고 울렸다.

고개를 들자 문이 열리며 펼쳐진 것은 시야를 가득 메우는 초록색이었다. 지금 계절의 나무들이 뽐내는 눈부신 신록의 느낌은 아니다. 호빗들이 사는 어둠의 숲을 방불케 하는 무겁고 침착한 틸 그린이었다.

"어서 오세요…… 어라, 누군가 했더니 자네였군."

엘리베이터 도착 음을 들었는지 심록색 벽지가 이어지는 통로 안쪽에서 사람이 나왔다. 그는 나를 보자마자 연식이 느껴지는 둥근 안경을 살짝 치켜올렸다. 나도 그를 돌아보며 묵례하고 언제나처럼 웃어 보였다.

"저 왔습니다, 에이이치 씨. 조금 오랜만이군요."

"확실히 한참 얼굴을 못 봤군. 어디 아프기라도 했나?"

"아니요. 그냥 요새 일이 너무 바빠서…… 최근 들어서야 조금 여유가 생겼거든요."

"이런, 거 참 고생이 많았겠군. 뭐, 어쨌든 들어오게."

조용한 말투로 권하며 안쪽으로 안내해주는 그는 화랑의 주인인 마키노 에이이치 씨다. 내가 일본에 오고 처음으로 친해진 사람이었다.

에이이치 씨는 이 거리에서 오랫동안 화랑을 운영하는 노인으로, 알 만한 사람은 다 아는 중견 화가들의 그림을 주로 취급하고 있었다.

그가 계약하는 건 사실적인 그림을 잘 그리는 일본인 화가뿐이다. 안쪽 사무실로 이어지는 좁은 통로에는 극도로 정밀한 풍경화나 정물화가 소중히 전시되어 있었다.

영국에서 일본으로 부임한 지 얼마 안 되었을 무렵, 나는 틈만 나면 화랑이나 미술관을 찾아 거리를 돌아다녔다. 그때 마주친 것이 이곳, '갤러리 마키노'였다.

최소한의 조명과 물감 냄새 외에는 창문 하나 없는 비밀 전시실, 갤러리 마키노에는 그런 특별한 분위기가 있었다. 좁은 통로를 전시하기 위해 엄선된 그림도 내 마음을 빼앗는 것들뿐이었다. 그 뒤로는 이렇게 그림을 보러 시간을 내어 자주 들르고 있다.

혼자 화랑을 운영하는 에이이치 씨는 매번 구경만 할 뿐 그림은 사지 않는 내게 수상한 눈초리를 보내면서도 처음 몇 번은 아무 말 없이 내버려 두었다.

다른 화랑 같으면 안 살 거면 나가라는 듯 살벌하게 쳐다볼 테지만, 그는 대모 안경을 쓴 눈으로 이따금 이쪽을 바라보기만 했지 사무실 밖으로 나오려 하지도 않았다.

지금 생각해보면 지나치게 이국적인 외모의 손님 앞에서 언어의 장벽을 느꼈는지도 모르지만, 어쨌든 에이이치 씨는 너그러웠다.

아침을 맞을 때마다 이곳에서 느낀 감동을 잊어버리고 시간이 나면 그 감정을 다시 확인하러 오는 나를, 그는 신문을 읽거나 장부를 쓰면서 계속 지켜봐 주었다.

그런데 지금도 잊을 수 없는 작년 이맘때쯤이었다. 여느 때처럼 여기서 그림을 감상하던 나에게 그가 처음으로 말을 걸어준 것이다.

"자네, 요즘 자주 오는 것 같더군. 몇 번을 와도 똑같은 그림밖에 없는데, 꽤나 열심히 보고 있고. 마음에 드는 그림이라도 있는 건가?"

그래서 나도 취미로 그림을 그린다고 하자 에이이치 씨는 영국인의 입에서 나온 유창한 일본어에 놀란 뒤에 여러 이야기를 들려주었다.

에이이치 씨도 한때는 화가의 꿈을 꾸었고 직접 붓을 잡았던 때도 있었다고 한다. 하지만 꿈을 포기하고 갤러리스트로 전향해서 온갖 고생 끝에 이 화랑을 열 수 있었단다.

그런 그의 이력을 알게 된 나는 그림 감상을 위해서만 이곳에 왔던 게 미안하게 느껴져 그림을 사려고 했다. 그전에는 그러지 않았던 건 단순히 돈이 없었기 때문이지만 (나는 임종지키미 업무의 대가로 금전 대신 혼의 조각을 요구했으니까) 에이이치 씨가 갤러리 마키노에 쏟는 마음을 알게 된 이상 "앞으로도 공짜로 그림을 보여주세요" 같은 말은 도저히 할 수 없었다.

그래서 매일 마시는 홍차를 좀 더 저렴한 제품으로 바꾸고 찰스에게도 당분간 일본산 사료를 감내하게 하기로 결심했다. 내가 그림 구매 의사를 밝히자 에이이치 씨는 "돈은 됐으니까 다음에 올 때 자네 그림을 한번 가져와 보게"라고 말했다.

그래서 그가 말한 대로 다음번에는 직접 그린 그림을 가지고 방문했는데, 그는 몇 개의 작품을 꼼꼼히 살펴본 뒤에 상품으로 매입해주었다. 물론 가격은 무명 신인 화가에 어울리는 수준이었지만, 에이이치 씨는 "가능성이 있군" 하며 내 그림에 투자해준 것이다.

이후로 나는 이렇게 그림이 팔리든 팔리지 않든 가끔 그를 찾아가 감사의 선물을 전달하고 있었다. 그가 아니었다면 지금쯤 은신처의 지하실은 갈 곳 없는 그림들로 발 디딜 틈도 없었을 테니까 말이다.

"이거, 항상 사 오던 겁니다."

그렇게 말하며 내가 화과자 상자를 내밀자 에이이치 씨는 주름진 눈가로 웃으며 "오오, 고맙네" 하고 받아주었다.

상사에게서 가끔 너무 무뚝뚝하다며 접객 태도를 지적받는 내가 할 말은 아니겠지만, 에이이치 씨는 결코 붙임성이 좋은 편은 아니었다.

평소에는 과묵한 편이고 마주 보고 이야기할 때도 표정이 풍부하다고 하기는 어려운 사람이다. 하지만 그는 특정 가게의 특정 도라야키를 보았을 때만 눈에 띌 만큼 표정이 밝아졌다. 그래서 나도 여기에 올 때는 대부분 같은 가게의 같은 도라야키를 들고 왔다.

에이이치 씨는 곧 여느 때처럼 좁은 통로 너머의 좁은 사무실에서 일본식 차를 끓여주었다. 원래는 조금 넓은 탕비실이 아니었을까 싶은 그 공간은 갤러리 마키노의 응접실도 겸하고 있어 에이이치 씨의 사무용 책상과 작은 부엌이 공존하는 기묘한 경관을 즐길 수 있었다.

다만 정원은 기껏해야 두 명까지였다. 책상과 책장, 그리고 작은 냉장고가 자리를 차지한 탓에 바퀴 달린 사무용 의자가 두 개만 들어올 여백밖에 남지 않았으니까.

"그래서, 그동안 어떻게 지냈나? 일이 바빴다면 그림도 못 그렸겠지?"

"네…… 지난 두 달 정도 신작은 아무것도 못 그렸습니다. 그리기 시작한 상태로 손을 못 대고 있는 작품은 있지만요."

"그래, 그건 참 아쉽군. 전에 자네의 그림을 사간 손님이 말이야, 신작이 있으면 꼭 자기한테 팔아달라고 이야기했거든. 그 반딧불이 그림이 상당히 마음에 든 모양이야. 작가의 이름을 알려달라고 꽤나 끈질기게 물어봤었지."

감람석을 물에 녹인 것 같은 맑은 녹색의 차를 입에 대며 에이이치 씨가 쓴웃음과 함께 말했다.

나는 어디까지나 사신이고 화가가 될 생각은 없었으므로 작품에 서명하지 않았다. 그렇다면 이름도 아예 숨기는 게 나을 것 같아 에이이치 씨는 말 그대로 무명 신인의 작품으로 내 그림을 취급해주고 있었다.

"……사실 오늘은 그 일로 상담을 하러 왔습니다."

나는 살짝 열린 여닫이창 틈새로 밖을 내다보며 말했다. 초여름의 소란스러움을 실어온 바람이 코끝을 스쳐 지나가더니 새하얀 캔버스 같은 에이이치 씨의 백발을 어루만졌다.

"모처럼 제 그림을 마음에 들어 하신 분이 계시는데 죄송하군요. 조금 고민이 있어서 한동안 그림 그리는 걸 쉬려고 합니다."

"저런. 그건 또 어째서인가?"

"저 자신도 설명을 잘하지 못하겠지만…… 제가 그리는 그림에 환멸을 느꼈다고 할지, 자신감을 잃었다고 할지…… 덕분에 요즘은 그림을 그리고 싶다는 마음이 어딘가로 멀리 사라져버린 것 같습니다. 그림으로 남기고 싶은 것은 무수히 많은데도 붓을 드는 것도 망설여져서…… 그렇다면 아예 그림 그리는 걸 그만둬 보려고요."

정확한 원을 그리는 렌즈 안쪽에서 눈꺼풀이 살짝 처진 에이이치 씨의 눈동자가 고요한 빛을 띠며 나를 보고 있었다. 솔직히 말하면 그 눈빛이 내가 두 달 가까이 이곳에 들리지 않았던 이유였다.

초봄에 악마와 조우한 사건 이후, 나는 전혀 그림을 그릴 수 없게 되어버렸다. 물감 수집은 여전히 계속하고 있고 내 손에 들어온 혼의 조각들은 지금도 여전히 아름답다. 하지만 내 작품에는 그런 혼의 반짝거림에 어울리는 가치가 없다.

어느 날 문득 그런 생각이 든 순간부터 나는 더는 붓을 들지 않았다. 이런 일은 혼의 조각으로 그림을 그리기 시작한 이후 처음 있는 일이었다.

나는 사신으로서 제 몫을 할 수 있게 된 이후, 시간으로 치면 100년 가까이 이 취미를 계속해오고 있었다. 하지만 킨야를 구하지 못한 그날부터 내 마음에는 쭉 우울이라는 이름의 거미가 둥지를 틀고 있다.

그것이 생각을 옥죄고 시야를 가로막으며 내 내면을 조금씩 지배해나가는…… 그런 감각을 떨쳐낼 수 없었다.

아침에 잠에서 깨어나도 심장 근처에 무언가가 걸려 있는 느낌이 들었기에, 솔직히 나는 이 감각을 어찌해야 할지 모르고 있었다. 매일 아침 방의 커튼을 젖히고 내리쬐는 아침 해를 올려다볼 때마다 가슴을 채우던 신선한 놀라움이나 기쁨도 지금은 없다.

이게 대체 무슨 일인지 찰스에게 상담해보았더니 "자네도 드디어 인간 같은 이야기를 할 수 있게 됐군" 하며 장난스럽게 대답했다.

"그런가. 뭐, 자네가 그러기로 정했다면 나야 왈가왈부할 수 없지. 자네는 직업 화가가 아니니까 그만두고 싶으면 깨끗이 그만두면 돼. 다만, 자네의 그림에는 그릇이 있네."

"그릇……이라고요?"

"그래. 그리는 사람의 혼 같은 것을 담아내는 그릇이지. 최근 들어 자네의 그림에는 그런 게 보일 듯 말 듯 했으니까 솔직히 말하면 아쉽긴 하네. 하지만 자네는 아직 젊으니까 나중에 다시 그리고 싶어질 때라도 늦진 않아. 너무 초조해하지 말고 마음을 편안히 갖게."

에이이치 씨는 평소 같은 밋밋한 표정이었지만, 마치 제비가 날아다니는 오늘 날씨처럼 따듯한 어조로 말해주었다. 그도 눈앞에 앉은 영국인이 올해로 일흔넷인 본인보다 긴 세월을 살아왔다는 건 꿈에도 모를 것이다.

하지만 한없이 온화하게 느껴지는 그의 목소리는 고뇌에 지쳐가던 내 마음에 조용히 스며들었다. 내 그림에 혼을 담아내는 그릇이 있다는 에이이치 씨의 말은 흡사 기억의 조각처럼 빛나며 거미줄투성이였던 내 가슴속을 비춰주는 것 같았다.

영국에서 생활할 때도 필요 없어진 작품은 판매하거나 다른 사람에게 넘겨주기도 했지만, 그걸 이런 식으로 평가받는 건 처음이었다.

내가 인간들이 그려내는 세계에 한없이 끌리는 이유는 그들의 작품에는 그야말로 혼이 담겨 있어 살아 있음을 느끼기 때문이다.

내 그림도 그런 멋진 작품들에 조금이나마 가까워진 걸까? 아니, 어쩌면 에이이치 씨는 단순히 아교액과 물에 녹여 물감이 된 인간들의 혼에 대해 이야기한 건지도 모르겠다.

"그런데 자네, 전에 영어 가정교사 일을 한다고 했었지?"

"……네? 아아, 네…… 일단 그렇게 되어 있긴 합니다만."

"그러면 한 가지 부탁하고 싶은 일이 있네. 들어주겠나?"

에이이치 씨는 미술계 사람다운 개성적인 넥타이를 느슨히 풀며 갑자기 화제를 바꾸었다. 이렇게 진지한 태도로 무슨 부탁을 하려는 걸까?

나는 알고 지낸 지 1년이 지나는 동안 에이이치 씨가 처음으로 꺼내는 부탁의 말에 눈을 크게 뜨면서도 이윽고 고개를 끄덕였다. 그에게는 평소에 정말 많은 신세를 지고 있다. 그에 관한 보답도 할 겸 내가 도울 수 있는 일이라면 반드시 돕고 싶었다.

그러자 갑자기 에이이치 씨가 의미심장한 미소를 지었다. 마치 우연히 들른 골동품 가게에서 진귀한 그림이라도 발견한 것처럼.

"실은 나한테 중학생인 손녀가 있거든. 그 아이가 요새 영어 수업을 잘 못 따라가겠다고 칭얼대지 않겠나. 그래서 뭐라도 해주고 싶은데…… 자네가 좀 도와줄 수 없겠나?"

거짓말도 백 번 말 하면 진실이 된다는 말이 있다. 만약 그게 사실이라고 가정하면, 내가 반복했던 사소한 거짓말이 어느샌가 기념비적인 백 번째를 맞이한 모양이다.

"처음 뵙겠습니다. 우노하마 세이라입니다. 앞으로 잘 부탁드려요."

그런 인사말과 함께 그녀가 예의 바르게 머리를 숙였을 때, 나는 어째서 그 거짓말을 아흔아홉 번째에서 멈추지 않았는지 후회했다. 나는 어디까지나 사신일 뿐, 영어를 가르치는 일 따윈 한 번도 해본 적이 없었기 때문이다.

"아이 엄마 나미에입니다. 이번에 아버지가 무리한 부탁을 드려서 죄송해요. 부디 잘 부탁드립니다."

이어서 옆에 앉은 중년 부인도 그런 말과 함께 머리를 숙이자 나는 아무래도 자신의 거짓말로부터 도망치지 못하리라는 걸 깨닫고 체념했다. 도망이고 뭐고, 에이이치 씨 따님 부부의 집으로 들어온 시점부터 물러날 곳은 어디에도 없었지만 말이다.

그곳은 시의 중심지에서 살짝 동쪽으로 벗어난 한적한 주택가였다. 에이이치 씨의 친딸인 우노하마 나미에 씨가 남편, 딸과 함께 셋이서 생활하는 단독 주택은 그런 주택가의 일각에 위치했다. 넓은 앞뜰과 뱃집 지붕이 특징적인 북유럽풍의 세련된 주택이었다.

집이 지어진 지 얼마 되지 않았는지 고급스러운 금속 세공 창이 달린 현관을 지나자 산뜻한 목재 냄새가 코끝을 간질였다. 가구에서도 세심한 성의와 취향이 엿보여 역시 에이이치 씨의 따님다운 집이라고 내심 혀를 내둘렀을 정도다.

갤러리 마키노에서 갑작스레 가정교사 의뢰를 받은 게 지난주였다. 에이이치 씨 앞에서 일단 수락의 의사를 내비친 이상 물러날 수 없게 된 나는 별수 없이 교사로 분장해서 알려준 주소로 방문했다. 교사로 분장했다고 해도 옷차림은 평소의 드레스 셔츠와 검은색 조끼를 입은 채였다.

준비물로는 무엇이 필요한지 잘 몰랐기 때문에 헌책방에서 발견한 낡은 일영사전 한 권과 마음에 든 만년필, 그리고 항상 품속에 넣어두는 수첩이 전부였다.

굳이 오래된 사전을 산 이유는 다른 곳에서도 가정교사로 일하고 있다는 설정인데 새것처럼 빛나는 사전을 가져가면 수상하게 생각할 것 같아서였다.

하지만 막상 에이이치 씨의 손녀와 대면하자 그런 위장은 전혀 무의미했다는 걸 깨달았다.

우노하마 세이라, 14세, 중학교 2학년.

그렇게 자기를 소개한 그녀는 남색 테이블 반대편에서 어머니와 나란히 앉은 채 눈을 뜨지 않았다. 즉 그녀는 눈이 보이지 않았다. 나미에 씨의 이야기에 따르면 세이라는 선천적인 전맹全盲으로, 지금은 집에서 가까운 시각장애인 학교에 다니고 있다고 한다.

그런데 내가 두 사람의 인사를 받고 입을 열려는 순간, 격렬하게 개 짖는 소리에 방해를 받았다. 눈을 돌리자 잘 마감된 바닥 위에 네 다리로 꼿꼿이 서서 위협의 감정을 노골적으로 드러낸 시바견이 있었다.

둥글게 말린 꼬리가 특징인 붉은 털의 성견이었다. 목에 찬 빨간색 목걸이와 잘 손질된 털, 깨끗한 네 발을 보니 실내에서 기르는 개라는 걸 한눈에 알 수 있었다.

그 혹은 그녀는 자기 구역에 갑자기 나타난 명부의 사신을 용납할 수 없었는지 아까부터 틈만 나면 나를 노려보며 짖어대고 있었다.

"얘 베키! 너 오늘 왜 그래? 아까부터 계속 흥분해서…… 죄송해요, 선생님. 평소에는 이렇게 짖는 애가 아닌데……."

"아니, 괜찮습니다. 개는 후각이 예민한 생물이니까요. 저도 고양이를 기르고 있어서 어쩌면 그 냄새를 맡고 반응한 건지도 모르겠네요."

"어머, 그러셨구나. 정말 죄송해요. 잠시만 기다려주세요."

나미에 씨는 중단발의 검은 생머리카락을 흔들며 연신 사과하더니 베키라 불린 강아지를 안고 식당에서 나갔다. 구석구석까지 잘 손질된 집 안을 보면 알 수 있듯 일 처리가 꼼꼼한 사람일 것이다. 얼굴은 에이이치 씨와 별로 닮지 않았지만 사소한 몸짓이나 표정에서 아버지의 핏줄이 느껴졌다.

형형색색의 꽃이 만발한 앞뜰도 훌륭했고 집 여기저기에 장식된 장식품과 그림 센스도 좋았다. 그녀의 예리한 미적 감각 역시 분명 에이이치 씨에게 물려받았으리라고 생각하며 나는 테이블 위에 놓인 찻잔에 손을 뻗었다.

집 안 가구는 아무리 봐도 서양풍이지만 대접받은 차는 일본식이었다. 게다가 이건 에이이치 씨가 갤러리에서 항상 내주는 것과 똑같은 차라는 걸 추리하면서 혀에 닿는 희미한 달콤함과 떫은맛을 음미했다. 조금 미지근한 물로 타주는 부분까지 에이이치 씨와 똑같았다.

이 지방이 일본에서도 손꼽히는 차의 명산지라서 그런지 몰라도, 에이이치 씨는 특히 녹차에 관해 까다로웠다. 아마 나미에 씨도 그런 에이이치 씨에게서 엄격한 교육을 받으며 자란 것이리라…….

그런 식으로 특기인 프로파일링을 마음속으로 이어나가면서 나는 문득 맞은편에 앉은 소녀에게로 눈을 돌렸다. 어머니가 자리를 비우고 낯선 외국인과 갑자기 둘만 남게 되어 긴장하고 있는 것일까?

'세이라'라는 서양식 이름의 소녀는 얼굴을 숙인 채 가냘픈 어깨를 잔뜩 긴장시키고 있었다. 얼핏 잠든 것처럼도 보이는 그녀의 얼굴은 눈꺼풀을 닫고 있다는 걸 제외하면 일반인과 다를 게 없다. 내가 처음에 받은 인상은 어디에나 있을 법한 평범한 여자아이 같다는 것이었다.

다만 이건 유럽인의 눈으로 아시아인을 봤을 때 전반적으로 해당하는 경우였지만, 열네 살 치고는 다소 앳된 얼굴로 보였다. 그녀의 경우 작은 얼굴에 살짝 동그스름하면서 낮은 코였고, 입술도 어린아이처럼 뭉실뭉실 하다 보니 유독 그런 인상을 받기 쉬웠다.

하지만 전체적으로 보면 무척 사랑스러운 얼굴이라고 할 수 있었다. 아주 살짝 갈색이 섞인 단발머리와 부모님이 골라 입혀주었을 풀오버 블라우스가 어울리면서 청초하고 침착한 분위기를 연출하고 있었다.

"소공녀?"

하지만 오늘부터 교사와 학생이라는 관계를 이어나가려면 첫 만남이 거북한 채로 끝나서는 곤란하다. 그래서 내 쪽에서 그렇게 말을 꺼내자 얼굴을 든 세이라가 "네?" 하고 의아하다는 듯이 고개를 갸웃거렸다.

"프랜시스 호지슨 버넷의 『소공녀』. 그 작품의 주인공 이름도 분명 '세이라'였지. '베키'라는 강아지 이름도 거기서 따온 거니?"

질문의 의미를 이해하지 못한 그녀에게 덧붙여 설명하자마자 세이라의 뺨이 상기되었다. 마치 봄볕을 받은 꽃봉오리가 피어나는 듯한 반응에 조금 놀라고 있자 세이라는 살짝 몸을 앞으로 내밀며 잔뜩 신이 난 목소리로 말했다.

"대단해⋯⋯! 선생님, '소공녀 세라'를 알고 계시네요? '베키'라는 이름의 유래를 맞힌 사람은 처음이에요!"

"그래⋯⋯ 버넷은 미국의 소설가로 유명하지만 출생지는 나와 똑같은 영국이거든. 게다가 우리 집 고양이도 비슷한 방법으로 지은 이름이라 바로 알았단다."

"선생님 댁 고양이는 이름이 뭔데요?"

"찰스야. 『장화 신은 고양이』의 샤를 페로에서 따온 이름이지."

"샤를⋯⋯? 샤를인데 왜 '찰스'예요?"

"'샤를'은 프랑스어 이름이야. 영어는 '찰스'가 된단다."

"와⋯⋯! 같은 이름이라도 영어하고 프랑스어는 서로 다르게 부르는구나. 처음 알았어요."

세이라는 긴장이 풀렸는지 밝게 말하며 테이블 위에 있는 자기 찻잔을 손으로 더듬어 찾아냈다. 그렇게 잡은 찻잔을 들어 올려 양손으로 감싸며 녹차를 입에 가져갔다. 나는 그녀의 가느다란 손가락이 만들어내는 일련의 동작에 나도 모르게 매료되었다.

그녀의 동작에서는 전맹이라 느껴지는 불안함이 전혀 없었다. 그만큼 오랜 시간, 이 세상에 태어난 순간부터 지금까지 색과 빛이 없는 세계에서의 생활이 그녀에게는 당연했던 것이리라.

"아, 그런데 선생님의 성함을 아직 못 들었네요. 무슨 선생님이라고 부르면 되나요?"

그녀를 감싼 햇빛의 윤곽에 시선을 빼앗기고 있다가 갑작스러운 질문에 현실로 되돌아왔다. 그러고 보니 내 자기소개가 충견 베키에게 방해받았다는 것을 떠올리고 잠시 머뭇거린 끝에 대답했다.

"그랬구나…… 그렇다면 네게 주는 첫 번째 숙제로, 내 호칭을 정해주었으면 해."

"네? 호칭이라니…… 이름으로 부르면 안 되나요?"

"실은 내 본명이 일본인에게는 발음하기 어려운 것 같아서 말이야. 그래서 말인데, 네가 부르기 쉬운 이름을 정해주는 게 여러모로 편리할 것 같구나."

백 번째 거짓말을 후회한 게 불과 조금 전이건만, 나는 사신으로서의 습관으로 또 숨을 쉬듯 거짓말을 해버렸다. 물론 우리 사신에게 이름이 없는 것도 사실이긴 하다.

이름이 아예 없으면 동업자끼리 서로를 부를 때 불편하므로 경우에 따라서는 별명을 정하는 일도 있지만, 이 세상에 속하지 못한 우리는 기본적으로 각자의 이름 없이도 크게 곤란할 일은 없다.

무엇보다 우리 존재는 호적에도 기록되지 않으며 사회 속에서 일하는 것도 아니다. 가정을 가질 일도 없을뿐더러 오히려 인간에게 자기 존재가 강하게 인식될 경우 업무에 지장이 발생할 가능성도 있었다.

그래서 우리는 평소에도 살아 있는 사람의 기억에는 최소한의 흔적만 남기도록 주의해서 행동하고, 필요하다면 사람들의 기억에서 자신을 지우기도 한다. 예전에는 일일이 전문 부서에 의뢰해야 했던 기억 말소도 지금은 스마트폰 하나로 간편하게 해결할 수 있으니까.

"으응, 그렇구나…… 영어 이름이면 그럴 수도 있겠네요. 하지만 호칭이라…… 선생님은 일본어를 굉장히 잘하시니까 왠지 일본인이랑 이야기하는 것 같아서 일본인스러운 별명밖에 생각나지 않을 것 같아요."

"아아, 그러고 보니 에이이치 씨도 전에 많이 놀라셨지. 겉모습은 유럽인인데 알맹이는 완전히 일본인이라고."

"선생님의 얼굴은 일본인하고 그렇게 많이 다른가요?"

"글쎄…… 가장 큰 차이라면 피부색과 얼굴 골격이겠지. 그리고 이건 인종에 따른 차이점은 아니지만, 나처럼 눈동자가 붉은 사람은 보기 드물 거야."

"붉은 눈동자가 보기 드문가요? 무슨 색일까……?"

"예를 들면 피의 색, 석류의 색…… 그리고 석양의 색이라는 말도 들어본 적이 있었지."

"석양이요?"

"그래. 내 눈동자는 저물어가는 태양과 같은 색이라고 하더구나."

"와……! 왠지 멋지네요! 태양하고 같은 색이라니……."

다시 찻잔을 잡으려던 내 손이 멈췄다. 태양의 색이라는 말을 듣고 그 색이 어떤 빛깔일지 천진난만하게 상상하는 세이라의 미소가 내 가슴 속에 훅 파고들었기 때문이다. 실로 기묘한 감각이었다. 왜냐하면 처음 사신으로 태어날 때 장님인 내게 이 눈을 주었던 찰스가 이런 말을 했었다.

"자네에게 무척 잘 어울리는 색이야. 사라져가는 생명의 색, 한때 인육의 대용품으로 쓰인 과일의 색 혹은 죽어가는 태양의 색…… 이 멸망의 색이야말로 사신에게 잘 어울리지. 그건 선천성 색소 결핍증이라 불리는 희귀한 인종에게서 받은 눈알이니까 소중히 쓰라고."

동업자 대부분도 찰스와 같은 의견이었다. 죽음을 나르는 사신에게는 검은색 다음으로 안성맞춤인 색이라고 입을 모아 이야기했다.

그래서 나도 어느샌가 붉은색은 죽음과 멸망을 의미한다

고 생각하고 있었다. 하지만 색을 모른 채 자라난 세이라는 자기 머리 모양만큼이나 가볍게 들뜬 어조로 말했다.

"하지만 해님의 색이라면 분명 따뜻한 색이겠죠? 좋겠다, 나도 언젠가 보고 싶다……"

그 순간 나를 휩쓴 감각을 어떻게 표현하면 좋을까? 시각적으로 비유하자면 거미줄투성이인 가슴속을 태양이 밝게 비추는 것 같았다.

그렇게 햇빛에 휩싸인 그것은 마치 산누에가 지은 고치로 만든 예술품처럼 반짝이며 내 내면을 채워나갔다. 거미줄이 이렇게나 아름다울 수 있다는 걸 처음으로 깨달았다. 이것이 나와 우노하마 세이라의 석 달에 걸친 교류의 시작이었다.

그렇게 해서 나의 이중생활이 시작되었다.

이런 식으로 표현하면 뭔가 굉장히 잘못된 일을 하는 기분이 들지만, 실제로 지금 나는 논리에 반하는 행위를 하고 있다고 생각한다. 교사로서의 자격도, 경험도 없는 사신이 경력과 정체를 속여서 사람을 가르치고 있으니 말이다.

과연 사신인 내게 미래가 창창한 인간 소녀를 지도할 자격이 있는 걸까?

매주 토요일, 정해진 시간에 세이라의 집을 방문하기 시작하자 똑같은 의문이 이따금 내 뇌리를 스쳤다. 에이이치 씨의 부탁임을 생각하면 다리가 저절로 우노하마 저택으로 향했지만, 그녀의 순진무구한 미소를 보면 바늘 같은 죄책감이 가슴을 푹 찔러올 때가 있었다.

세이라는 눈이 보이지 않는데도 긍정적인 성격이었고 명랑하다고 할 정도는 아니어도 영리한 소녀였다. 영어와 수학을 극단적으로 어려워한다는 점을 제외하면 다른 과목의 성적은 전부 평균 이상이라고 한다.

낯을 조금 가리는 편이긴 해도 노력가에 공부하기 좋아하는 여자아이다. 수업을 거듭할수록 내가 세이라에 대해 품은 인상은 그런 식으로 바뀌었다.

세이라는 호기심이 무척 왕성해서 학교 공부보다도 다양한 지식을 얻고 싶어 하는 아이였다. 그래서 교과서에 점자로 적힌 예문이나 문법 대신 실제로 영어권에서 생활하는 사람들의 일상적인 영어를 알고 싶어 했다.

그녀는 교과서 예문을 읽을 때마다 "이건 죽은 영어에요"라고 말했고, 내가 영국에서의 생활을 떠올리며 말하는 영어를 "살아 있는 영어네요"라고 불렀다.

그러고 보면 그녀의 교과서에 적힌 예문 중에는 대체 어떤 상황에서 써먹어야 할지 고개를 갸웃거리게 하는 게 자주 보이는 것도 사실이었다.

"우리는 눈이 보이지 않는다는 것만으로도 보통 사람들

보다 모르는 게 몇 배는 많잖아요. 저는 태양을 본 적이 없고, 하늘이 어떤 색인지도 모르고, 별똥별이 어떤 건지도 몰라서 소원도 빌 수 없어요. 그래서 그만큼 눈이 보이지 않아도 이해할 수 있는 것을 좀 더 많이, 많이, 많~~이 알고 싶어요. 눈이 보이는 사람이 열 가지를 알고 있다면, 저는 백 가지를 알고 싶어요. 그렇게 하면 제가 불행하지 않다고 생각할 수 있고 보통 사람들 앞에서도 당당할 수 있을 것 같아서요. 제가 이런 말을 하면 할아버지는 '세이라는 참 지기 싫어하는구나' 하며 웃으시지만요."

세이라는 그런 식으로 자신의 장애와 처지에 관해 늘 웃으며 이야기했다. 오히려 시각장애인으로 태어난 걸 한탄하거나 억울해하거나 비관하는 걸 본 적이 없다.

만약 그게 거짓된 허세였다면 나도 그녀를 동정하고 아름답게 치장한 위로의 말을 건넸을 것이다. 하지만 세이라의 미소는 절대 가짜로 만들어낸 것이 아니었다.

분명 그녀는 진짜 태양을 알지 못할 수도 있지만, 캄캄한 세계의 한가운데에서 그녀만의 저물지 않는 태양을 끌어안고 있는 것이다. 그 태양 빛이 얼마나 눈 부시고 따듯한지⋯⋯.

"이봐, 자네. 이제 슬슬 수업 갈 시간 아닌가?"

⋯⋯과연 세이라의 태양은 어떤 색을 하고 있을까.

손 안에서 반짝이는 석양을 바라보며 그런 상상에 잠겨 있던 내 귀에 찰스의 목소리가 들렸다. 그제야 퍼뜩 정신을 차리고 입구 쪽에 앉은 찰스를 바라보자 오후 12시를 알리는 기둥 시계의 종소리가 울리고 있었다.

내가 토요일마다 가정교사로 일하게 된 네 번째 주였다. 오늘은 이른 아침부터 두 건의 임종지키미 업무와 한 건의 긴급 출동을 끝내고 귀가하여 조금만 자두려고 했는데, 어느샌가 시각은 정오를 지나고 있다. 세이라와의 약속 시각은 오후 1시였다.

찰스의 말대로 슬슬 수업 준비를 하고 외출해야 했다. 사신과 가정교사의 겸업은 예상했던 것보다 훨씬 힘들었다.

우노하마 저택에 가 있을 때는 도저히 업무를 수행할 수 없기에 동료에게 부탁해서 근무를 바꾸거나 찰스를 먼저 보내 임종지키미 대상자의 동향을 감시하게 하는 식으로 이것저것 손을 써둬야만 했다.

게다가 오늘처럼 수업 전에 낮잠을 자지 못한 날은 최악이었다. 나는 오전 중에 임종을 지킨 세 사람의 기억을 끌어안은 채 우노하마 저택을 방문해 평소와 똑같은 나를 연기해야만 하기 때문이다.

바로 지난주 토요일에 그런 일이 드디어 벌어졌고, 다음부터는 반드시 잠을 자고 나서 수업하러 와야겠다고 결심했을 텐데…… 나는 대체 지금 무얼 하고 있는 걸까?

……아니, 특별히 무언가를 하고 있던 건 아니었다. 그저 오전 업무에서 받아온 혼의 조각을 아틀리에에 보관하러 왔다가 이후 약 한 시간 동안 책장에 장식된 무수한 혼의 빛깔을 멍하니 바라보았을 뿐이다.

나는 내 멍청함에 실망하면서도 그런 낙담의 원인을 나의 파트너이자 사역마에게 전가함으로써 내 감정과 타협을 맺기로 했다.

"……찰스. 내 스케줄을 친절하게 관리해주는 건 고맙지만 말이야. 이왕이면 수면의 필요성도 고려해서 좀 더 일찍 말해주면 좋았을 것 같군."

"아아, 이거 내가 실수했군. 난 또 자네라면 바쁜 와중에도 틈을 내서 그림을 그리러 갔으리라고 생각했거든. 방해가 되지 않게 배려할 생각이었는데…… 그러고 보니 자네, 한동안 붓을 쉬기로 했었지. 미안, 미안. 나답지도 않게 완전히 까먹고 있었어."

찰스는 문이 없는 입구에 앞발을 모은 채 앉아 얼굴에 있는 하얀 수염을 유쾌하게 펼쳤다. 이유는 모르겠지만 그는 요새 계속 기분이 좋아 보였다. 물론 빈정거리는 센스는 여전히 예리해서 나에게는 항상 가차 없지만 말이다.

일시적으로 흔들린 마음 때문에 자기관리에 실패한 점을

우회적으로 비난당한 나는 한숨과 함께 손에 든 작은 병을 책장에 돌려놓았다.

예전에 우스이 카에데라는 소녀에게서 받은 새빨간 혼의 조각은 항상 책장의 맨 앞줄, 한눈에 알 수 있는 곳에 놓아 두었다. 이 당홍색을 보고 있으면 가슴 안쪽이 술렁거려서 무언가가 떠오를 것 같은 기분이 들기 때문이다.

무척 그리우면서 감미롭고 아름다우며 마음을 갈기갈기 찢어놓는 듯한 무언가를······.

"하지만 설마 그 정도로 물감 제작에 열심이던 자네가 그림을 관두고 교사로 전향할 줄은 몰랐어. 밀레이처럼 되겠다는 꿈은 이제 포기한 거야?"

"······나는 밀레이처럼 되고 싶어서 그림을 시작한 게 아니야. 그의 작품이 계기가 되었다는 건 틀림없는 사실이지만."

"그러고 보니 자네는 요새 테이트 브리튼에도 가지 않게 되었지. 붓을 놓기 전에는 틈만 나면 지하실 문으로 고향에 갈 만큼 그녀에게 푹 빠져 있었잖아."

"그래····· 애초에 내가 그림을 계속 그려왔던 건 그녀를 아름답다고 느꼈던 사실을 잊지 않기 위해서였으니까. 하지만 그림 그리기를 멈춰버린 지금은 그녀를 볼 면목이 없다고 할까······."

나는 마치 불륜을 추궁당하고 있는 듯한 심정으로 책장

을 가득 메운 혼의 반짝임을 돌아보았다. 물론 여기서 말하는 '그녀'란 이 세상에 실존하는 여성을 지칭하는 건 아니다. 내가 100년 전부터 사랑해마지않는, 존 에버렛 밀레이의 그림 〈오필리아〉를 가리킨다.

셰익스피어의 희곡 〈햄릿〉에 등장하는 주인공의 연인 오필리아. 그녀는 차례대로 사람이 죽어 나가는 〈햄릿〉의 극 중에서 특히 비극적인 죽음을 맞는다. 사랑하는 연인과 마음이 엇갈린 데다 그 연인에게 아버지가 살해당하면서 슬픔에 실성한 그녀는 혼자 노래를 부르며 천천히 강 밑으로 가라앉는다.

밀레이는 그런 오필리아가 죽는 순간을 처음으로 그려낸 화가였다. 극 중에서는 제대로 연출되지도 않고 대사 속에서만 언급되는 그녀의 죽음을 너무나도 정밀한 회화로 세상에 내놓은 것이다.

제1차 세계대전이 종결되고 수년이 지났을 무렵 업무 겸 들렀던 테이트 브리튼 갤러리 분관에서 이 작품, 〈오필리아〉와 마주친 뒤로 나는 그녀의 포로가 되었다.

물속으로 가라앉는 오필리아의 광기와 황홀이 뒤섞인 표정. 죽음이라는 개념을 그려낸 작품이면서도 그림 전체를 감싸는 투명감. 꽃잎 하나하나까지 세밀하게 그려낸 비극적 무대의 아름다움…….

그것들에 매료된 나는 온몸을 강하게 얻어맞은 듯한 충격적인 감동을 어떻게 해서든 잊고 싶지 않아 그날 서둘러 그림 도구를 사러 화방으로 달려갔다. 직접 그림을 그림으로써 다음날 새하얀 상태로 깨어날 자신에게 "한 번 더 오필리아를 만나러 가야 해"라는 말을 전하고 싶었던 것이다.

역시나 다음날, 수많은 물감이 무질서하게 칠해진 캔버스와 씻지도 않고 방치된 붓과 팔레트를 본 나는 어제의 내가 왜 이런 미친 짓을 저질렀는지 의아해하며 다시금 갤러리를 방문했다.

그러한 일과를 질리지도 않고 10년 동안 반복한 결과, 지금의 내가 여기에 있다.

그림을 그리는 건 어느샌가 내 생활의 일부가 되었고, 나는 오필리아의 아름다움을 간직하려 했던 그날과 똑같은 마음으로 내가 본 것 중 아름답다고 느낀 풍경을 직접 캔버스에 담게 되었다.

하지만 지금은 죽어가는 오필리아 앞에 서 보아도 그날의 감동이 다시금 온몸을 때리는 일은 없다. 항상 나를 충동질하고 수도 없이 붓을 잡게 만든 끓어오르는 동경심도 완전히 불타 없어져 돌아오지 않는다.

내가 정말 어떻게 되어버린 걸까? 마치 언젠가 누군가에게 칼로 찔렸던 가슴의 상처에서 나를 형성하던 것이 전부 흘러나와 심장이 텅 비어버린 것 같았다.

"흐음, 100년의 사랑도 식어버린다는 게 바로 이런 거였군. 하지만 자네가 그렇게나 애타게 사랑하던 그녀에게 등을 돌리는 날이 올 줄이야. '인생은 초콜릿 상자'라는 명언이 생각나는군."

"……요컨대 자네는 초콜릿 상자는 열지 않고 그대로 두어야 한다고 말하고 싶은 건가?"

"아니, 단지 자네가 사신을 관두고 대학 교수를 하겠다고 나서기라도 하면 곤란하니까 말이야. 혹시나 해서 못을 박아두는 것뿐이야. 지난번의 악마도 아직 이 부근을 돌아다니는 것 같고, 사신의 일손 부족이 지금보다 더 심각해지는 건 별로 바람직한 사태라고 할 수 없지 않겠어?"

순간 찰스의 입에서 흘러나온 '악마'라는 단어가 내 폐부를 도려내듯 죄어왔다. 심장이 비명 같은 소리를 내며 그날 봤던 끔찍한 얼굴들이 뇌리를 스쳤다.

그런데 아직 이 부근을 돌아다니는 듯하다니, 설마 공지를 보지 못한 걸까? 그렇게 생각하며 품속의 스마트폰으로 손을 뻗으려 할 때 찰스가 전부 꿰뚫어 보고 있다는 듯이 덧붙였다.

"상부에서 정보가 내려오려면 좀 더 기다려야 할 거야. 바로 최근에 근처의 다른 사역마에게서 들은 이야기거든."

"……혹시 다른 사신도 그것과 조우한 건가?"

"그런 것 같아. 결국 놓친 모양이지만. 이야기를 들어보면 이번에는 악마 쪽에서 먼저 사신에게 접근했다나 봐. 악마가 사신을 피해 다니지 않는다는 소리는 처음 듣지만, 그 악마는 마치 무언가를 찾고 있는 것 같았다고 하더군."

"악마가 무언가를 찾는다고……?"

불타오르는 공복감 덩어리인 악마가 자의적으로 무언가를 찾아다닌다는 이야기는 들어본 적이 없었다. 단지 먹기 쉬운 혼을 찾아 헤맨다는 건 이해할 수 있지만, 일부러 천적인 사신에게 다가왔다는 건 아무래도 이상했다.

다행히 동료는 다치지 않았다고 하지만 상부에서도 무시할 만한 사태는 아니었기에 이번만큼은 직접 나설지도 모른다고 찰스는 말했다.

"뭐, 어쨌든 그렇게 된 거니까 선생 놀이도 적당히 해두라고. 여차할 때 수면 부족으로 제대로 싸우지 못하면 내가 감독 부주의로 질책받으니까. 그런데 자네, 오늘은 평소보다도 훨씬 정신이 흐릿한 것 같군. 그런 상태로 정말 수업하러 가려는 건가?"

"그래…… 괜찮아. 그냥 조금, 오전 중에 흡수했던 자살자의 기억을 떨쳐내지 못하고 있을 뿐이야. 다른 일에 집중하면 분명 진정되……겠지."

"호오, 자살자라. 이번에는 어떤 여고생이었지?"

"찰스."

"어이쿠, 실수. 최근에는 젠더 문제도 민감하니까 말이야. 남고생도 후보에 같이 넣어둬야 했으려나?"

"양쪽 다 아니야. 오늘 거둬온 혼은 40대 남성이라고. 자녀도 없는 가정에서 아내가 집을 나가버리자 혼자 남게 된…… 그런 생활을 비관해서 그 남자는 오늘 아침 목을 맸어. 내가 나타났을 때도 안색 하나 안 바뀌더군. 좀 더 빨리 이랬으면 좋았을 거라는 말만 하더라고…….."

지금으로부터 2시간쯤 전의 기억이다. 내 자신이 자살자와 대면한 기억과 자살자가 나와 대면한 기억. 그것들이 불쾌한 잡음과 함께 내 사고를 휘저어놓고 있었다.

그 양쪽이 머릿속에 뒤섞이고 윤곽이 사라지면서 그가 인생의 마지막에 품었던 감정만이 나라는 공허한 그릇에 메아리친다. '결국 내 인생은 대체 뭐였던 거지?' 하고.

"흐음, 하지만 지금까지 비슷한 자살자 여러 명을 지켜봤었잖아. 그런데 이번에만 특별히 떨쳐내지 못하다니, 무언가 마음에 걸리는 점이라도 있었던 건가?"

"……특별히 언급할 만한 건 아무것도 없었어. 그 남자는 직장에서 나름대로 높은 직급이었고 출세도 순조로워서 금전적인 어려움도 없었어. 물론 사지 멀쩡하고 큰 병을 앓았던 것도 아니야. 그리고 그 남자가 아내를 잃고 나서 '자살'이라는 결론에 도달할 때까지의 시간이 2년이었어. 2년이라는 유예 기간이 그 남자에게는 있었던 거지. 하지만 그는 그 2년을 빈 껍데기처럼 보냈고 결국 두 번 다시 재기하지 못했어. 그가 헛되이 보낸 2년을 되돌아보면 다시 시작할 기회는 얼마든지 널려 있었어. 그런데 어째서 그 남자는 그걸 전부 무시하고 주워들 생각조차 하지 않았을까? 찰스, 자네 생각은 어때?"

나는 눈앞에서 반짝거리는 하늘색 영혼 조각을 바라보며 그에게 물었다. 작은 병 안에서 반짝이는 작은 창공은 자살한 그가 어린 시절에 동경하던 하늘의 색이었다.

이 아틀리에에는 이것 외에도 그 남자처럼 미래에서 희망을 발견하지 못한 채 스스로 목숨을 끊은 자의 혼의 반짝임이 여러 개 있었다.

지금까지 나는 오로지 사무적으로 그들의 혼에서 가장 아름다운 부분을 떼어내어 유리병 속에 보관해왔다. 본인이 선택한 길이니 어쩔 수 없지 않으냐며 죽은 이의 선택을 납득하고 축복하며 기꺼이 명부로 전송했다. 자기 인생을 자기 손으로 선택할 수 있다는 건 무척 행복한 일이라고 믿어왔기 때문이다.

하지만 과연 그들의, 아니 나의 선택은 정말로 옳았던 걸까? 나는 그들이 고른 결말을 축복하는 게 아니라 슬퍼해야 하지 않았을까? 결국 생의 기쁨을 잃어버린 그들의 공허한 최후에 가슴이 아파야 하지 않았을까?

왜냐하면 세계는…….

"우리는 낙심하지 않는다. 우리의 외적 인간은 쇠퇴해가더라도 내적 인간은 나날이 새로워진다. 왜냐하면, 우리가 지금 겪는 일시적이고 가벼운 환난이 그지없이 크고 영원한 영광을 마련해주기 때문이다."

순간, 무심결에 주먹을 말아쥐던 내 귓가에 찰스의 거침없는 암송이 들려왔다.

"우리는 보이는 것이 아니라 보이지 않는 것을 바라본다. 보이는 것은 잠시뿐이지만 보이지 않는 것은 영원하다'……라고 『코린토 신자들에게 보낸 편지』에 적혀 있지. 인간이란 건 어쩔 수 없이 눈에 보이는 것에 얽매이기 마련이야. 그런 슬픈 생물이지. 전에도 이야기했잖아. 모든 사람은 근시라고."

"……요컨대 그 남자에게는 가엾은 자기 모습밖에 보이지 않았다는 건가?"

"아니, 어쩌면 자기 모습조차 잃어버린 건지도 몰라. 근시라기보다 실명이겠군. 가진 자도, 가지지 못한 자도 다들 사소한 일로 쉽게 눈이 멀고 말아. 그게 인간의 본성이라는 거지, 라고 내 입으로 굳이 이야기하지 않아도 자네라면 이미 충분히 알고 있겠지만."

마지막에는 무슨 이유인지 고개를 홱 돌리면서 찰스가 의미심장하게 말했다.

나라면 이미 충분히 알고 있다는 게 대체 무슨 뜻일까? 노골적으로 무언가를 암시하는 찰스의 태도에 나는 의심과 의아함으로 눈썹을 찡그렸다.

하지만 그의 진의를 묻기도 전에 식당 쪽에서 인형들이 울리는 호출 벨 소리가 들려왔다.

"어라, 그런 이야기를 하는 사이에 점심 식사준비가 다 됐나 보군. 자네도 서두르라고. 중요한 이유도 없이 교사가 수업에 지각하면 학생에게 모범이 안 서지 않겠어? 안 그래루 선생님?"

찰스는 꼬리 끝을 요염하게 흔들며 그 말만 남긴 채 아틀리에 밖으로 나갔다. 그가 마지막으로 남기고 간 최상급 심술에 두통이 심해지는 걸 느끼며 나는 오늘만 몇 번째인지모를 한숨을 내쉬었다.

그리고 일말의 체념과 더불어 쓸쓸할 만큼 잘 정리된 아틀리에를 둘러보았다. 한쪽 구석에는 그날의 석양이 잊힌채 지금까지도 놓여 있었다.

그렇다. 어쨌든 그런고로 나는 정식으로 '루'라는 이름을 받았다. 작명자는 당연히 세이라였다. 아니, 정확히 말하자면 나와 그녀의 절충안, 혹은 합작품이라고 해야 할지도 모르겠다.

'루'는 내가 살았던 영국의 켈트 신화에 등장하는 태양신의 이름이었다. 굳이 따지자면 명부의 신 케르눈노스의 권속이라 할 수 있는 내가 어째서 대극의 존재인 태양신의 이름을 받았냐 하면, 내 눈의 색을 알게 된 세이라가 '태양과 관련된 이름'이 어떠하겠냐고 말한 것이 계기였다.

그렇다면 단순하게 영어로 Sun이라고 부르면 될 테지만, 세이라는 묘한 고집을 부리며 받아들이려 하지 않았다.

"상(Sun은 일본어 발음으로 '상'이다)'이라고 하면 왠지 어감이 일본어 같잖아요."

그렇다면 영어 외의 언어인 라틴어나 히브리어 혹은 그리스어로 하는 바꾸는 건 어떠냐고 내 쪽에서 제안한 것이 모든 것의 원흉이었다.

세이라는 그 말을 듣고 갑자기 손뼉을 짝 치더니, 내 제안을 통해 떠올린 것으로 보이는 그리스 신화를 끄집어내며 하필이면 아폴론이라는 이름을 붙여주려고 했다.

그렇다. 고대 그리스의 태양신이자 언젠가 찰스가 내 추태를 비꼬기 위해 농담거리로 삼았던 그 아폴론이다. 세이라는 나와 만나기 불과 며칠 전에 일본 어린이를 대상으로 출판된 그리스 신화 관련 책(정확히는 별자리 전설에 관해 다룬 책이었다고 한다)을 읽었다며 자신의 지식을 천진난만하게 뽐냈다.

"저는 까마귀자리에 나오는 아폴론 신이 굉장히 인상적이었어요. 오리온자리 신화에서는 무척 잔혹한 신이었는데 까마귀자리 이야기에서는 아내를 죽게 한 일을 굉장히 후회하잖아요? 인간처럼 무서운 일면과 다정한 일면을 둘 다 갖고 있구나 싶었거든요. 하지만 '아폴론'이라고 하면 조금 부르기 번거로우니까 줄여서 '론 선생님'은 어떨까요?"

하지만 그런 이름으로 불리다 보면 불가피하게 그날의 쓰디쓴 기억이 떠오를 것을 염려한 나는 켈트 신화에 등장하는 태양신의 이름이라면 좀 더 부르기 쉽다는 화제를 꺼냄으로써 위기를 모면하려 했다.

신화를 접한 건 그 별자리 책이 처음이었다는 세이라는 켈트 신화에 대해서는 거의 아는 게 없었지만 다행히 이 '루'라는 이름을 굉장히 마음에 들어 했다.

"그러면 다음에 켈트 신화 책도 찾아볼게요!"

그런 말과 함께 뺨을 붉히며 의욕을 불태울 정도로 말이다.

하지만 솔직히 말하자면, 임시방편으로 제안한 이름치고는 의외로 내 마음에도 들었던 것도 사실이다. 왜냐하면,

'루'라는 이름의 어감은 운향 꽃의 영어명인 Rue와도 통하기 때문이다.

내 입으로 말하기도 우습지만, 이 꽃만큼 내게 어울리는 꽃은 없다. 왜냐하면, 운향 꽃은 〈햄릿〉의 극 중에서 오필리아가 자신의 상징으로 삼은 꽃이기 때문이다.

물론 설명을 들은 찰스에게서는 최고급의 빈정거림으로 찬사를 받았다.

"멋지군. 그녀에게 '지금 당장 수녀원으로 가버려!'라고 말한 거나 다름없는 현재의 자네에게 둘도 없이 안성맞춤인 이름이야."

찰스의 이러한 교육적 지도는 정말 곤란하기 이를 데 없지만, 오늘은 수확도 있었다. 그가 나와의 대화에서 성경을 인용해준 덕분에 세이라와의 수업에 써먹을 만한 새로운 텍스트를 발견할 수 있었으니까.

솔직히 나는 지난 4주 동안 세이라에게 영어를 가르칠 때 최적의 교재가 무엇일지 계속 고민했다. 학교에서 쓰는 교과서는 아무래도 그녀의 마음에 들지 않는 듯했기에 좀 더 그녀의 학습 의욕에 맞춘 교재를 준비하면 좋겠다고 생각하기도 했다.

그리고 나는 조금 전 찰스와의 대화에서 힌트를 얻어 신약 성경에 주목했다. 이것만큼 우리 영국인의 생활에 깊이 뿌리내린 책은 없었고 영어 성경에도 다양한 종류가 있기에 비교적 쉬운 영어로 적힌 것을 준비할 수도 있다.

나는 우노하마 저택으로 가기 전에 지하실 문을 지나 런던 시절의 은신처로 건너가 서재에 꽂힌 성경 중에서 가장 평이한 영어로 쓰인 것을 골라왔다. 신약 성서의 극히 일부분만 발췌된 A5 사이즈의 얇은 문고본이었다.

이거라면 분명 세이라도 어려우리라는 선입견에 막히지 않고 가볍게 페이지를 넘길 수 있을 것이다. 그런 생각을 하며 골목길을 돌았을 때 갑자기 개가 요란하게 짖어댔다.

놀라며 눈을 돌리자 발밑에 낯익은 시바견이 있었다. 나를 보자마자 험악한 표정을 지으며 위협 의사를 노골적으로 드러낸 그녀는 바로 베키였다.

"안녕, 베키. 이런 데서 뭘 하고 있니? 혼자 외출하다니 별일이구나."

나는 우호적으로 인사를 건네며 그녀의 목걸이에 걸린 붉은 리드줄 끝을 눈으로 쫓았다. 하지만 사람은 없고 주인 없는 줄 손잡이가 땅에 떨어져 있을 뿐이었다. 설마 멀리서 내 냄새를 맡고 여기까지 탈주해 오기라도 한 걸까?

아니, 우노하마 저택에서 사랑받으며 지낼 때의 그녀는 항상 목걸이만 차고 있을 뿐 리드줄은 걸려 있지 않았으니 산책 중에 도망쳤다고 생각하는 게 타당할 것이다.

하지만 나도 어지간히 미움을 샀나 보다. 베키는 내가 처음 우노하마 저택을 방문한 날부터 계속 이런 상태였다. 내 모습을 보자마자 이성을 잃고 흥분하여 주인에게 접근하지 말라는 듯이 짖어댔다.

대부분 동물은 사신이 인간 아닌 존재임을 꿰뚫어 보기 때문에 베키는 아마 나를 세이라에게 다가가는 불길한 상징이라 생각하고 있는 듯했다.

"그렇게 경계하지 않아도 괜찮아, 베키. 나는 세이라의 혼을 빼앗으러 접근한 게 아니니까……."

동물에게 미움 받는 건 한두 번 겪는 일이 아니니까 괜찮다 처도 우노하마 저택을 방문할 때마다 이렇게 짖어대면 아무리 나라도 기가 죽는다. 그래서 소용없다는 걸 알면서도 어떻게든 화해해 보려고 말을 걸자 어디선가 그녀를 부르는 목소리가 들려왔다.

"베키! 어디야? 날 혼자 두고 가면 어떡해!! 베키!"

꽤나 불안하고 당장이라도 울음을 터뜨릴 것만 같은 목소리였다. 한 가지 정보를 덧붙이자면, 나는 이 목소리의 주인공을 잘 안다. 시선을 들자 예상대로 길 위에는 베키의 사랑스러운 주인이 있었다.

장마철에 내리쬐는 여름 햇볕 아래서 세이라는 콘크리트 지면을 시각장애인용 지팡이로 계속해서 두드리며 열심히 반려견의 모습을 찾고 있었다.

나는 너무나도 선명한 햇살에 손 차양을 하고 눈을 가늘게 뜨며 그런 그녀의 모습을 바라보았다. 태양 아래 보이는 세이라는 세일러복 비슷한 흰 원피스를 입은 덕에 평소보다 훨씬 눈부시게 보였다. 얼굴이 보이지 않을 만큼 깊이 눌러쓴 커다란 뉴스보이캡은 햇빛 가리개용인 것 같다.

나는 베키에게 물리지 않도록 세심한 주의를 기울이면서 리드줄 손잡이를 주워들고 최대한 기척을 죽이며 세이라에게 다가갔다.

"얘, 베키……! 이제 그만 돌아가지 않으면 루 선생님이 올 테니까……."

"나라면 여기 있단다, 세이라."

"에?"

그때까지 울상을 짓던 세이라가 얼빠진 목소리와 함께 얼굴을 들었다. 그런다고 그녀에게 내 얼굴이 보이진 않을 테지만, 목소리가 들린 방향으로 대략적인 위치와 높이를 판단하더니 똑바로 내 쪽을 향하며 깜짝 놀랐다.

"앗…… 선생님?! 루 선생님이세요……!?"

"그래, 맞아. 지금 너희 집에 가는 중이었단다. 아무래도 베키는 내가 너무 반가워서 한발 먼저 마중하러 나와준 모양이야."

5미터쯤 앞에서 내게 잡아당겨진 베키는 땅에 허리가 끌리면서도 결코 내게 굽히지 않겠다는 듯 앞발로 버티며 노골적인 거부 의사를 드러내고 있었다.

그 탓에 목걸이가 얼굴을 짓눌러 아무리 봐도 숨이 막힐 것 같았지만, 그녀는 위로 눌린 뺨 사이로 아직도 나를 노려보고 있었다. 이대로 가다간 베키의 귀여운 얼굴이 변형될 위험이 있었기에 나는 세이라의 손을 잡아 빨간 리드줄 손잡이를 쥐어주었다.

그제야 자신의 반려견이 돌아왔음을 안 세이라는 "베키!"라고 외치는 동시에 진심으로 안도한 듯 털뭉치 같은 여동생을 끌어안았다.

"아아, 다행이야……! 정말, 갑자기 혼자 가버려서 얼마나 불안했다고."

눈이 보이지 않는 세이라에게는 반려견이 혼자 가버린 일이 어지간히 공포스러운 체험이었던 것 같다. 그녀는 그렇게 한동안 베키를 놓아주려 하지 않았다.

덕분에 베키도 주인을 놔두고 독단으로 달려나간 일을 반성한 것 같았다. 베키는 뺨을 비비고 콧소리를 내다가 사과하듯 세이라의 부드러운 뺨을 혀로 핥았다.

"하지만 놀랐어요. 설마 선생님이 베키를 데려와 주실 줄이야. 정말 감사합니다. 루 선생님이 아니었으면 큰일 날 뻔

했어요."

"도움이 됐다면 다행이야. 혼자서 베키를 산책시키고 있던 거니?"

"네. 중학생이 됐을 때부터 베키는 항상 제가 산책시키거든요. 혼자서 외출하는 것에 조금이라도 익숙해지려고요."

"하지만 베키는 안내견이 아니잖아. 부모님은 허락하신거니?"

"처음에는 엄마가 반대하셨지만, 지금은 괜찮아요. 베키도 항상 착해요. 저런 식으로 갑자기 사라진 것도 오늘이 처음이고요. 평소에는 오히려 저를 지켜주려고 하거든요. 무슨 일이 있어도 절대 제 곁에서 떨어지지 않고 자전거가 올 때나 횡단보도를 건널 때는 꼭 짖어서 알려주니까요."

세이라는 아직도 베키를 끌어안은 채 말하며 밝게 웃었다. 세이라가 초등학교 3학년일 때 처음 만난 둘은 지금까지 한시도 서로 떨어지지 않았다고 한다. 세이라는 베키에게, 베키는 세이라에게 전폭적인 신뢰를 보내고 있었다.

특히 베키는 세이라가 시각장애인임을 잘 이해하고 있어서 평소에도 그녀를 지키려는 듯 행동했다. 나만 보면 짖어대며 세이라에게 접근하지 못하도록 막으려는 것도 죽음을 관장하는 존재에게서 그녀를 지키려는 강한 사명감 때문일 것이다.

"그렇구나. 너와 베키의 우정은 존과 래시의 우정 못지않구나."

"앗, 존과 래시라면 『명견 래시』 말씀이세요? 저도 어릴 때부터 그 이야기를 좋아했어요. 그런데 루 선생님은 정말 다양한 책을 알고 계시네요."

"옛날부터 책 읽는 게 취미였거든, 픽션이든 논픽션이든. 독서는 다양한 인생을 체험할 수 있게 해주고 인간 관찰에도 도움이 되지."

"인간 관찰……이요?"

"응. 똑같은 일을 겪더라도 사람들의 성장 환경이나 가치관의 차이에 따라 전혀 다른 반응이 나오잖니? 그래서 어떤 사람이 어떤 일에 대해 어떤 감정을 품고 어떻게 행동하는지, 그걸 배우는 건 무척이나……."

거기까지 말했을 때, 나는 갑자기 입을 다물었다. 이유는 나도 알 수 없었다. 다만 갑자기 뇌리에서 잡음이 들리며 보일 리가 없는 광경들이 보이는 것 같았다.

처음 보는 팔라디안 스타일의 컨트리 하우스. 사용인 의복을 입은 사람들이 돌아다니는 지하실 주방. 검은 연기를 뿜으며 달리는 거대한 기관차. 오래된 런던 거리. 작은 창이 달린 녹색 문. 서가가 꽉 들어찬 비좁은 가게 안. 컬러풀한 책등이 빼곡하게 꽂힌 책장에서 꺼낸 아이스 그린 색상의······.

"선생님?"

······그러고 보니 나는 언제부터 독서를 좋아하게 되었을
까? 재작년까지 살던 런던의 은신처가 책으로 가득한 집이
라서 자연스레 책을 펼쳐보게 된 건가?

아니, 아니다. 내가 책을 좋아했던 건 좀 더 옛날부터였
다. 머릿속 한구석에서 누군가가 그렇게 속삭였다. 하지만
대체 그게 누굴까?

애초에 나는 그 은신처에서 찰스와 처음 만날 때까지 눈
이 없는 시각장애인이었다. 그러니 책 같은 건 읽고 싶어도
읽지 못했을 거다. 그렇다면 지금 주마등처럼 내 머릿속에
스쳐 지나간 영상은······.

"루 선생님!"

다음 순간, 몸에 느껴지는 희미한 진동에 나는 퍼뜩 정신
을 차렸다. 꿈에서 깬 듯한 기분으로 내려다보자 그곳에는
내 가슴에 매달린 일본인 소녀가 있었다.

"선생님, 괜찮으세요?!"

"아······ 아아, 응. 미안. 더워져서 그런가, 살짝 현기증이
나서."

"네에?! 저, 정말로 괜찮으신 거예요······?! 그러면 무리하
게 움직이지 않는 게······."

"아니, 이젠 괜찮아. 아주 가벼운 현기증이었던 듯하니까."

"정말이세요? 저도 최근에 빈혈기가 있어서 자주 현기증이 나는데, 그 탓에 얼마 전 넘어지다 머리를 부딪쳐서 혹이 생겼어요. 그러니까 선생님도 무리하지 마세요."

"고마워. 그러면 너희 집에 도착할 때까지 이러고 있어도 될까? 이렇게 있으면 내가 넘어져도, 네가 넘어져도 안전할 테니까."

나는 그렇게 말하며 베키의 리드줄을 쥔 세이라의 오른손을 잡았다. 그녀의 반려견과 이어진 붉은 줄을 둘이서 잡듯이 하며 서로의 손이 겹쳐졌다.

갑자기 손을 잡힌 세이라는 처음엔 "어?!" 하고 놀라더니 안절부절못했다. 그녀가 너무 걱정하는 표정을 짓길래 이렇게 하면 조금은 안심하리라 생각했는데, 세이라는 무슨 일인지 고개를 숙인 채 귀까지 빨개져 있었다.

"서, 선생님…… 의외로 대담하시네요."

"대담? 뭐가 말이니?"

"뭐, 뭐가 그렇냐니…… 영국에서는 이런 게 당연한 건가……?"

세이라는 이렇게 가까운 거리에서도 제대로 들리지 않을 정도의 목소리로 무언가를 중얼거렸지만, 결국 손을 잡고 걸어가는 걸 반대하지는 않았다.

우리는 그곳에서부터 도보로 5분 정도인 우노하마 저택을 향해 걸어가기 시작했다. 시각장애인용 지팡이로 땅을 두드리며 걸어가는 세이라의 걸음에 맞추어 걷다 보니 여기가 런던의 거리가 아닌 일본의 주택가라는 사실을 다시금 인식할 수 있었다.

주위를 둘러보면 담장에 둘러싸인 집들이 있고 옅은 색의 수국이 흐드러지게 피어 있으며 쓸쓸한 풍경風磬 소리가 들려왔다. 조금 전 내 눈앞을 가득 메웠던 그 영상은 사신이 이따금 일으키는 기억의 혼탁이 자아낸 백일몽에 불과했던 것 같다. 나는 그렇게 스스로를 타일렀다.

이건 전부, 그래 여기에 오기 전에 제대로 잠을 자지 않았던 탓이다. 아직도 파도 소리처럼 가슴을 어지럽히는 불가사의한 술렁임은 내일 아침이면 깨끗이 사라질 물거품의 환상일 뿐이다.

"앗, 제비가 있네요."

불길한 물거품을 터뜨리느라 바빴던 내 귀에 세이라의 말이 들려왔다. 그러자 나도 장마철을 잊은 여름 하늘을 올려다보았다. 그러자 구름 하나 없는 푸른 하늘에 제비 한 마리가 우아하게 날아가고 있었다.

"……세이라. 어떻게 알았니?"

"네? 제비 말인가요? 그야 울음소리가 들렸으니까요."

"울음소리만 듣고 무슨 새인지 아는 거야?"

"알 수 있죠. 옛날에 아빠가 인터넷에서 다양한 새소리를 들을 수 있는 사이트를 찾아내서 어떤 소리가 어떤 새의 소리인지 가르쳐주셨어요. 전 그중에서도 제비를 가장 좋아해서, 이 시기가 되면 항상 제비를 찾거든요. 올해도 돌아와주었다고 생각하면 기뻐서요."

"그런데 왜 제비가 가장 좋은 거니?"

"루 선생님이라면 아실 테죠?『행복한 왕자』이야기."

"마음 착한 왕자의 동상과 그에게 날아온 제비의 이야기던가?"

"맞아요, 그거예요! 몇 년 전에 제가 많이 좌절했을 때 할아버지가 들려주셨는데…… 전 왕자의 바람을 이루어주기 위해 죽을 때까지 날아다닌 제비가 너무 불쌍해서 울고 말았어요. 하지만 마지막에는 왕자도 제비도 천국에서 행복해져서 다행이라고…… 누군가를 소중히 여기는 마음을 가지면 지금이 아무리 힘들고 슬프더라도 반드시 천국에 갈 수 있구나, 그렇게 생각했어요."

"그래서 제비가 좋아요"라고 수줍게 덧붙이면서도 세이라는 계속 시각장애인용 지팡이로 아스팔트를 두드리고 있었다. 일정한 리듬으로 울리는 그 소리를 내 우뇌는 '카운트다운 같다'라고 표현했다.

"아, 그러고 보니 『행복한 왕자』도 『소공녀』처럼 영국 사람이 쓴 이야기죠? 어쩌면 전 영국하고 인연이 있는 건지도 모르겠네요. 그렇게 생각하면 영국인 선생님이 가정교사로 와주신 것도 왠지 운명적이고요!"

이윽고 카운트 다운이 멈추었다. 나미에 씨가 정성껏 키워낸 형형색색의 꽃이 가득한 우노하마 저택의 앞뜰에서 세이라의 뺨에도 가련한 꽃이 화악 피어났다.

불길함을 연주하던 물거품은 덕분에 전부 터져버렸다. 그런 우리의 머리 위로 다시 제비가 날아가며 곧 다가올 여름을 노래하고 있었다.

내가 78페이지밖에 안 되는 성경을 세이라의 영어 교재로 고른 데에는 이유가 있다. 그건 이 화려한 원색의 문고본이 신약성경에서 '요한복음서'만을 발췌한 영국산 성경이기 때문이다.

그날부터 나는 수업 때마다 세이라에게 성경을 2페이지씩 읽어주었다. 가난하고 못 배운 사람도 성경과 친해질 수 있도록 하겠다는 취지로 번역된 영문을 한 문장씩 읽고, 세이라도 이해하기 쉽도록 해설을 섞어가며 일본어로 바꾸어나갔다.

완전히 낯선 문화의 낯선 가치관으로 적힌 텍스트임에도 세이라는 수업을 열심히 들어주었다. 내 낭독을 나미에 씨에게 부탁해 전부 녹음해두었고, 다음 주에 우노하마 저택을 방문하면 지난 수업에서 읽었던 장의 모든 구절을 점자로 옮겨 적어두고 있었다.

그렇게 해서 나와 세이라의 성경 학습이 시작된 지 5주째였다. 일본의 장마철이 하늘에 외면받으며 지나가 버리고 무사히 둥지를 떠난 새끼 제비들이 남쪽 바다를 건널 무렵, 나는 그녀를 위해 이 성경을 고르게 된 가장 큰 이유를 세이라에게 밝히게 되었다.

"While Jesus was walking along, he saw a certain man. This man had been blind since he was born. Jesus, disciples asked him, 'Teacher, why was this man blind when he was born? Was it because he himself did something wrong? Or was it because his parents did something wrong?'."

요한복음서 9장 1절부터 12절.

세이라의 영어 청취 능력이 꽤 능숙해졌다고 느낀 나는 평소처럼 한 문장씩 영문을 번역해주는 게 아니라 처음으로 한 문단을 통째로 읽는 방법을 택했다.

"They asked him, 'Where is this man?' He replied, 'I do not know'."

"자, 9장의 서두는 여기까지야. 어떤 내용이 적혀 있는지 잘 들렸니?"

마지막 한 절을 마저 읽은 나는 우선 세이라에게 물어보았다. 따뜻한 색조로 꾸며진 세이라의 방에서 나는 그녀와 마주 앉아 있었다.

벽에 등을 기댄 물푸레나무 책상 위에는 나미에 씨가 가져다준 시원한 차 두 잔과 소형 보이스 레코더가 놓여 있었다.

일본 차의 선명한 녹색을 강조해주는 윈터 블루 색상의 찻잔은 땀을 흠뻑 흘리고 있었지만, 매미가 울기 시작한 창밖과는 달리 세이라의 방은 덥지도 춥지도 않은 온도가 유지되고 있었다.

이건 전부 우리 머리 위에서 열심히 일해주는 에어컨 덕분이다. 그의 입에서 뿜어져 나오는 초봄의 아침 바람 같은 냉풍이 책상과 같은 색의 바닥에 직접 쏟아지고 있었다. 그리고 그 바람을 정통으로 받으며 누운 베키가 행복한 표정으로 숨소리를 내며 졸고 있었다.

세이라는 천천히 말했다.

"……선생님. 'blind man'은 '눈이 안 보이는 사람'이라는 뜻이죠?"

"그래, 맞아."

"오늘의 이야기는…… 예수님이 선천적으로 눈이 안 보이는 사람을 고쳐준 이야기네요. 예수님이 직접 약 같은 걸

만드셔서 보이지 않는 사람의 눈에 바른 거죠?"

"정답이야. 예수는 자신의 침으로 흙을 뭉친 후 장님의 눈꺼풀에 바르며 '실로암 호수에서 씻어라'라고 했지. 장님이 시키는 대로 하자 바로 눈이 보이게 되었어. 사람들은 예수가 일으킨 기적을 알고 술렁이며 그 사람이 지금 어디에 있느냐고 물어보며 다녔다……는 이야기란다."

세이라는 내가 간결하게 요약한 12절까지의 내용을 평소보다 훨씬 진지한 얼굴로 듣고 있었다.

그녀 같은 시각장애인은 일반인처럼 수업을 들으며 노트에 필기할 수 없다. 그래서 세이라는 수업 중에 온 신경을 집중해서 내 말에 귀를 기울였다.

"세부적인 단어나 문법에 관한 설명은 나중에 하기로 하고, 9장에서 중요한 건 2절과 3장이야. 예수의 제자들은 장님을 보자 이렇게 말했단다. '선생님, 이 사람이 장님으로 태어난 것은 누가 죄를 범했기 때문입니까? 본인입니까? 아니면 그 부모입니까?'라고. 당시에는 그처럼 눈이 보이지 않거나, 귀가 안 들리거나, 말을 못 하는 등의 신체적 장애는 죄의 대가라는 인식이 일반적이었단다. 그래서 예수의 제자들도 그의 눈이 보이지 않는 건 그나 그의 부모가 무거운 죄를 범했기 때문에 천벌 받은 것이라고 생각했지."

"……"

"하지만 예수는 이렇게 대답했어. '아니다'라고 말이야. 그리고 이렇게 덧붙였단다. '그가 장님으로 태어난 건 죄 때문이 아니라 축복을 받기 위해서다'라고."

"……축복이요?"

"그래, 축복이란다. 예수는 말했어. '그는 나를 보내신 분이 행하신 일을 세상에 알리기 위해 태어난 것이다'라고 말이지. 그리고 사람들의 눈앞에서 기적을 일으키고 장님을 구원했지. 결국, 예수는 그의 눈을 고쳤을 뿐만 아니라 장애가 있는 사람을 죄인 취급하던 세상의 인식을 부정했던 거야. 이다음 절에서는 그걸 인정하지 못한 사람들이 예수를 이단으로 몰며 비난하는 상황이 묘사되고 있지만…… 과연 정말로 죄가 크고 눈이 먼 건 어느 쪽일까?"

나는 의자 위에서 꼰 다리 위에 책을 내려놓으며 시원한 찻잔에 손을 뻗었다. 투명한 윈터 블루 찻잔 속에서 얼음이 달각거리는 소리를 내며 목뿐만 아니라 귓가까지 적셔주는 듯했다.

물의 온도에 맞춰 덜 떫고 깔끔한 맛의 찻잎으로 타준 녹차를 고맙게 마시면서 나는 문득 작은 이변을 눈치 챘다.

평소 같으면 내 해설이 끝나자마자 이런저런 질문을 던졌을 세이라가 호기심은 어딘가에 놔두고 오기라도 한 것처럼 무릎 위에서 주먹을 쥔 채 가만히 입을 닫고 있었던 것이다.

"세이라, 넌 어떻게 생각하니?"

그래서 오늘은 내 쪽에서 재촉하듯 물어보았다.

"진짜 장님이란 무엇일까? 너처럼 태어날 때부터 눈이 보이지 않는 것? 아니면 스스로 눈을 감고, 귀를 닫고, 세상을 거부한 채 자신만을 사랑하는 것?"

"저는……."

이윽고 세이라가 쥐어짜내듯 중얼거리며 눈꺼풀을 감싼 까만 속눈썹이 희미하게 흔들렸다.

"저는 눈이 보이지 않아요. 그 탓에 굉장히 슬픈 일을 겪은 적이 있었어요. 억울함을 느꼈던 적도, 무서운 일을 겪었던 적도 있었죠."

"응."

"하지만…… 전 불행하지 않아요. 눈이 보이지 않는 걸 불쌍하다고 말하는 사람들이 가끔 있지만, 저는 그렇게 생각하지 않아요. 저는 전혀 불쌍하지 않아요. 왜냐하면, 저에게 귀가 있고, 입이 있고, 몸이 있고, 아빠와 엄마가 있고, 할아버지가 있고, 베키가 있고, 살 집도 있고, 학교에도 갈 수 있고…… 매일 굉장히, 굉장히 즐거운걸요."

"응."

"그러니까, 저는…… 제 눈이 보이지 않는 게 만약 어떤 벌이라고 한다면, 이렇게 행복할 리가 없잖아요. 지금보다 훨씬 불행하지 않으면 이상한 거잖아요."

"그렇구나."

"그러니까 저는 예수님의 말을 믿어요. 저는 축복받기 위해, 행복해지기 위해 태어났다고 믿고 싶어요."

대답하는 세이라의 목소리는 떨리고 있었다. 항상 밝고 구김살 없는 세이라가 이 정도로 힘없이 고개를 숙인 채 이야기하는 모습을 지금까지 본 적이 없었다.

하지만 난 이렇게 될 것을 예상했고, 이유도 충분히 알고 있었다. 그래서 일단 무릎 위의 성경을 덮고 나만의 언어로 이야기했다.

"세이라世愛."

"……네."

"멋진 이름이야. 네 이름에는 두 가지 바람이 담겨 있는 것 같더구나. 세상이 널 사랑해주었으면 하는 바람과, 네가 세상을 사랑할 수 있는 아이가 되었으면 하는 바람이."

놀라며 얼굴을 든 세이라와 눈이 마주쳤다. 아니, 그녀의 두 눈은 여전히 감긴 채이니 눈이 마주칠 리가 없을 테지만…… 그런데도 그 순간, 나와 세이라는 틀림없이 서로를 마주 보고 있었다.

그래서 세이라가 볼 수 없다고 결론짓지 않고 나는 살짝 웃어 보였다.

"네 가정교사가 된 지 거의 한 달이 지났을 때였나? 에이이치 씨가 가르쳐주셨거든. 네가 밝고 매사에 노력하고 지기 싫어하는 데에는 이유가 있다고."

그렇다. 그건 내가 우노하마 저택에 출입하게 된 지 얼마 되지 않았을 때의 일이다. 그날 나는 세이라의 수업 상황을 보고하기 위해 갤러리 마키노를 찾았다가 에이이치 씨에게서 생각지도 못한 이야기를 들었다.

"세이라는 지금이야 많이 바뀌었지만, 예전에는 꽤나 내성적이었거든. 자기 눈이 보이지 않는 탓에 자기 부모님이 많이 힘들어한다고 믿고 있었어. 친척끼리 모일 때도 계속 땅만 보면서 거의 말을 하지 않는 아이였지."

에이이치 씨가 회상에 잠기듯 눈을 가늘게 뜨며 이야기해준 것은 세이라가 아직 초등학교 2학년이었을 때의 일이었다. 당시에 세이라는 이곳이 아닌 다른 도시의 시각장애인 학교에 다녔고, 등하교 시에 항상 나미에 씨가 함께했다고 한다.

그런데 어느 날 나미에 씨에게 사정이 생겨서 평소처럼 하교 시간에 맞추어 세이라를 데리러 가지 못했다. 늦게 도착할 거라고 학교에는 사전에 연락해두었지만, 세이라는 담임선생님에게 그 이야기를 듣더니 엄마를 기다리지 않고 혼자 힘으로 집에 간다는 선택을 했다.

다니던 학교에서 집까지는 도보로 15분 정도 걸렸고 매일 나미에 씨의 손을 잡고 걷던 길이니까 자기 혼자서도 분명 돌아갈 수 있으리라 생각했다고 한다.

아니, 그 이전에 세이라는 이미 자신의 존재가 부모님에게 부담이 된다는 죄책감을 느끼고 있었는지도 모른다. 그래서 조금이라도 자립하는 모습을 보여줘야 한다고, 부모님의 손을 빌리지 않고도 자기 일은 스스로 해낼 수 있다는 걸 증명하고 싶었다. 다른 누구도 아닌 그녀 자신에게 말이다.

그러나 그날 하굣길에 사건이 터졌다. 시각장애인용 지팡이로 신중히 발밑을 확인하며 길을 걸어가던 세이라를 마찬가지로 하교 중이던 아이들이 발견했다. 그들은 근처 초등학교에 다니는 아이들이었다.

나미에 씨와 함께 등하교하던 세이라의 모습을 가끔 보고는 했던 그들은 그녀의 눈이 보이지 않는다는 사실을 알고 있었다. 그래서 나쁜 마음을 먹었던 것이리라. 그들은 그 또래 아이들 특유의 천진난만한 가학성을 발휘해서 발소리를 죽이며 세이라에게 다가갔다.

그리고 우왁! 하고 세이라를 놀라게 했다. 그녀의 암흑 너머에서 갑자기 야수 같은 소리를 지른 것이다. 깜짝 놀란 세이라는 공포에 질린 나머지 정신없이 도망치다가 엉뚱한 방향으로 뛰어가고 말았다.

그곳은 펜스나 가드레일도 없는 용수로였는데 세이라는 영문도 모른 채 높이 1미터 정도의 옹벽에서 떨어져 물에 빠졌다. 에이이치 씨의 이야기에 따르면 세이라가 추락한 용수로는 수심 20센티미터도 되지 않는 매우 얕은 수로였다고 한다.

하지만 눈이 보이지 않는 세이라에겐 끝도 없이 깊게 느껴지는 물속이었다. 공황에 빠진 그녀는 물속에서 엎드린 채 발버둥 치다 이윽고 움직이지 않게 되었다.

물에 던진 곤충이라도 관찰하듯 그녀의 모습을 지켜보던 아이들도 그 단계가 되자 사태의 심각성을 깨달은 듯했다. 그들은 황급히 근처의 어른들에게 도움을 요청했고 평온하던 주택가의 평화는 날카로운 비명에 의해 찢겨나갔다.

수로에서 구출된 세이라는 즉시 구급차를 타고 병원으로 호송되어 목숨에는 지장이 없었지만, 병원에서 의식을 회복한 뒤가 더욱 문제였다고 한다.

"세이라를 떨어뜨린 아이들은 처음에는 사고라고 이야기했지. 세이라가 길을 잘못 들어서 혼자 수로에 떨어졌다고. 하지만 막상 깨어난 세이라에게 이야기를 들어보니 모르는 아이들이 놀라게 해서 수로에 굴러떨어졌다고 하니까, 아이 부모들끼리 옥신각신하게 된 걸세. 결국 마지막에는 그쪽

부모들이 병원비를 부담하기로 했지만, 거기에 앙심을 품은 한 엄마가 세이라에게 이렇게 말했다네. '눈이 안 보이니까 주변에서 다들 비위를 맞춰줘서 좋겠다, 피해자인 척할 수 있어서 좋겠다'라고……."

나는 귀를 의심했다. 의심할 수밖에 없을 정도의 폭언을 그들이 어린 세이라에게 퍼부었기 때문이다.

그 어머니는 거기서 그치지 않고, 눈이 보이지 않는 건 깊은 죄를 지은 자들이 걸리는 병이다. 그런 병을 갖고 태어난 세이라는 전생에서 약자를 어지간히 잔혹하게 괴롭힌 게 틀림없다. 그러니 이번엔 네가 괴롭힘을 당하는 처지에서 살아가야 한다고, 죄인은 죄인답게 벌을 받으라고, 건방지게 굴지 말라고까지 말했다.

그렇게 쏟아진 저주의 말들은 그 사건으로 금이 가 있던 세이라의 마음을 산산이 조각냈다.

세이라가 자기 의지로 눈꺼풀을 감게 된 것은 그때부터였다고 한다. 며칠 뒤, 사정을 듣고 병문안을 온 에이이치 씨에게 세이라가 울면서 물었다고 한다. "할아버지, 나는 이 세상에 태어나지 말았어야 하는 거야?"라고 말이다.

"세이라는 엄마 아빠에게는 못 물어봤을 거야. 자기 부모가 그렇다고 대답할까 봐 무서워서. 그래서 나와 단둘이 있을 때 물어봤던 걸세. 나는 가슴이 찢어지는 것 같았지."

에이이치 씨는 평소와 다름없이 온화한 말투로 말했다. 그러나 내 눈은 지금의 그가 아니라 몇 년 전 어느 여름날에 작은 어깨를 떨며 울고 있었을 그의 손녀딸을 바라보고 있었다.

"설령 그게 남의 자식이든, 자기 자식이든 말이야. 난 아이들에게 그런 말을 할 수 있는 인간은 부모가 될 자격이 없다고 생각하네."

"……그러면 그 어머니에게는 항의했나요?"

"아니, 항의하지 않았어. 그저, 아주 살짝 혼을 내줬을 뿐일세."

"혼을 내줬다……고요?"

내가 되묻자 에이이치 씨는 소리 없이 웃었다. 어떤 방법으로 혼내주었는지는 결국 가르쳐주지 않았지만, 나쁜 장난에 성공한 악동처럼 무척 짓궂은 표정이었다.

"너희 가족이 이 도시로 이사 온 건 사건이 벌어진 다음 해였다고 들었어. 난 당연히 여기서 쭉 살아온 줄 알았으니까 이야기를 듣고 놀랐지만…… 혹시 그때였니? 에이이치 씨가 네게 『행복한 왕자』 이야기를 들려준 게."

"……네. 그 뒤에 이사 선물이라고 베키를 선물해주신 것도 할아버지예요. 만약 다음번에 또 그런 일이 생기더라도 그때는 베키가 지켜줄 거라고요."

세이라는 5년 전의 일을 그리워하듯 엷은 미소를 지으며 말했다. 그러자 숙면을 취하던 베키가 몸은 여전히 편하게 늘어뜨리면서 귀만 이쪽으로 쫑긋 세웠다. 나는 그런 베키의 나태함이 웃겨서 무심결에 웃고 말았다.

세이라는 내가 왜 웃는지 모르는 것 같았지만 어쨌든 따라 웃었다.

"참 웃기죠? 전 그 사건 이후로 전보다 훨씬 가족을 고생시켰어요. 제가 안심하고 공부할 수 있도록 학교도 옮겨주시고, 새로운 집도 지어주시고, 베키도 데려와 주시고…… 하지만 덕분에 알게 되었죠. 제가 엄마와 아빠, 할아버지에게 얼마나 사랑받고 있는지…… 제가 지금 얼마나 행복한지 말이지요."

"그래서 지기 싫었던 거니?"

"네. 저는 지금 이렇게나 행복한데, 눈이 보이지 않는다는 이유만으로 불쌍하고 불행하다는 말을 듣는 게 분했어요. 그래서 지고 싶지 않았어요. 아, 하지만 불쌍하다고 말해주는 사람들을 이겨서 올라서고 싶다는 뜻이 아니라…… 저는 제비가 되고 싶어요."

아일랜드 출신의 극작가 오스카 와일드가 집필한 동화 『행복한 왕자』. 그 이야기에서 한 마리의 제비는 황금으로 장식된 왕자 동상의 곁을 계속 지켰다. 겨울이 오면 자신의 생명이 끝나버릴 것을 알면서도, 사람들을 돕고 싶어 하는 왕자의 바람을 날개에 싣고서.

세이라가 되고 싶다고 바란 것은 말할 것도 없이 바로 그 제비였다. 장님이 된 왕자를 대신해 자유롭게 하늘을 비상하고 수많은 행복을 전달한 제비. 사람들은 그런 그녀의 꿈을 지나친 몽상이라 비웃을까?

하지만 나는 알고 있다. 지금까지 하늘의 별만큼이나 많은 인생을 지켜봐왔기 때문이다. 고작 열네 살에 그녀만큼 명확한 꿈이나 목표를 가진 사람은 극히 드물다.

많은 사람이 불확실하게 펼쳐진 미래라는 이름의 바다 앞에서 망설이며 자신이 어디로 나아가야 할지 긴 시간을 고민한다.

그 답을 찾아내기 위해 일단 배를 몰고 나가는 사람도 있는가 하면 아무것도 찾아내지 못하고 포기하는 사람, 바닷물의 흐름에 그저 몸을 맡기는 사람도 있다. 하지만 세이라는 그렇지 않았다.

그녀의 손에는 이미 등대의 위치를 가리키는 나침반이 쥐어져 있다. 그래서 나는 그녀가 눈부시다고 생각했다. 좀 더 다른 말로 표현한다면 부럽다고 할 수도 있었다.

"선생님, 감사합니다. 제가 제비면 선생님은 행복한 왕자님이네요."

"내가?"

"그야 선생님이 이 성경을 교재로 골라주신 건 할아버지한테 제 옛날이야기를 들어서잖아요. 그래서 가르쳐주신 거죠? 예수님의 이야기를."

"뭐, 그건 맞아. 하지만 난 공교롭게도 사파이어의 눈도 갖고 있지 않고, 피부도 순금으로 덮여 있지 않단다."

"후후, 괜찮아요. 대신 선생님의 눈은 왕자의 검에 박혀 있던 것과 똑같은 루비로 되어 있잖아요? '빨강'은 루비와 똑같은 색이라고 엄마가 그랬어요."

"……그러면 넌 내 눈을 도려내서 가난한 극작가와 성냥팔이 소녀에게 갖다 줄 생각이니?"

"음~ 원작을 흉내 내려면 그래야겠지만, 그러면 선생님이 가여우니까 대신 선생님에게 받은 행복을 다른 사람들에게 나눠주기로 할게요."

세이라는 신이 난 목소리로 말하며 웃었다. 조금 전까지 지독한 두려움과 나약함에 사로잡혀 있던 그녀는 이제 어디에도 없었다.

이렇게 해서 그날의 수업도 끝나고 나는 나미에 씨에게 작별 인사를 한 후 우노하마 저택을 뒤로 했다.

"안녕히 가세요, 선생님. 오늘도 감사했습니다."

"아니요, 저야말로. 다음 주에 또 같은 시각에 찾아뵙겠습니다."

나는 한 손에 약간의 짐을 들고 현관 앞에서 나미에 씨에게 목례를 했다. 그 옆에는 함께 배웅하러 나와 준 세이라도 있었고, 그녀 곁에는 충분한 수면을 취한 베키가 기운차게 나를 노려보며 으르렁거리고 있었다.

"그러면 세이라, 다음 주에 또 보자. 오늘 수업에서 이해가 안 됐던 부분은 다음 수업까지……."

"저…… 저기, 루 선생님!"

여느 때처럼 마지막 인사를 하고 발걸음을 돌리려는 내 뒤에서 힘이 잔뜩 들어간 세이라의 목소리가 날아들었다. 무슨 일인가 싶어 돌아보자 그녀는 뭔가 큰 결심이라도 한 듯이 꽃무늬 에이프런 원피스를 손으로 꽉 움켜쥐며 말했다.

"저, 저기…… 저, 전에 할아버지에게 들었는데 선생님은 독서 말고도 그림을 그리는 게 취미시지요?"

"아아…… 응. 그랬……지. 가끔 심심풀이로 붓을 잡긴 한단다."

"그, 그러면 저기…… 제가 다음 주부터 여름방학이거든요……! 그, 그러니까 토요일 말고도 뵐 수 있으니까…… 호, 혹시 선생님만 괜찮으시면 선생님이 그림 그리시는 걸 보러 가고 싶어요!"

세이라는 처음 만났을 때보다 조금 더 자라난 머리카락

을 살아 있는 생물처럼 출렁이며 말했다. 그 순간, 나는 말도 안 되게 긴 사신의 인생 중에서도 1~2위를 다툴 정도의 얼빠진 표정을 지었던 것 같다.

무엇보다 세이라의 고백이 너무 예상 밖이라 제대로 이해하기까지 시간이 걸렸다.

하지만 옆에서 지켜보는 나미에 씨는 "어머, 어머" 하고 웃을 뿐 놀라는 것 같지는 않다.

"갑자기 죄송해요, 선생님. 그런데 세이라가 그림 이야기를 듣고 나서 계속 이러네요. 아버지가 선생님이 그리신 그림을 무척이나 칭찬하시기도 했고…… 무례한 부탁이라 송구하지만, 선생님만 괜찮으시다면 한 번 생각해봐 주실 수 있을까요?"

딸인 세이라가 그동안 어지간히 졸랐던 듯, 나미에 씨는 평소의 온화한 태도에 약간의 쓴웃음을 섞으며 그렇게 말했다. 그녀 옆에서는 세이라가 상기된 뺨으로 (그리고 발밑에선 베키가 여전히 이빨을 드러낸 채로 으르렁거리며) 내 대답을 기다리고 있었다.

잠시 동안의 침묵 뒤에, 나는 한숨이 나오는 것을 간신히 참아내며 고개를 끄덕였다. 이거야 원, 도저히 거절할 수 없군, 하고 일말의 체념을 품으면서.

생각해보면 내가 일본에 온 뒤로 은신처에 사람을 들이

는 건 처음이었다. 100년 동안 살았던 영국에서도 누군가를 집에 초대한 적은 손에 꼽을 정도다.

불로의 존재인 우리 사신은 기본적으로 특정한 사람과 깊은 친분을 맺는 것을 피하기 때문이다. 우리와 인간 사이의 우정은 길게 이어져 봐야 고작 몇 년이다.

물론 이쪽의 정체는 밝힐 수 없고, 더 오랜 시간 관계를 이어 나가려고 하면 일단 상부에서 전근 명령이 떨어진다. 세계의 균형을 유지하기 위해 존재하는 우리가 특정한 인간에게 너무 깊숙이 개입하면 현세와 명계를 지탱하는 천칭이 어떻게 되는지는 내일 날씨보다도 명확히 알 수 있기 때문이다.

"시, 실례하겠습니다⋯⋯!"

내가 세이라의 가정교사가 된 지 9주가 지난 월요일이었다. 지난번 긴급 출동의 대체 휴가로 오랜만의 휴일을 쟁취한 나는 세이라와 그녀의 어머니인 나미에 씨를 우리 집에 초대했다.

스테인드글라스의 작은 창이 달린 현관에서 나미에 씨의 손을 잡고 거실까지 걸어온 세이라는 유난히 긴장하고 있었다.

나미에 씨는 건물 외관부터 가구, 인테리어까지 전부 근대 영국풍으로 통일한 은신처의 모습을 흥미진진하게 살피고 있었다.

평소 같았으면 오후 동안에는 부지런히 집 안을 청소하는 데에 여념이 없었을 도자 인형들도 오늘은 예의 바르게 창가에 나란히 앉아 평범한 인형인 척을 하고 있다. 문제는 그들 옆에 자연스레 섞여 있는 찰스였다. 그는 베르제르 해트를 쓴 귀족 아가씨 인형 옆에서 자신도 인형인 척 앉아 흥, 흥 하고 코를 씰룩거렸다.

"으윽, 개 냄새. 집 안 가득 악마 퇴치용 화이트 세이지를 피워놔서 다행이야. 하지만 설마 진짜로 제자를 집에 초대할 줄이야. 아무래도 자네는 일본의 청소년에게 약한 모양이군? 백 살 가까이 어린 여자아이에게만 관심을 보이다니, 개 냄새보다도 지독한 범죄의 냄새가 나는군. 뭐, 일본에는 '제 눈에 안경'이라는 속담도 있다고 하니까 나도 개인의 취향에 왈가왈부하진 않겠어."

나는 창가에서 혼자 계속 떠들어대는 찰스의 목소리를 오감에서 밀어내고 (찰스의 너무 큰 혼잣말은 나에게만 들렸기에 완벽히 무시할 수만 있다면 문제될 건 없었다) 세이라와 나미에 씨에게 마호가니 의자에 앉으라고 권했다.

오늘은 인형들에게 차를 부탁할 수 없었기에 내가 손수 컵에 얼그레이를 따랐다. 찻잔으로서의 기능성뿐만 아니라 관상용으로도 가치가 높은 앤틱 컵에 잔 받침과 티스푼까지 세트로 맞추어 내놓자 나미에 씨는 감탄의 한숨을 쉬며 컵의 장식을 꼼꼼히 감상했다.

"어머, 멋져라…… 평소의 옷차림이나 소지품을 보고 어렴풋이 짐작했지만, 선생님은 정말로 날카로운 심미안을 가지셨네요. 저도 모르는 사이에 영국에 와버린 것 같아요."

"아니요, 과찬이십니다. 아직 고향 생활이 몸에 배어 있어서 익숙한 물건들을 바꾸지 못하고 있을 뿐이에요. 세이라, 홍차는 마실 줄 아니?"

"네, 네……! 그, 그런데 선생님 댁에선 뭔가 신기한 향기가 나네요."

"오늘은 특별히 허브를 피웠거든. 집에 고양이 냄새가 심하게 나면 베키가 너와 나미에 씨에게도 짖을까 봐 걱정돼서 말이야."

"앗, 그렇지. 선생님 댁에는 고양이가 있다고 했었죠?! 가까이에 있나요?"

"그래, 있단다. 찰스, 이리 와."

내가 인형들이 늘어선 창가를 돌아보며 말을 건네자마자 찰스가 털을 잔뜩 곤두세웠다. 설마 여기서 자신을 부르리라고는 상상도 못 했던 듯했다. 그는 노골적으로 싫어하는 얼굴을 하더니 고개를 확 돌려버렸다.

하지만 오늘의 내가 평소처럼 일방적으로 당하기만 할

거라고 생각하면 큰 오산이다. 나는 어쩔 수 없이 자리에서 일어나 직접 찰스에게 다가가 눈치를 채고 도망치려던 그를 안아들었다.

"자. 이게 찰스란다."

"와아……! 아, 안아 봐도 되나요?!"

"그래. 사람을 잘 따르는 고양이니까 원한다면 온종일 안고 있어도 괜찮아."

"안 괜찮다고, 이건!"

찰스가 뭐라 뭐라 항의하긴 했지만, 유감스럽게도 인간 손님들 앞에선 그와 대화할 수 없다. 나는 세이라의 품에 까만 털뭉치를 안겨주었다.

그러자 세이라는 기뻐하는 감탄사와 함께 진짜 인형을 끌어안듯 찰스를 안았다. 그녀의 품에서 "으엑" 하는 신음소리가 들린 것 같지만 나는 모른 척했다.

"여기가 제 아틀리에입니다."

그렇게 한동안 별 것 아닌 잡담을 즐긴 뒤에 나는 두 사람을 거실 안쪽에 있는 아틀리에로 안내했다.

세이지 냄새가 충만하던 거실과 달리 물감 냄새가 맴도는 새하얀 공간에 들어서자 세이라도 분위기가 바뀐 것을 감지했는지 작게 놀라는 소리를 냈다. 물론 그녀의 품에는 퉁명스러운 표정의 찰스가 안겨 있었다.

"굉장해…… 선생님의 아틀리에, 꽤 크네요."

"그걸 알 수 있니?"

"네. 소리가 울리는 느낌으로 대충 아는 거지만요. 일반 가정집 안에 이렇게 커다란 아틀리에가 있다니, 선생님은 정말로 그림 그리는 걸 좋아하시나 보네요."

"좋아……하는 것과는 조금 다른 건지도 모르지만 말이지. 영국에 살 때부터 계속 해 온 취미라 어느새 그림을 그리는 게 일상의 일부가 되었단다. 먹고 자고 숨을 쉬는 것과 마찬가지로 말이야."

나는 그렇게 말하며 혼의 조각을 보관해둔 책장으로 손을 뻗었다. 평소에는 가리개 따위를 해두지 않지만, 오늘은 손님들이 오기 때문에 책장의 전면을 뒤덮는 하얀 커튼으로 유리병 무리를 가려놓았다.

안 그랬다간 눈이 보이지 않는 세이라라면 몰라도, 에이이치 씨의 영향으로 어느 정도 미술 지식이 있는 나미에 씨에게는 여기에 있는 것이 단순한 안료가 아님을 들킬 것 같아서였다.

그래서 나는 미리 유발로 빻아둔 혼의 조각을 꺼내 아틀리에 구석의 작업대에 늘어놓았다. 이렇게 가루로 만들어 버리면 아무래도 일반적인 안료와 구분하기 어려웠다.

"세이라는 직접 물감을 만들어본 적이 있니?"

"앗…… 물감을요?"

"나는 평소에도 직접 물감을 만들어 쓰거든. 괜찮다면 같이 만들어볼까?"

"어, 물감을 직접 만들 수 있는 거예요……?!"

"수고는 들지만 만들 수 있어. 간단한 작업은 너도 할 수 있고."

내가 그렇게 말하며 재촉하자 세이라는 나미에 씨의 소매를 잡아당겼다. 그러자 나미에 씨는 미소 지으며 "해보지 그러니?"라고 대답했다. 등을 떠밀린 세이라는 뺨을 붉히며 살짝 웅크려 앉아서 찰스를 바닥에 내려놓았다.

그제야 그녀의 품에서 해방된 찰스는 아틀리에 구석까지 말없이 걸어가더니 바닥에 앉았다. 그리고 자기 털에 코를 파묻더니 "개 냄새가 뱄어……"라고 중얼거리며 어깨를 축 늘어뜨렸다.

"이건 아교액이야. 동물의 뼈나 가죽으로 만들어지는 접착제 같은 거란다. 물감의 점착성은 이 아교액을 섞음으로써 만들어진단다. 물감의 종류에 따라서는 아교액 대신 수지나 밀랍을 섞기도 하지."

나는 곧 친숙한 아틀리에에서 세이라에게 미술 과외수업을 시작했다. 분말로 만든 혼의 조각을 유리병에서 꺼내 미술용 접시 위에서 아교액과 섞었다.

섞는다고 해봐야 특별한 도구를 사용하는 건 아니다. 나는 세이라의 손을 잡고 그녀의 손끝을 살며시 물감에 닿게 해서 손가락을 통해 아교액에 안료가 용해되는 감촉을 느끼게 해주었다.

하얀 천에 형형색색의 물감이 튄 작업용 앞치마를 걸친 세이라는 진지한 얼굴로 미술용 접시의 표면을 어루만졌다. 그녀가 천천히 손가락을 움직일 때마다 새하얗던 접시가 선명한 해바라기의 노란색으로 물들어갔다.

안료가 어느 정도 아교액에 녹아들자 마지막으로 소량의 물을 부어주었다. 거기서 손가락을 사용해 더 저어주다가 꺼끌꺼끌한 느낌이 사라지면 완성이었다.

"와아…… 전 할아버지가 붓을 쥐여주셔서 물감을 칠해본 적은 있었지만, 물감을 만들어보는 건 처음이에요. 생각보다 간단해서 깜짝 놀랐어요. 하지만 뭐랄까…… 물감에서 특이한 냄새가 나네요."

"아아, 아교 냄새일 거야. 특히 지금 시기에는 제작한 물감을 방치하면 아교가 잘 부패해서 큰일이 나지. 아까도 말했듯이 아교의 원료는 동물의 뼈와 가죽이니까 말이야. 하지만 모처럼 세이라가 만들어준 물감을 썩게 놔두면 아까우니까 지금부터 뭔가를 그려보겠니? 직접 만든 물감을 캔버스에 칠하는 건 어떤 감촉일지 확인해보는 것도 제법 즐거울 거야."

"음…… 그것도 좋지만 전 선생님이 그림 그리는 모습을 보고 싶어요! 제가 만든 물감으로 무엇이든 좋으니 그려주지 않으실래요?"

세이라는 헐렁한 작업용 앞치마를 걸친 채로 천진난만하게 웃어 보였다. 그 순간 찰스가 재채기로 가장한 실소를 흘린 것은 내 속셈이 허무하게 빗나갔음을 알았기 때문이다.

……뭘 숨기랴. 난 벌써 넉 달 넘게 그림을 전혀 그리지 않았다. 그래서 방문 전에도 내가 그림 그리는 모습을 보고 싶다는 말을 들었으면서도 세이라에게 물감 제작이나 색칠을 체험시킴으로써 어물쩍 넘어가려 했다.

하지만 부조리라는 녀석은 우리 상사와 마찬가지로 휴일이나 안식일 따윈 고려해주지 않는다. 나는 도망칠 수 없는 현실이 코앞에서 베키처럼 으르렁대고 있다는 사실을 실감하며 잠시 대답을 망설이다가 이내 체념했다.

"……알았어. 그럼 그려줬으면 하는 게 있니?"

나는 그녀의 요구에 제대로 응해줄 수 있을지 확신하지 못하면서도 세이라에게서 방금 만든 물감을 받아들었다. 지금 사용할 수 있는 건 세이라가 아교에 녹여준 해바라기밭의 노란색뿐이다. 이 노란색을 사용해 그릴 만한 것이라는 전제를 달자 세이라는 잠시 고민한 끝에 "앗!" 하고 뭔가 떠올랐다는 듯 손뼉을 쳤다.

"선생님, 다다음주 일요일에 항구 쪽에서 불꽃놀이 축제가 열리는 거 알고 계세요? 저희 가족은 그 불꽃놀이 축제를 매년 보러 가거든요. 물론 제게는 보이지 않지만, 그래도 소리를 듣는 것만으로도 즐거워서…… 저런 소리를 내면서 하늘에서 쏟아지는 불꽃은 엄청 예쁘리라고 생각했거든요. 그러니까 선생님이 그려주셨으면 해요! 불꽃놀이는 다양한 색이 있으니까 노란색도 쓸 수 있겠죠?"

"불꽃놀이라……"

분명 형형색색의 불꽃이 커다란 원을 그리는 불꽃놀이라면 세이라가 만들어준 노란색도 골고루 쓸 수 있었다. 물론 나는 이 도시의 불꽃놀이 축제를 본 적이 없어서 상상화가 될 테지만, 지금까지처럼 자기만족을 위해서가 아닌 세이라를 위해서였다.

"……알았어. 그려볼게."

나는 거실에서 가져온 식탁 의자에 세이라와 나미에 씨를 앉혔다. 이어서 커튼 안쪽의 책장을 뒤져 필요한 색을 찾아내고 작업대에 늘어놓았다.

베테랑 어부가 신출내기 시절 배 위에서 넋을 잃고 바라보던 동틀녘의 파란색.

고급 찻잎 재배에 평생을 바친 남자가 눈에 새겨두었던

차밭의 녹색.

평범한 인생을 보낸 여성이 젊은 시절 사랑하는 이에게 선물로 받았던 장미의 빨간색.

가출한 끝에 두 번 다시 북쪽 고향으로 돌아가지 않았던 노인이 최후의 순간 보고 싶어 하던 설원의 하얀색……

나는 그것들을 하나하나 유발에 넣고 빻아 아교액으로 녹이고 물을 부어 물감으로 만들었다. 그리고 신기하게도 새하얀 캔버스를 붓으로 푸르게, 푸르게 물들여갈 무렵에는 4개월 동안의 공백도 무색해져 있었다.

지난 100년 동안 기억에 칠하듯 그려왔던 수십 장, 수백 장의 추억들이 내 의지와는 상관없이 계속해서 붓을 움직였다. 사신에게 혼 같은 건 존재하지 않는데도, 마치 있다고 착각할 만한 고양감이었다.

아아, 지금의 날 움직이는 감정을 인간들은 뭐라고 부를까? 불과 몇 분 전까지도 내 그림에는 혼의 물감을 입힐 가치가 없다고 생각했을 텐데. 바로 뒤에서 세이라가, 눈이 보이지 않는 그녀가 내가 그림 그리는 모습을 보고 있었다.

다 그려진 뒤에도 평생 볼 수 없는 그림이 완성되어가는 모습을 가슴 설레며 즐기고 있다. 그렇게 생각하자 팔레트 위에서 엉터리로 춤추던 물감들에 갑자기 생명이 깃드는 느낌이 들었다. 어째서일까? 아무리 열심히 그려도 이 그림이 완성된 모습을 그녀에게 보여줄 순 없는데…….

"엄마, 선생님은 지금은 뭘 그리고 있어요?"

"응, 지금은 하늘하고 바다를 다 그리시고 이제부터 불꽃을 그릴 차례야. 저건 날이 저문 직후의 하늘이구나. 수평선에 오렌지색 석양이 비치고 있어."

"그렇구나…… 아까부터 계속 붓 소리가 왔다 갔다 해서 아마 커다란 무언가를 그리는 것 같다고 생각했거든요. 바다하고 하늘을 맨 먼저 그리셨구나."

"응. 파란색에도 아주 많은 종류가 있으니까 섞거나 겹치거나 해서 하늘과 바다를 나누는 거야."

내 뒤에 앉은 두 관객이 작은 목소리로 속삭이고 있었다. 세이라가 알 수 있는 건 태어날 때부터 그녀의 시야를 지배하는 암흑의 색뿐일 텐데도 나미에 씨는 하나하나 정성껏 그림의 진행 상황을 세이라에게 해설했다.

왜냐하면 보이지 않는다는 것이 존재하지 않음을 의미하진 않기 때문이다. 언젠가 나미에 씨는 웃으면서 이런 말을 한 적이 있었다.

"세이라에겐 보이지 않아도 저는 분명히 여기에 있고, 밖에서는 꽃이 피고 새가 날아다니죠. 그런데 보이지 않는다는 이유만으로 이 아이의 세계에서 그걸 빼앗고 싶진 않아요. 일반인인 우리도 눈에 뻔히 보이는 것을 놓치거나 이해하지 못한 채 살아가는데, '네겐 안 보이니까 어차피 모를 거야'라는 말을 할 수는 없지 않을까요?"

그래서 나도 물어보았다.

"자, 그럼 이제부터 여기에 불꽃을 쏘아 올릴 건데 세이라는 어떤 불꽃놀이를 좋아하니? 불꽃놀이에도 종류가 다양하잖아? 예를 들면, 빗방울처럼 불꽃이 쏟아져 내리는 것도 있고, 분수처럼 땅에서 불꽃이 솟구치는 것도 있고."

"음~ 글쎄요…… 전 그 휴르르르르 하는 소리를 들으면 불꽃놀이라는 게 느껴지던데…… 하지만 가장 좋아하는 불꽃놀이는 항상 불꽃놀이 축제의 마지막에 올라오는 거요."

"마지막에 올라온다고?"

"네! 펑 하는 소리가 나고 잠시 조용해져서 '어라?' 하고 생각할 때쯤 일제히 불꽃이 팡 하고 터지는 거예요. 그게 무슨 불꽃놀이죠?"

"아아, '사이쇼쿠센린彩色千輪' 말이구나. 확실히 세이라는 옛날부터 그 불꽃을 좋아했지."

사이쇼쿠센린.

일본의 불꽃놀이에 대해 자세히 알지 못하는 나는 캔버스 위의 물감이 마르는 걸 기다리는 김에 스마트폰을 꺼내 조사해보았다. 친숙한 검색 화면에는 키워드에 의한 검색 결과 외에도 불꽃놀이를 촬영한 영상 자료도 표시되었다.

나는 시험 삼아 그 영상을 확인하려고 터치해서 동영상 재생 앱을 실행시켰다. 모처의 불꽃놀이 축제 회장에서 촬영된 것인지 시커먼 화면에서 관객들의 담소가 들려왔다. 그리고 다음 순간.

콰콰앙!

엄청난 굉음이 쏟아지며 세이라가 어깨를 흠칫 움츠렸다. 아니, 세이라뿐만이 아니다. 나미에 씨와 나도 놀라며 창밖을 돌아보았고, 조금 전의 굉음이 동영상 속의 불꽃놀이가 아니라 갑작스레 하늘에서 울린 천둥소리임을 인지했다. 한 박자 늦게 상황을 이해했는지 세이라도 외쳤다.

"엄마, 비!"

구름 위에서 누군가가 물 양동이를 넘어뜨려서 내용물이 쏟아진 게 아닐까 싶을 정도로 요란한 빗소리에 그녀는 비명 같은 소리를 질렀다.

그리고 그 말을 들은 나미에 씨도 자리에서 일어섰다. 창문을 산산조각 내려는 악의마저 느껴지는 폭우를 보며 망연히 멈춰선 그녀가 돌연 머리를 감싸 쥐었다.

"아얏, 어쩌지! 빨래 널어놓고 왔는데!"

마치 초여름 장마가 늦잠을 자다 뒤늦게 찾아온 듯한 장맛비였다. 고도로 발달한 현대의 날씨 예보망을 뚫고 갑작스레 내리기 시작한 비에 세이라와 나미에 씨가 쫓기듯 집으로 돌아간 게 나흘 전이었다.

나는 오늘도 그치지 않는 빗소리를 들으며 아틀리에에서 붓을 잡고 있었다. 아직 오후임에도 두꺼운 비구름에 덮인 하늘은 어두웠고, 캔버스와 마주한 내 머리 위에는 커버를 씌우지 않은 형광등이 태양의 역할을 훌륭히 대행하기 위해 하얀빛을 열심히 태우고 있었다.

그날 이후로 날씨는 계속 이런 느낌이었다. 월요일부터 내리기 시작한 비는 내리다 그치다를 반복하면서도 지난 사흘 동안 제 세상인 양 도시를 지배했다. 이번 주말에 도시 곳곳에서 예정되어 있던 불꽃놀이 축제도 전부 개최가 불확실하다고 한다.

세이라가 기대하던 항구의 불꽃놀이 축제는 다다음주라 아직 여유가 있지만, 과연 다음 주 이맘때쯤에는 태양도 옥좌로 돌아와 밝게 빛나줄 것인가?

"자네, 슬슬 일하러 갈 시간이야."

"응. 알고 있어, 찰스."

나는 입구에서 들려온 목소리에 그렇게 대답하고는 캔버스에서 한 걸음 뒤로 물러났다. 애용하는 팔레트를 한 손에 들고 작업 중인 작품을 바라보았다.

이제 완성까지 얼마 남지 않았다. 내가 사흘 전 세이라의 부탁으로 시작한 작은 불꽃놀이 축제는 이제 곧 피날레를 맞이하려고 한다.

넉 달 만에 착수한 작품이라는 점, 아니 무엇보다 모델이
된 풍경도 없는 상태에서 공상으로 그리고 있는 탓에 시간
이 오래 걸리고 말았지만 내일 수업까지는 완성할 수 있을
것 같다.

그날, 내가 세이라가 보는 앞에서 그렸던 밤하늘에는 지
금 무수한 불꽃이 피어나 있었다. 전부 아담한 불꽃이라 눈
길을 빼앗길 만한 큰 꽃송이는 없지만, 그것은 만개한 벚꽃
처럼 밤하늘을 수놓으며 별 하나 없는 암흑을 극채색으로
물들이고 있었다.

사이쇼쿠센린, 그 이름처럼 다양한 색의 작은 꽃 천 송이
가 밤하늘에 피어나는 불꽃의 예술. 그야말로 온갖 꽃이 한
꺼번에 만발하는 백화요란百花撩亂이다.

나는 이 불꽃놀이 영상을 처음 보았을 때 너무나도 현란
한 아름다움에 숨을 삼켰다. 수도 없이 동영상의 재생 버튼
을 다시 누르며 작은 화면에 담긴 밤하늘에 흐드러지게 피
어나는 불꽃의 반짝임을 내 망막에 새겨두었다.

영국에도 '가이 포크스의 밤Guy Fawkes Night'이라고 불리는
유명한 불꽃놀이 축제가 있지만, 이 정도 숫자의 불꽃이 일
제히 쏘아 올려지는 광경을 나는 본 적이 없다.

가능하다면 한 번 실제로 보고 싶다고 바라면서 나는 아

교에 녹인 혼의 반짝임으로 꽃을 하나씩 그려나갔다. 이제 남은 건 상공에 떠오른 꽃의 색을 해면에도 반사시켜 조화를 이루면 완성이었다.

오늘은 이제부터 4건의 임종지키미 업무가 예정되어 있었고 퇴근 후 작업할 시간이 있을지는 확실하지 않았지만, 내일 오후까지는 반드시 그림을 완성해 세이라에게 건네주고 싶은 마음이었다.

"어때, 찰스? 이번 작품은 현실을 묘사한 건 아니지만 조금은 진짜와 가까워진 것 같아?"

내가 색 조합과 구도의 밸런스를 확인하며 그렇게 묻자 아틀리에 입구에서 앞발을 모으고 있던 찰스가 "흐음" 하며 일어났다. 그리고 캔버스 앞까지 다가오더니 말없이 바닥에 앉았다.

이젤에 담긴 천 송이의 꽃을 올려다보며 그는 입을 다문 채 아무 말도 하지 않는다. 그저 그의 꼬리만이 천천히, 유아의 머리를 쓰다듬듯이 물감이 튄 바닥을 어루만졌다.

"······찰스?"

오늘도 평소처럼 당연히 가차 없는 쓴소리를 듣게 되리라 생각했던 나는 아무리 기다려도 잔소리가 날아들지 않는 것을 의아하게 생각하며 그를 불렀다.

그러나 찰스가 내 말에 대답하기도 전에, 내 품속의 스마트폰이 돌연 마더구스를 노래하기 시작했다.

이제부터 임종지키미 예정이 꽉 들어차 있는데, 설마 긴급 출동 요청일까?

그렇다면 사신의 일손 부족도 아주 심각한 지경에 이르렀나 보다. 나는 명계의 미래를 걱정하면서 스마트폰을 꺼냈는데 액정을 보자마자 매우 놀랐다. 왜냐하면, 거기에 표시된 이름은 익숙한 'BOSS'라는 네 글자가 아닌 '우노하마 나미에'라고 나열된 이름이었기 때문이다.

"아, 갑자기 죄송합니다. 루 선생님 핸드폰이 맞나요?"

내가 그렇다고 대답하자 스피커 너머에서 나미에 씨의 조심스러운 목소리가 들려왔다. 긴급 연락처로 서로의 전화번호를 교환해두었는데 그녀에게서 전화가 걸려온 건 이번이 처음이었다.

무슨 일이 있느냐고 묻자 나미에 씨는 매우 죄송하다는 듯이 "실은 내일 수업을 쉬고 싶어서요"라고 말을 꺼냈다. 세이라가 갑자기 몸이 안 좋아져 머리가 아프다고 하며 앓아누웠다고 한다.

강한 구토감도 있어서 어제 근처 병원에서 감기약을 처방받아 먹었지만 증상이 나아지지 않았단다. 그래서 내일도 푹 쉬면서 차도를 지켜보고 싶다는 이야기였다.

전화로 사정을 듣는 사이에 시선은 자연스레 눈앞의 작

품으로 향했다. 내일은 그림을 완성해 세이라에게 전해주려고 했는데…….

그런 단편적인 생각이 뇌리를 스치다 나는 퍼뜩 정신을 차렸다. 혹시 내가 낙담하고 있는 걸까? 그렇게 자문한 순간, 가슴 안쪽에서 정체 모를 초조함과 자괴감이 밀려오면서 나는 갑작스레 당황하기 시작했다.

"알겠습니다. 그럼 내일 수업은 쉬도록 하죠. 세이라를 잘 돌봐주세요."

평정심을 잃은 나는 약간 안달 내며 대답한 뒤에 짧은 인사를 나눈 후 통화를 끊었다. 중간부터 내가 눈에 띄게 초조해하는 것을 느낀 나미에 씨가 수상하게 생각했을지도 모르지만, 변명의 여지가 없었다.

무엇보다 내 자신도 이렇게나 당황하고 있는 이유를 스스로에게 설명할 수 없었기 때문이다.

"뭐? 내일은 그 소녀의 집에 가지 않는 거야?"

그런데 그런 내 마음을 아는지 모르는지, 조금 전까지 장식품 흉내를 내던 찰스가 코를 치켜들며 물었다. 나는 약간의 원망을 담아 그를 내려다보았다. 갈 곳을 잃은 작은 밤의 불꽃놀이가 우스꽝스러운 사신과 까칠한 사역마 사이에서 답답하다는 듯이 서 있었다.

그리고 우리를 비웃는 것처럼 오후 1시를 알리는 종이 울렸다.

다음 날에도 도시에는 비가 내렸다. 나는 어쩔 수 없이 완성된 그림을 비닐에 싸서 10호 캔버스가 쏙 들어가는 크기의 캔버스 백에 넣고 집을 나섰다.

지하실 문을 지나자 갑자기 땅이 깨지는 듯한 빗소리가 들려왔다. 즉시 우산을 펴고 새까만 폴리에스테르 위에서 날뛰는 무수한 물방울 소리를 들었다.

어제 나미에 씨에게 세이라의 몸 상태가 좋지 않다는 연락을 받고 나서 하루가 꼬박 지나 있었다. 지금 시간은 평소 같으면 우노하마 저택에 방문해 세이라에게 영어를 가르치고 있어야 했지만, 오늘은 취소가 됐기에 오랜만에 시간이 텅 비고 말았다.

내가 가정교사 흉내를 내게 된 지 10주 정도 지나자 상사와 동료들도 어느 정도는 양해해주어서 매주 토요일 오후 1시부터 4시까지는 거의 일이 들어오지 않게 되었다.

덕분에 나는 오늘 정말 드물게 한가함을 주체하지 못하고 공백의 3시간을 어떻게 보내야 할지 검토한 결과, 세이라의 병문안을 가야겠다는 결론에 도달한 것이다.

갑자기 몸이 안 좋아졌다는 그녀가 걱정되지 않는다면 거짓말이었고, 병문안이라는 구실을 붙이면 오늘 아침 완성한 작품을 그녀에게 전해줄 수도 있다.

"앓아누운 사람에게 그림 같은 걸 보여주는 게 무슨 소용이야? 다음 주엔 또 수업이 있을 테니까 어차피 전해줄 거면 그 아이가 건강해진 다음에 하면 되잖아."

나는 찰스가 그러한 잔소리를 하리라고 예상했지만, 놀랍게도 그는 내가 세이라의 병문안을 다녀오겠다고 말해도 수염 하나 꿈틀거리지 않았다. 그저 창가에 엎드려 누운 채 "아, 그래. 잘 다녀와"라고 무심한 배웅의 말을 건네고는 이번에도 장식물 흉내를 냈다.

나는 그런 그의 태도를 기묘하게 생각하면서도 일단 배웅받은 대로 집을 나섰다. 어쩌면 이렇게나 연일 비만 내리는 건 찰스가 갑자기 비꼬는 것을 그만두었기 때문일지도 모르겠다.

은신처와 연결된 작은 공원의 화장실을 나와 빗속에서 우노하마 저택으로 걸어갔다.

맑은 날씨였다면 여름방학을 만끽하는 아이들의 떠도는 소리가 메아리쳤을 공원도 오늘은 망령처럼 선 나를 제외하면 아무도 보이지 않았다.

'Solomon Grundy, Born on Monday, Christened on Tuesday……'

하지만 그때 썰렁한 공원에 익숙한 마더구스가 울려 퍼졌다. 나는 공원 출구를 향해 걸어가면서 조끼 안주머니에 넣어둔 스마트폰을 꺼냈다. 혹시 나미에 씨일까 생각하며 들여다본 액정에는 평소 보던 네 글자의 알파벳이 표시되었고, 나는 노골적으로 눈썹을 찌푸리고 말았다.

"……Hello?"

나는 걸음을 멈추지 않으며 응답했다. 내가 생각해도 질릴 만큼 짜증 가득한 목소리였다.

"그래, 자네. 자네의 사역마에게 들었네. 마침 오늘은 부업을 쉰다지?"

나는 한순간이나마 찰스의 개과천선을 기대했던 것을 후회했다.

"네, 뭐…… 그렇습니다만. 공교롭게도 지금 밖에 나와 있어서요."

"아아, 그랬군. 왠지 잡음이 심하다 했어. 그렇다면 짧게 말하겠네. 실은 자네가 들어야 할 말이……."

"죄송하지만 긴급 출동이면 1시간 정도만 기다려주시겠습니까?"

"아니, 진정하게. 아쉽게도 오늘은 자네에게 떠넘길 일은 없어. 다만 한 가지, 충고해둘 일이 있어서 말이네."

"충고……라고요?"

"그래. 실은 전에 자네가 조우했던 악마에 대한 이야기이네만……."

우산을 때리는 빗소리가 수화기에서 들려오는 상사의 목소리를 지워버리려고 필사적이었다. 순간, 골목길을 걸어가는 내 바로 옆에서 새빨간 사이렌을 울리는 구급차가 스쳐 지나갔다.

내 가슴 안쪽에서 무언가가 꿈틀거렸다. 그것에 재촉당하는 기분으로 나는 서서히 걷는 속도를 높였다. 빗물을 박차며 방금 달려간 구급차를 쫓아갔다.

아무도 없는 공원에서 뜀걸음으로 10분 남짓, 그곳에 친숙해진 우노하마 저택이 있었다. 하지만 나는 유럽풍의 세련된 집에 다가서기도 전에 멈춰버리고 말았다.

왜냐하면 나를 추월해갔던 구급차가 유려한 스크립트체로 'UNOHAMA'라고 적힌 문패 앞에 멈춰 서서 가만히 침묵하고 있었기 때문이다.

"세이라! 세이라……!"

흐린 하늘을 찢어발기는 듯한 비명이 들렸다. 세찬 비가 쏟아지는 가운데 구급대원들이 끌고 오는 침대차 옆에서 우산도 쓰지 않고 매달린 나미에 씨의 모습이 보였다. 무슨 상황인지 금방 알아챌 수 있었다. 그런데 내 머리가 이해하고 싶지 않다고 억지를 썼다.

"죄송합니다. 다시 걸겠습니다."

무의식중에 그렇게 말하고 귀에 대고 있던 스마트폰의

전원을 껐다. 수화기 너머에서는 상사가 아직도 무언가를 이야기하고 있는 것 같았지만 해명은 나중에 해도 충분했다.

"나미에 씨."

대원들이 침대차의 다리를 접고 신중하게 구급차로 세이라를 반입하는 가운데, 나는 다가가서 나미에 씨에게 말을 걸었다. 그러자 그제야 내 방문을 알아챈 나미에 씨는 퍼뜩 놀라며 흠뻑 젖은 까만 머리카락을 쓸어 넘겼다.

"루 선생님……?!"

지금은 한여름이다. 비가 내리는 날씨라지만 춥지는 않았다. 오히려 무덥다고 해도 무방할 기온임에도 나미에 씨의 양어깨는 부서질 것처럼 떨리고 있었다.

"선생님…… 세이라가……!"

이윽고 눈동자에서 빗물이 흘러넘치며 나미에 씨가 오열했다. 나는 아무것도 할 수 없었다. 그저, 그저 그치지 않는 빗속에서 얼굴을 감싸고 우는 그녀에게 우산을 씌워주는 것이 고작이었다.

"뇌종양이라는군."

새하얀 복도에서 에이이치 씨가 말했다.

"앞으로 2주쯤이나 버틸지 모르겠다고 선생님이 말하더군. 발견이 너무 늦었다나 봐. 오후에 머리가 아프다고 소리치며 쓰러졌을 때…… 처음으로 데려간 의사가 문제였던 것 같네. 나미에도 여름 감기 같다는 말을 믿어버렸고. 가장 가까운 병원이었다고 하는데 말이지……."

해가 저물어가는 창밖에는 아직도 비가 내리고 있다.

"의사 선생님 설명을 들어보면 보통 뇌에 종양이 생기면 두통과 구토감 외에도 눈에 증상이 나타난다고 하네. 이렇게, 평소보다 빛이 눈부시게 느껴지거나 물건이 이중으로 겹쳐져서 보이는 식으로. 하지만 자네도 알다시피 세이라는 그렇다보니……."

에이이치 씨의 태도와 말투는 비교적 침착했지만, 가뜩이나 왜소한 편인 그의 모습이 그때의 나에겐 훨씬 쪼그라들어버린 것처럼 보였다.

"어째서일까? 어째서 세이라만 그런 눈으로…… 그 아이가 대체 무얼 잘못했다는 거지? 할 수만 있다면 내가 대신 아파주고 싶은데……."

그렇게 말하며 깊이, 아주 깊이 혼을 통째로 토해내는 듯한 한숨 뒤에 에이이치 씨는 주름투성이의 손으로 눈가를 눌렀다. 그 뒤로 그는 아무 말도 하지 않았다. 나 역시 아무 말도 하지 않았다.

조금 마음을 가라앉히고 싶다는 에이이치 씨를 라운지까지 바래다준 뒤 그 길로 세이라의 병실을 찾았다. 개인실 병

동의 한쪽에 마련된 병실 안에는 나미에 씨 외에 그녀의 남편과 또 한 명, 처음 뵙는 에이이치 씨의 아내 분이 있었다.

"죄송합니다, 루 선생님. 모처럼 병문안까지 와주셨는데……."

서로 간의 인사를 대강 끝낸 뒤에 나미에 씨가 고개를 숙였다. 희미하게 파란 손수건으로 입가를 감싼 그녀는 몰라보게 초췌해져 있었다.

우연히 세이라가 호송되는 현장에 같이 있었던 나는 얼떨결에 나미에 씨와 함께 병원에 오게 된 것이지만, 그녀를 위해 할 수 있었던 일이라고는 세이라가 정밀검사를 받는 동안 묵묵히 옆에 앉아 있던 것뿐이었다.

연락을 받은 에이이치 씨 일행이 달려올 때까지, 나는 그럴듯한 말 한마디도 건네지 못했다.

"아니요, 전 신경 쓰지 마시길…… 세이라는 어떻습니까?"

"덕분에 지금은 잠들었습니다. 담당 선생님 말씀으로는 앞으로는 잠들어 있는 시간이 길어질 테니까 세이라가 그렇게까지 괴로워하진 않아도 될 거라고……."

대답해준 건 나미에 씨가 아닌 그녀의 남편 쪽이었다. 일반적인 성인 남성에 비해 다소 말랐지만 한눈에 봐도 온화해 보이는 인상의 그는 안경 안쪽에 있는 눈가가 시뻘겋게 부어 있었다.

남편 분은 말을 하면서도 한순간 얼굴을 잔뜩 찡그리며 열심히 오열을 참아내는 듯했다. 입술을 떨며 목이 멘 그의 옆얼굴은 그 어떤 말보다도 딸인 세이라에 대한 깊은 애정을 대변하고 있었다.

그 자리에는 명백한 외부인이자 애초에 인간조차 아닌 내가 끼어들 여지 따위 있을 리가 없었기에 갑작스레 싹튼 거북함이 나를 무자비하게 몰아세웠다.

세이라의 가족이나 친지도 아닌 내가 언제까지고 병실에 눌러앉아 얼마 남지도 않은 그들의 시간을 빼앗을 수는 없다. 그렇게 생각하면서도 리놀륨 바닥에 달라붙은 신발 바닥이 떨어지지 않는 건 어째서일까.

"……따님께 이렇게 힘든 일이 생긴 날에 갑자기 찾아와서 죄송했습니다. 다음에 다시 인사드리겠습니다."

그래서 나는 스스로를 타이르기 위해 그렇게 말했다. 나역시 잠시 뒤에 오늘 밤의 임종지키미 업무를 수행하러 가야 했다. 지금쯤 은신처에서는 찰스가 안절부절못하며 날기다리고 있을 것이다. 그러니 가야만 했다.

돌처럼 굳어버린 마음을 그렇게 설득하고 나는 비틀거리며 발걸음을 돌렸다. 하지만……

"……루 선생님……?"

힘없이 쉰 목소리가 나를 불렀다. 가짜 심장이 비명을 지르며 순간적으로 박동을 멈춘 것 같은 느낌이 들었다. 그 순간까지도 두 눈이 직시하는 걸 거부하던 환자복 차림의 세이라가 침대 위에서 나를 바라보고 있었다.

아니, 그녀에겐 내 모습이 보이지 않는다. 그저 깨어나서 처음으로 들린 것이 내 목소리였을 뿐이다.

그녀가 깨어났다는 것을 안 가족들이 일제히 이름을 부르며 링거를 맞은 세이라의 팔에 매달렸다. 약품 냄새나 소리의 울림 때문일까? 세이라도 금세 여기가 자기 방이 아니라는 걸 알아챘는지 무슨 일이 있었던 거냐고 물었다.

나미에 씨와 가족들은 그녀의 몸 상태를 신경 쓰면서 오후에 구급차에 실려 왔던 일과 급히 입원하게 된 경위를 들려주었다. 물론 그녀의 남은 목숨이 한 달조차 되지 않는다는 사실만큼은 교묘하게 숨기고 있다.

"그렇구나…… 감기가 아니었네요…… 내가 또 입원했구나……."

"그래. 그래도 오래 입원하진 않을 거야. 이번에도 엄마랑 가족들이 꼭 옆에 있어 줄게. 괜찮아……."

세이라의 손을 쓰다듬으며 말하는 나미에 씨는 조금 전의 남편 분과 마찬가지로 눈물을 필사적으로 참아내고 있었다. 하지만 목소리만큼은 씩씩한 척, 눈이 보이지 않는 세이라가 무언가 달라졌음을 알아채지 못하도록 하려는 게 느껴졌다.

나는 그런 가족의 모습을 더는 보고 있을 수 없었다. 지금의 그들을 보고 있으면 정체를 알 수 없는 생물이 몸의 안쪽에서 내 가슴을 물어뜯으려고 몸부림을 친다.

그래서 다시금 이 자리를 떠나려고 했다. 병실을 나가려다가 눈이 마주친 에이이치 씨의 아내 분에게 말없이 목례를 했다.

"엄마, 루 선생님도 계세요?"

그런데 병실 문에 손을 댄 순간, 어린 세이라의 목소리가 날아들었다. 나는 바로 반응하지 못하고 하얀 손잡이를 쥔 채 굳어버리고 말았다.

조심스레 고개를 돌리자 마찬가지로 나를 돌아본 가족들과 눈이 마주쳤다. 그러자 나미에 씨는 새빨갛게 부은 눈가로 애써 미소 지으며 세이라의 손을 양손으로 부드럽게 감싸주었다.

"그래, 여기 계셔. 선생님이 세이라의 몸이 안 좋다는 말을 듣고 일부러 병문안을 와주셨어. 선생님, 딸애하고 잠깐 이야기를 해주지 않으실래요?"

나는 기어이 도망치지 못하고 말았다. 지금 나미에 씨의 저런 표정을 본 이상, 성실한 사신답게 볼일이 있어 이만 실례하겠다는 말을 할 수 있을 리가 없었다.

결국, 나는 포기했다. 나미에 씨가 비켜준 병실 의자에 천천히 앉아 침대 위의 세이라에게 몸을 내밀었다.

"안녕, 세이라."

최대한 평소처럼 말을 걸자 세이라가 기쁘게 안심하는 표정을 지었다. "선생님" 하고 귓가에서 맴도는 그녀의 신난 목소리가 내 가슴 안쪽에 생겨난 생물을 더욱 자극했다.

"선생님, 병문안을 와주셨군요. 바쁘실 텐데 감사합니다."

"아니. 네가 수업을 쉬는 건 처음 있는 일이잖아…… 오늘은 너희 집에 방문하지 않아도 되나 생각했는데, 갑자기 베키가 보고 싶어졌거든. 아무래도 매주 토요일마다 그 아이가 짖어주는 게 어느새 내 삶의 습관이 되어버린 것 같아."

"아하하, 삶의 습관이요? 베키가 그 말을 들으면 지금까지 했던 것보다 훨씬 열심히 선생님을 겁줄걸요? 정말 꼭 선생님한테만 그런다니까요."

"……하지만 베키가 옳을지도 몰라. 이렇게 되리라는 걸 알고 그렇게나 나를 쫓아내고 싶어 했던 걸지도…… 그렇다면 베키에겐 미안하게 됐구나."

"네? 미안하게 되다뇨?"

누운 채 의아하게 묻는 세이라에게 나는 그저 침묵할 수밖에 없다. 그것이 지금의 내가 할 수 있는 최대한의 대답과 사죄였다.

사신인 내가 인간인 그녀에게 너무 가까이 다가갔기 때문에 세이라의 수명이 줄어들었다…… 물론 그런 사실은 어디에도 없다.

인간의 수명은 태어날 때부터 명확히 정해져 있으며 그 누구도, 심지어 죽음을 운반하는 우리 사신조차도 그걸 뒤집을 수 없다. 하지만…….

지난 두 달 반 동안, 내가 세이라를 위해 할 수 있는 일이 좀 더 잔뜩 있지 않았을까? 예를 들어, 좀 더 빨리 그녀의 수명을 파악할 수 있었다면 얼마 남지 않은 가족과의 시간을 평소보다 훨씬 의미 있게 보낼 수도…….

"저기요, 선생님. 전 사실 오늘 수업에서 선생님에게 하고 싶은 말이 있었어요."

"……그게 뭐니?"

"지난번 선생님 댁에 놀러 갔을 때, 불꽃놀이 축제 이야기를 했잖아요? 만약 선생님만 괜찮으시다면…… 그 불꽃놀이 축제에 같이 가시지 않겠냐고 말하고 싶었어요."

내 안쪽에 있는 생물이 날뛰고 있다. 나는 그를 진정시키느라 벅차서 세이라의 바람에 제대로 답할 수 없었다.

"하지만 입원하게 됐으니까 힘들려나…… 불꽃놀이 축제 날까지 퇴원할 수 있으려나."

"세이라."

"전 선생님하고 불꽃놀이를 보고 싶었어요. 분명 예뻤을 텐데……."

그때 나는 깨닫고 말았다. 깨닫고 싶지 않았음에도 깨닫고 말았다.

지금까지 너무나 많은 죽음을 지켜본 탓일까. 세이라는 영리한 아이다. 그녀는 분명 눈이 보이지 않는 대신에 우리보다 훨씬 많은 것을 보고 많은 것을 느끼고 있다.

그로부터 병실을 나오기까지의 기억은 애매했다. 세이라와 어떤 대화을 나누고 어떤 인사를 남긴 채 왔던 걸까? 불과 몇 분 전의 일인데도 생각나지 않았다.

그저 다음 업무를 위해 돌아가야 한다고 생각하며 멍하니 복도를 걷고 있다가 마침 라운지에서 돌아온 에이이치 씨와 마주쳤다.

"자네. 무슨 일인가. 벌써 돌아가려고?"

"……네. 하필 지금부터 볼일이 있어서요."

"그런가. 미안하네, 너무 오래 붙잡아둬서. 그런데 아까부터 신경이 쓰였네만, 그건 캔버스 백인가?"

에이이치 씨가 그렇게 묻고 나서야 나는 뒤늦게 내 오른쪽 어깨에 매달린 캔버스 백의 존재를 떠올렸다. 오히려 이 정도의 존재감을 내뿜는 물건을 어째서 지금까지 깜빡 잊고 있었는지가 의문이었다.

세이라가 위급한 걸 알고 나미에 씨와 함께 구급차에 올라탄 순간부터, 나는 이 캔버스 백을 내 몸의 일부로 인식했던 것 같다. 그게 아니라면 한 번도 어깨에서 내리지 않고 옆구리에 끼고 있었다는 게 이상했고, 안에 든 캔버스 무게를 몇 시간 동안 전혀 느끼지 못했던 것도 설명되지 않는다.

"병원에 왜 그런 걸 들고 온 건가?"

"이건…… 저기, 어쩌다 보니까요. 실은…… 오랜만에 그림을 그렸습니다. 세이라가 제 그림 그리는 모습을 보고 싶다고 해서요."

"아아, 나미에에게 들었네. 세이라하고 둘이서 자네 집에 놀러 갔었다지."

"네. 덕분에 오랜만에 붓을 잡고…… 오늘 아침에 겨우 완성되어 병문안 가는 김에 세이라에게 전해주려고 가져왔습니다. 하지만 아무래도 그럴 상황이 아니게 된 것 같으니까 이 그림은 집에 보관하려고 합니다."

대답하면서도 정신이 절반은 딴 곳에 가 있었고, 일본에 오고 처음으로 일본어를 말하는 데 애를 먹었다.

머릿속에 흩어진 알파벳 역시 제대로 된 언어를 형성하지 못하고 단어가 되기 전에 산산이 흩어지고 만다. 쉽게 말해, 스스로도 무슨 말을 하고 있는지 알 수 없었다.

하지만 그런 내 상태를 꿰뚫어 봤는지 몰라도 에이이치

씨는 갑작스레 눈을 가늘게 뜨더니 "줘보게" 하며 손을 내밀었다. 나는 시키는 대로 오른팔의 일부처럼 되어 있던 캔버스 백을 내려 에이이치 씨에게 건넸다.

그는 백 안에서 비닐에 싸인 그림을 꺼내더니 익숙한 동작으로 캔버스 클립을 벗겨냈다. 그리고 여기가 병원 복도라는 것도 상관하지 않고 항상 갤러리 마키노에서 그래왔듯 서명도 없는 무명 신인의 작품을 평가하기 시작했다.

에이이치 씨의 눈동자에는 한동안 어둠에 떠오른 극채색이 비추어지고 있었다. 그러다 이내 정중한 동작으로 다시 작품에 비닐을 씌우고 캔버스 백에 넣으며 말을 꺼냈다.

"이거, 내가 사겠네. 괜찮겠나?"

그의 질문에 어떻게 대답했는지조차 나는 제대로 기억하고 있지 않다.

다음 날 아침, 길었던 비가 그쳤다. 닷새 동안 아틀리에의 주인으로 군림하던 그 그림은 은신처의 어디에도 없었다. 잠에서 깨자마자 젖힌 커튼 너머에서 눈부신 여름 햇살이 내리쬐고 있었다.

그런데 어째서 내 비는 그치지 않는 걸까?

"루 선생님!"

얼마 후 다시 병문안을 가자 세이라의 병실 한쪽에 내가 그린 가짜 사이쇼쿠센린이 장식되어 있었다.

"할아버지에게 들었어요. 이 그림, 선생님이 보내주신 거죠? 무척 예쁜 불꽃놀이 그림이라고 할아버지가 여기에 장식해 주셨어요. 감사합니다!"

세이라는 보이지 않을 텐데도 옆에 놓인 이젤을 가리키며 기쁘게 웃고 있었다.

"와아, 이 꽃의 모양하고 향기는…… 혹시 리시안셔스인가요? 이쪽의 작은 건…… 안개꽃인가? 엄마는 꽃을 좋아하시니까 기뻐할 거예요!"

그리고 다음 날, 꽃을 들고 병문안을 가자 세이라는 뺨을 붉히며 꽃다발을 끌어안았다.

"선생님, 오늘도 병문안을 와주셨네요. 감사합니다."

그 다음 날, 세이라는 두통에 괴로워하면서도 병실을 찾은 내게 미소를 보여주었다.

"선생님…… 모처럼 와주셨는데 죄송해요. 이야기를 많이 할 수 없어서……."

내가 병원에 오기 시작한 지 사흘째. 세이라는 침대에서 몸을 일으킬 수조차 없었다.

"제비는 행복한 왕자의 입술에 키스를 하고, 죽어서 그의 발밑으로 떨어졌습니다."

닷새째 밤, 나는 세이라의 부탁으로 『행복한 왕자』를 낭독했다.

"이제는 안 되나 봐요. 약효가 병의 진행을 못 따라가서……
…… '엄마 머리가 아파요, 너무 아파'라고…… 계속……."

엿새째. 나미에 씨가 오열하는 모습을 나는 또 무력하게
바라보았다.

"어제부터 전혀 깨어나지 못했다고 하네. 슬슬 마음의 준
비를 해야 할 것 같군……."

이레째 아침. 나는 결국 참지 못하고 그를 불렀다.

"알고 있다면 가르쳐줘. 내가 대체 어떻게 된 거지? 아침
에 눈을 떠도 어제 느낀 감정이 그대로 여기 남아 있어. 전
혀 흐릿해지지 않는다고. 나는 미칠 듯이 잊고 싶은데도. 어
제부터, 아니, 벌써 며칠이나 전부터 계속 여기 있는 것 전
부를 깨끗이 지워버리고 싶은데. 그런데 어째서……."

찰스는 대답하지 않았다.

'Solomon Grundy, Born on Monday, Christened on Tues-
day…….'

가슴 주머니에 넣어둔 스마트폰이 지긋지긋한 마더구스
를 노래하기 시작했다.

"그래, 자네. 안녕한가. 그쪽은 오늘 일요일이었지. 항상
하던 것처럼 한 주 동안의 담당 예정표를 메일로 보낼 테니
까 확인해두게."

싫다. 보고 싶지 않았다.

"자네."

스마트폰를 바닥에 내던지려던 나를 올려다보며, 얌전히 앉아 있던 찰스가 말했다.

"자네 차례야."

그의 푸른 눈동자와 내 붉은 눈동자가 서로의 모습을 비추었다.

"자네가 그녀의 임종을 지켜. 한때 내가 그랬던 것처럼."

모르겠다.

"아니, 다른 식으로 말해볼까? ……선택해, 잭 더 리퍼."

아아, 알고 싶지 않았다. 하지만 나는…….

✝

유리와 유리가 맞닿는 소리가 때로는 이렇게 폭력적인 음색을 연주할 수 있다는 걸 나는 처음 알았다. 하지만 감정이 이끄는 대로, 이성이 명하는 대로 나는 아틀리에의 책장에 보관되어 있던 무수한 유리병을 마대에 내리쏟았다.

마치 욕심 많은 어린아이가 핼러윈 사탕을 쓸어 담듯 주저 없이 팔을 뻗어 한꺼번에 유리병을 책장에서 떨어뜨렸다. 그런 식으로 차례차례 쏟아져 내리는 형형색색의 혼의 조각을 크게 입을 벌린 마대가 받아내고 있었다. 그중에는 엉뚱한 곳에 떨어져 산산조각이 나는 병도 있었지만 상관하지 않았다.

내 발밑에서는 계속해서 떨어져 내리는 유리 비에 우왕좌왕하면서도 마대 밖으로 떨어진 혼의 조각들을 도자 인형들이 열심히 주워 모으고 있었다. 그들의 도자기 팔에 한가득 안긴 혼의 반짝임은 정말로 사탕 봉지를 뒤집어 쏟아낸 것 같았다.

"자네."

내가 미친 사람처럼 책장의 유리병을 떨어뜨리는 모습을 보고 찰스는 이게 무슨 일인가 놀라고 있었다. 하지만 나는 그를 돌아보는 순간의 수고조차 아까워서 계속해서 혼의 비를 내렸다.

"뭘 하는 거야. 지금 와 그래봤자 우리가 해온 일은 바뀌지 않아. 바꿀 수 없어. 자네도 사실은 알고 있잖아?"

"그래, 물론 알고 있어."

"그렇다면……."

찰스는 아틀리에 입구에 앉아 뭔가 더 말하려고 했다. 하지만 그때, 나는 책장의 마지막 단에 팔을 뻗으려다 그대로 멈춰버렸다.

왜냐하면, 그곳에는 오늘까지 줄곧 내 눈을 사로잡았던 당홍색이 있었기 때문이다. 그것은 오늘도 내 시야 한가운데에서 "잊지 마"하고 말하고 있다.

아아, 맞다. 나는 오늘까지 계속 잊고 있었다. 그리고 지금이기에 알 수 있다. 어째서 내가 이 고독한 붉은색에 매료되었는지.

생각해보면 이 붉은색이 모든 것의 시작인 색이었다. 나는 죽어가는 태양의 조각을 소중히 품에 넣고 다른 조각들은 똑같이 마대 안에 떨어뜨렸다.

마지막 단도 깨끗해지자 발밑에서 뛰어다니던 인형들에게 손을 뻗어 한 명 한 명 주워들고 마대에 넣었다. 물론 그들이 끌어안고 있던 무지갯빛 조각과 함께.

"이봐, 자네. 정말로 뭘 하려고……."

나는 계속 찰스를 무시한 채 아틀리에를 나왔다. 딱히 그에게 살해당한 일로 뒤끝을 부리는 건 아니었다. 단지 지금의 나에겐 해야 할 일이 있을 뿐이다.

충실히 나를 쫓아오는 찰스의 아우성을 들으며 지하실 계단을 내려갔다. 지하실 끝의 문에서 행선지를 말했다. 시작의 장소, 런던의 은신처.

"이런 곳에 무슨 볼일이 있어서 온 거야?"

열어둔 문을 통해 뒤쫓아온 찰스가 의아하다는 듯 말했다. 문을 빠져나오자 나타난 곳은 서재였다. 가끔 책을 가지러 들렀을 뿐 오랫동안 청소를 하지 않은 탓인지 20세기인 채 남겨진 실내는 먼지로 뿌옇다.

나는 바닥에 깔린 두꺼운 카펫을 밟으며 그곳에서 하나뿐인 중후한 책상에 다가가 지금까지 수집한 보물 더미를 아무렇게나 쌓아 올렸다.

그리고 그제야 찰스와 마주 보았다. 모처럼 맑게 갠 일본의 하늘과 달리 런던은 오늘도 칙칙하게 흐린 날씨였다.

"찰스, 아니…… 자네에게도 사실은 다른 이름이 있었을지도 모르겠군. 100년이란 시간 동안 나랑 같이 있게 해서 미안했어."

"당연히 미안해야지. 늦어도 20년 정도면 각성할 줄 알았는데 자네는 무려 100년 동안이나 세상을 외면하고 있었어. 덕분에 내가 얼마나 고생했다고. 마지막 정도는 그런 기특한 사역마를 제대로 치하해 줘야 한다고 보는데."

"아아, 다행이군. 역시 빈정거리는 걸 그만둔 건 아니었어."

"당연하지. 이날을 위해 계속 지켜온 취미인걸."

찰스는 의기양양한 얼굴로 말했다. 100년이란 세월은 우리 두 사람의 관계를 보다 복잡하고 기묘한 형태로 바꿔놓았다.

이제 와서는 그가 증오스럽기는커녕 미워할 기분조차 나지 않았다. 그건 분명 찰스도 마찬가지일 것이다. 아니, 부디 그렇길 바란다.

"그래서 런던엔 무슨 일로 온 거야? 자네에겐 일본에서 해야 할 일이 남아 있을 텐데."

"그래. 하지만 마지막 선택을 하기 전에 꼭 보여주고 싶은 게 있어서 말이야. 이리 와봐."

마치 숙녀에게 춤이라도 권하듯이 나는 내 보물에 파묻힌 책상을 가리켰다. 찰스는 내 의도를 짐작하기 어려웠는지 고양이다운 몸짓으로 고개를 갸웃거렸지만, 이윽고 비장의 도약력을 과시하듯이 책상 상판 위로 훌쩍 뛰어 올라왔다.

"오랜만이군."

그는 책상 위에 앉으며 말했다.

"여긴 내 보물창고이기도 해. 그리고 100년 전, 자네와 운명의 재회를 맞이한 장소지. 아니, 그건 내가 스스로 선택한 일이고 절대 운명 같은 건 아니었지만."

그가 이야기하며 바라본 곳에는 낡은 책등이 보이도록 나란히 꽂힌 서가에서 유일하게 선명한 색채를 발하는 특별한 아이스 그린 색상이 있었다.

"그래서, 나한테 뭘 보여주고 싶다는 거지?"

추억이라는 이름의 항해를 마치고 찰스가 겨우 고개를 돌렸을 때, 나는 이미 그곳에 없었다. 책상 위의 그와 눈이 마주친 걸 확인하고 나서 조용히 지하실 문을 닫았다.

"……뭐야? 자, 잠깐, 자네!"

검은 몸체가 유연하게 허공을 날았다. 책상을 박찬 찰스는 화살처럼 빠르게 문손잡이에 매달린 듯했다. 덕분에 레버식 문손잡이가 찰스 쪽으로 확 잡아당겨질 뻔했지만, 나는 일본 쪽에서 재빨리 버텨냈다.

영국에 남겨진 찰스가 원망스럽게 야옹 하고 울었다.

"이봐, 자네! 마지막이라고 이런 식으로 평소의 원한을 푸는 건 너무 치졸하지 않아?!"

"아니야, 찰스. 이래 봬도 난 자네에게 감사하고 있어."

"감사? 대체 뭘 어떻게 감사하면 파트너를 속이고 영국으로 강제로 송환시킨다는 발상을 할 수가 있는 거야!"

"그건 사과할게. 하지만 100년 동안이나 날 버리지 않고 곁에 있어 준 자네가 말려들게 할 수는 없어."

"말려들다니, 뭐에 말이야?"

"며칠 전에 상사에게서 연락을 받았어. 초봄에 우리가 조우했던 그 악마 놈이 찾는 건 바로 나라더군. 이유를 묻기 전에 통화를 끝내버려서 자세한 건 모르지만 지금은 알 수 있어. 놈은 내가 100년에 걸쳐 되찾은 내 영혼을 원하고 있는 거야."

다음 순간, 내 손 안에서 다시금 놋쇠 레버가 덜컹거렸다. 허를 찔린 나는 다시 한번 문을 막은 손에 힘을 주었다. 지금 내가 문손잡이에서 손을 놓아버린다면 그 즉시 런던과의 접속이 끊어져 두 번 다시 찰스와 만날 수도, 대화를 나눌 수도 없게 될 것이다.

"바보로군, 자네는! 정말 구제할 방법이 없는 바보야. 지금 당장 생각을 고쳐먹고 이걸 열어! 자네는 100년 동안의 속죄를 헛수고로 만들 셈이야!?"

"미안."

"미안하다고 말하는 것으로 끝나냐고! 자네의 100년은 내 100년이기도 했어! 덕분에 자네가 지금 무슨 생각을 하고 있는지 짜증이 날 만큼 잘 알아! 이제 겨우 인간으로 돌아갈 수 있는데 자네는 그 기회를 날릴 셈이야?"

"아니야, 찰스. 난 이미 인간이야. 그리고 지난 100년 동안의 모든 것은 오늘을 위한 것이었다고 확신해. 세이라가 그랬거든, 운명이었던 거야."

그렇다. 운명이었다.

내가 그의 손에 죽은 것도, 사신이 된 것도, 일본에 온 것도, 세이라와 만난 것도.

"지금까지 고마웠어, 찰스. 엘리에게 안부 전해줘."

내겐 그런 말을 할 자격이 없다는 걸 알면서도 최대한의 감사와 사죄와 축복을 담아 말했다. 그리고 그의 대답을 기다리지 않고 문손잡이에서 손을 놓았다.

런던과의 접속이 소리도 없이 끊겼다. 평범한 지하실 입구로 돌아온 그 문을 향해 나는 즉시 스마트폰을 내밀었다. 이어서 찰칵 하고 셔터를 눌렀다.

설마 자기 집 문에 공간 고착 기능을 사용할 날이 올 줄이야. 하지만 이걸로 이 문은 이제 열리지 않는다. 역할을 다한 스마트폰을 나는 슬며시 손에서 놓았다.

나는 품에서 당홍색 조각을 꺼내 아쉬운 작별을 고했다. 유발 속에서 부서진 그것을 정성껏 빻아 가루로 만든 뒤 아교액과 섞었다.

완성된 물감을 붓에 듬뿍 발랐다. 무색으로 방치되었던 그날의 석양을 한 소녀의 혼으로 붉게, 붉게 색칠했다.

과연 너는 이 붉은색을 어떤 붉음으로 부를까?

깨끗하게 세공된 루비의 붉음? 혹은 가을바람에 흩날리는 단풍의 붉음? 아니면 고독 속에서 죽어가는 머나먼 베텔게우스의 붉음?

내 소중한 벗은 사라져가는 생명의 색이라고, 한때 인육의 대용품으로 쓰인 과일의 색이라고, 죽어가는 태양의 색이라고 말했다. 하지만 세이라는…….

띠링, 띠리링.

아무도 없을 거실에서 호출 벨이 울렸다. 나는 그 소리에 퍼뜩 정신을 차리고 붓을 움직이던 손을 멈췄다.

얼굴을 들자 눈앞이 새빨갛게 물들어 있었다. 방금 완성한 그림을 정교하게 복사한 것처럼 벽 한쪽을 가득 채운 아틀리에의 창문 밖에서 하늘이 새빨갛게 불타고 있었다.

나는 그것을 순수하게 아름답다고 생각했다. 런던의 이스트엔드에서 시체를 뒤지며 생활하던 시절에는 조금도 깨닫지 못했지만 말이다.

분명 찰스의 말이 맞았다.

사람은 다들 근시라서 가진 자도, 못 가진 자도 다들 사소한 일로 쉽게 눈이 멀어버린다. 지금 눈앞에 펼쳐진 세상의 아름다움을, 사랑하는 사람의 다정함을, 소중히 간직하고 있던 꿈과 희망을 너무나 쉽게 잊어버리고 만다. 하지만 오히려 그렇기에 나는…….

캄캄한 암흑 속을 살아가면서도, 한때의 내가 잃어버린 것을 소중히 끌어안고 웃던 그녀를 구원하고 싶었다.

"사신 씨이."

등을 돌리고 있던 아틀리에 입구에서 노래하는 듯한 목소리가 나를 불렀다. 기다려마지않던 손님이 이제야 찾아온 모양이다.

"여기 있었네. 찾았다구우."

"……어서 와. 기다렸어, 악마."

나는 들고 있던 붓과 팔레트를 작업대에 내려놓고 천천히 뒤를 돌았다. 그곳에는 문이 없는 아틀리에 입구를 빈틈

없이 막아버린 무수한 얼굴이 있었다.

아니, 눈꺼풀을 잃고 튀어나온 수많은 안구와 잇몸 째 드러난 치아만이 유난히 하얀, 거대한 살덩어리라고 표현하는 게 맞을지도 모른다.

사람의 얼굴 형태를 한 것들이 모여들어 생겨난 살덩어리에는 몸통은 없었지만, 몇 개의 팔과 곤충처럼 옆으로 튀어나온 다리가 돋아나 있었다.

근원이 된 혼의 모습이나 흡수한 혼의 양에 따라 악마도 외관이 다양하게 달라지지만, 이 정도로 끔찍하고 슬픈 형상의 악마를 보는 건 나도 태어나서 처음이었다.

"아, 아…… 맛있는 냄새…… 사신 씨, 오늘도 달고 맛있어 보이네에."

"그래, 그렇지? 공교롭게도 난 벨기에 와플은 아니지만 분명 달고 싱싱할 거라고 자부할 수 있어."

나는 그렇게 말하며 다시 한번 창밖을 돌아보았다. 오늘 밤은 드디어 불꽃놀이 축제가 열린다. 석양이 저렇게나 예쁘다면 불꽃놀이도 분명 잘 보일 것이다.

"그런데 사신 씨, 짜증나는 걸 들고 있네. 아, 싫다아, 기분 나빠, 기분 나빠!"

"아아…… 이거 말이지?"

나는 그렇게 말하며 품에서 무언가를 꺼내 보여주었다.

언젠가 킨야에게 빌려주었던 그 묵주가 손 안에서 차라락 하는 소리를 냈다.

마치 그리스도의 피에 흥건해진 것처럼 붉은 석양을 반사하는 은 십자가를 내밀자 악마는 얼굴이란 얼굴을 모두 찌푸리며 뒷걸음질 쳤다. 퇴마용 결계와 화이트 세이지를 전부 치웠는데도 그들이 내게 다가오지 못하는 건 이것 때문이었다.

"싫어…… 싫어, 싫어, 싫어, 싫다! 기분 나빠, 기분 나빠, 기분 나빠!"

"그럴 테지. 진짜인지 거짓말인지는 모르겠지만, 사신에게 지급되는 묵주는 전부 상사가 직접 만들었다고 하더군. 그 사람이 그렇게 고마운 일을 했다는 게 난 아직도 믿기지 않지만, 이제는 아무래도 상관없어. 이봐, 악마. 나와 거래를 하자."

진짜 땅거미와 뒤섞인 가짜 석양을 등진 채 나는 말했다. 당장이라도 밖으로 흘러나올 것 같은 무수한 눈알이 일제히 나를 보았다.

"거래?"

"그래, 거래. 너희 악마는 옛날부터 인간이 보고 싶어 하는 환상을 보여주며 유혹하는 게 특기잖아? 그 힘을 빌려줘. 협력해준다면 내 혼을 네게 주겠어."

내 왼손에 매달린 은사슬이 살짝 흔들리며 차르르 하는 소리를 냈다. 그 소리를 듣고 천천히 입가를 치켜올리며 하얀 이를 드러낸 수많은 얼굴 중에서, 나는 그날 구해내지 못했던 그를 발견했다.

"거짓말이네에. 우리는 안 속아. 그런 식으로 우리를 속이고 꾀어내서 잘게 조각내려는 거지? 이 악마!"

"악마에게 악마라는 소릴 들을 줄은 몰랐지만…… 그래. 난 분명 악마였지. 그러니까 마지막은 인간으로서 끝나고 싶어."

그것이 지금의 나에겐 유일한 진실이었다.

자, 밤이 어스름을 끌고 다가온다. 그러나 망각의 아침은 이제 오지 않는다.

✝

눈을 뜨자 나는 제비가 되어 있었다. 어째서 제비라고 생각했는지는 나도 잘 모르겠다. 그저 눈을 떴을 때, 태어나서 처음으로 어둠이 둘로 나뉘어 있는 것이 보였다. 위쪽 어둠에서는 점자 같은 작은 알갱이가 잔뜩 떠올라 있었고, 아래쪽 어둠에서는 파도 소리가 났다.

그때 내 귓가에서 누군가가 "저건 별이고, 이건 바다란다"

라고 속삭였다.

누구의 목소리인지는 모르겠다. 하지만 목소리의 주인공은 이렇게 말하기도 했다. "세이라, 넌 제비란다" 라고.

그러니까 나는 제비다.

실제로 어둠 속에서 본 내 팔은 새까맣고 털이 수북하면서 손가락이 없었다. 다리를 내려다보면 발가락이 세 개밖에 없다. 그중 한가운데 있는 발가락이 가장 긴 데다 발톱은 유독 날카로웠다.

적어도 그것들은 내가 손으로 만져서 기억하는 팔이 아니고, 다리도 아니었다. 아니, 애초에 나는 제비가 아니고 눈도 보이지 않는다.

그런데 지금의 나는 제비고 눈도 보인다. 그러니까 이건 아마 꿈이란 이야기다.

그래, 나는 꿈을 꾸고 있다. 태어나서 처음으로 눈이 보이는 꿈을 꾸고 있다. 이런 체험은 처음이었다.

지금까지 내가 꾸었던 꿈은 현실과 똑같이 계속 캄캄했으니까.

그래서 나는 설령 꿈일지라도 눈이 보인다는 사실이 기뻐서 힘차게 날갯짓해 날아올랐다. 그러자 몸이 공중에 붕 뜨는 느낌과 함께 어느새 바다 위를 날고 있었다. 바람을 가르며, 해수면을 미끄러지듯이.

몸은 놀랄 만큼 가벼웠고 공중에서 1회전도 할 수 있었다. 지금이라면 어디로든지 날아갈 수 있을 것만 같아서, 나는 바닷바람 속에서 기쁨의 노래를 불렀다.

그때였다.

휴르르르르르, 하고 익숙한 소리가 나며 무언가가 공중에서 폭발했다. 나는 하늘을 날며 넋을 잃고 그것을 바라보았다. 형형색색으로 쏟아지는 빛의 물방울이 별빛보다도 밝게 바다를 비추었다.

……혹시 저게 불꽃놀이일까?

아아, 분명 그럴 거야. 틀림없는 불꽃놀이 소리인걸. 어쩜 저렇게 아름다울까? 나는 바다 위를 날며 차례차례로 소리를 내며 터지는 불꽃에 눈을 빼앗겼다. 내가 모르는 색이 아주 많이, 아주 많이 머리 위에서 피어나고 흩어지더니 갈채 같은 소리와 함께 반짝거리며 떨어져 내린다.

멋지다!

나는 말 그대로 춤추듯 날며 쏟아지는 빛 속에서 몇 번이고 공중제비를 돌았다. 그리고 지금이라면 저 빛의 한가운데로 뛰어들 수 있을지도 모른다는 생각이 들어서 불꽃을 향해 날아가기 시작했다.

이것이 현실이라면 불꽃 속으로 뛰어드는 건 자살 행위라는 걸 당연히 알고 있다. 하지만 이건 꿈의 세계고 이런 기적을 체험할 수 있는 건 분명 오늘이 처음이자 마지막일 것이다. 그래서 나는 빛을 향해 계속 날갯짓했다.

어차피 생명이 끝날 거라면, 저 빛 속에서 나도 함께 터지며 사라지고 싶었다.

이제 불꽃에 거의 닿을 것 같다고 생각했을 때였다. 나는 바다 위에 사람이 서 있는 걸 발견했다. 상식적으로 생각해 보면 물 위에 사람이 서 있을 리가 없다.

그런데도 나는 조금도 놀라지 않고 오히려 기쁨에 가슴이 설레었다. 왜냐하면, 한눈에 바로 알 수 있었다. 저 사람이 '루 선생님'이라는 걸 말이다.

"선생님!"

나는 바람을 타고 해수면까지 미끄러지듯 하강했다. 그러자 불꽃이 반사된 파도 위에서 뒤를 돌아본 루 선생님이 웃고 있었다. 검은 머리카락과 검은 옷, 눈동자는 내가 모르는 색이었다.

선생님의 눈동자는 루비의 색이라고 언젠가 엄마가 말했다. 그렇다면 이게 '빨강'이구나. 나는 선생님과 만난 것이 기뻐서, 너무나 기뻐서 있는 힘껏 날갯짓했다. 그렇게 선생님 주위를 빙글빙글 돌다가 마지막에는 날개를 휙 접으며 선생님의 왼쪽 어깨 위에 내려앉았다.

"루 선생님! 불꽃놀이 너무 예뻐요! 전 세상에 저렇게 많은 색이 있다는 걸 몰랐어요. 게다가 선생님과 같이 불꽃을 볼 수 있다는 게 꿈만 같아요! 아, 아니 뭐, 꿈이지만요……

그래도 이런 행복한 꿈을 꿀 수 있다니, 제가 너무 불쌍해서 예수님이 마지막에 찾아와 주신 걸까요?"

"넌 절대 불쌍하지 않아, 세이라."

어깨 위에서 눈을 감는 내게 선생님은 그렇게 말했다.

"넌 아무것도 불쌍하지 않아. 그렇잖니?"

불꽃에 비친 선생님의 얼굴은 무척 아름답고 울고 싶어질 만큼 다정했다.

하지만 직후에 찾아온 정적. 새까만 밤하늘엔 별빛뿐이다. 아무리 기다려도 불꽃이 피어나지 않자 내가 '어라?' 하고 생각한 순간…….

"우와……."

피어났다. 피어났다. 피어났다. 흐드러지게 피어났다.

셀 수 없을 만큼 많은 불꽃.

처음 보는 색, 색, 색.

여름밤 하늘에 짧은 순간 피어났다가 지는, 덧없지만 힘찬 빛의 백화百花.

사이쇼쿠센린이.

어째서일까? 잘 모르겠지만 그때 확실히 알 수 있었다. 그 불꽃은 분명 선생님이 내게 준 거라는 걸. 그래서 나는 다시 힘차게 날아올랐다.

마지막 순간, 좋아하는 선생님의 입술에 작은 부리로 키스를 했다.

"안녕히, 사랑하는 왕자님."

따뜻한 해님의 색이 우리를 감싸주는 것 같은 기분이 들었다.

†

어딘가 멀리서 폭죽을 쏘아 올리는 소리가 들렸다.

"임종하셨습니다."

오열하는 가족들의 통곡을 들으며, 나는 그녀의 곁에 다가섰다.

"안녕히, 작은 제비 아가씨."

작별 인사를 전하며 하얗고 가련한 두 눈꺼풀을 기도와 함께 슬며시 닦아주었다.

임종지키미 업무 완료.

내가 마지막으로 인도한 혼은 밤하늘을 장식한 저 꽃들처럼 특히나 아름다운 무지갯빛을 띠고 있었다.

막간

검은 고양이와 천사

"그게 무슨 소립니까? 천사 사리엘."

"방금 이야기한 대로입니다. 올해 초봄에 일본에서 당신들을 습격했던 악마는 소멸했습니다. 아니, 소멸했다기보다 정화되었다고 해야 맞겠죠. 이건 매우 희귀한 사례입니다. 애초에 유사 이래 악마가 사신의 혼을 먹는 행위는 한 번도 확인된 적이 없었으니까요."

"그 이야기, 좀 더 자세히 들려주십시오."

"유감스럽지만 저도 상부에서 통지만 받았을 뿐 자세한 사항은 알지 못합니다. 다만 현장으로 급행한 다른 사신의 보고에 따르면 악마는 그의 혼을 먹은 직후, 갑자기 폭발하듯 터져버렸다고 합니다. 사신의 낫에 베이지도 않았는데 저절로 폭죽처럼 말이죠."

"폭죽처럼이라니…… 그럼 그의 혼은 어떻게 됐습니까?"

"물론 악마와 함께 소멸했습니다. 아니, 보다 정확히 말하면 소멸한 걸로 보인다는 보고였지만요. 폭발해버린 악마의 혼은 그가 마지막으로 임종을 지킨 소녀의 혼과 같은 색이었다는군요."

"악마의 혼이요? 그런 건 본 적도, 들은 적도 없는데요."

"그래서 정화되었다고 말한 겁니다. 당신도 알다시피 악마가 된 혼은 생전의 행적과 상관없이 색채가 탁해지기에 그것을 정화하기 위해 자연계로 보내집니다. 하지만 그의 혼을 삼킨 악마는 소멸의 순간 인간으로서의 혼의 형태를 되찾았고 현장으로 향한 다른 사신에 의해 회수되었습니다. 어디까지나 긴급조치였지만, 결과적으로는 상부에서도 그들을 받아들이기로 했답니다. 이번 생으로 보내기 전의 최종 검사에서 문제가 없다면 다음 생에서도 인간으로서 태어나게 되겠죠."

"요컨대…… 이번 사례에서는 악마에게 흡수되어 있던 혼의 시간이 되감기 되어 원래의 모습으로 돌아갔다는 겁니까? 사라졌던 각자의 기억과 감정을 되찾고서요?"

"네, 아마도요. 무엇이 어떻게 작용해서 그런 현상이 발생했는지는 현재 상부에서 총력을 기울여 분석 중인 것 같지만…… 불완전한 혼이 제거된 사신조차 인간의 혼에 닿음으로써 인간으로서의 반짝거림을 되찾았음을 생각하면 악마로 변한 혼이 동일한 원리로 구원받았다고 해도 이상할 건 없는지도 모릅니다."

"……"

"당신이 지금 무슨 생각을 하는지 맞춰볼까요?"

"아니, 괜찮습니다."

"슬퍼할 필요는 없습니다. 그에게는 다음 신참인 우스이 카에데를 맡기려던 참이라 그 점은 확실히 아쉽지만, 그는 마지막에 당신과 같은 선택을 한 거니까요."

"누가 언제 슬프다고 했습니까?"

"어라, 아니었나요?"

"상상에 맡기죠. 그래서, 가장 중요한 저에 관한 처분은 어떻게 되는 겁니까?"

"상부에서는 당신의 희망을 들어주라고 했습니다. 전례가 없는 사태다 보니 어떻게 될지 걱정했지만, 명부의 법을 어긴 당신의 속죄는 이걸로 무사히 끝났습니다."

"할렐루야! 그러면 나도 당당히 자유의 몸인 거죠? 이제 두 번 다시 방관주의의 짜증나는 상관한테 부려 먹히지 않아도 된다는 거죠?!"

"상당히 기쁜가 보군요."

"그야 당연하지요. 전 100년 동안이나 이 순간을 간절히 기다려왔는데요! 정말이지, 어떤 멍청한 고블린 자식 덕분에 꽤나 먼 길을 돌아오게 됐지만, 저도 겨우……."

"참고로, 저도 이번 일을 계기로 '사리엘'이란 직함을 내려놓기로 했습니다."

"네?"

"슬슬 후진에게 길을 터줄 시기라는 생각이 들었거든요. 저 또한 인간의 몸으로 새 출발을 해보려고 합니다."

"……저기, 천사 사리엘. 그건 결국 당신이 이 일에 책임을 지게 됐다는 이야깁니까?"

"책임을 지다니요?"

"그야 그 친구를 사신으로 추천한 건 당신이잖아요. 그런 그가 혼을 되찾을 때까지 100년이나 걸린 데다 악마에게 혼까지 팔았으니……."

"어라? 별일이군요. 당신이 방관주의의 짜증 나는 상관을 걱정해주다니."

"아, 아뇨. 그건 당신을 두고 한 말이 아니라……."

"후후…… 그러면 그렇다고 해두죠. 하지만 저를 걱정할 필요는 없습니다. 단지 그의 모습을 보고 있다 보니 한 번 더 인간으로 살아보는 것도 나쁘지 않겠다고 생각한 것뿐이니까요."

"……그러셨군요."

"아아, 마지막으로 한 가지 더. 당신에게 알려줄 이야기가 있었네요. 그는 계속해서 사신으로 이번 생에서 머물게 될 것 같습니다."

"그라니요?"

"당신이 100년에 걸쳐 인도했던 그 말입니다. 어찌됐든 악마가 훔친 건 그의 혼이고 그릇인 육체는 원형을 유지하고 있으니까요."

"네?"

"당신도 알다시피 악마에게 혼을 양도하는 건 명부의 법에 저촉됩니다. 그게 사람의 혼이든, 사신의 혼이든 간에요. 그러니 그에게도 벌이 필요하지만 혼이 소실되어버린 이상 당신처럼 사역마로서 죄를 갚는 방법을 취할 수 없죠. 그래서 한 번 더 사신의 책무를 다하면 특례로 죄를 사해주겠다는 게 상부의 입장입니다."

"………………."

"자, 그럼 물어보죠. 선택하세요, 잭 더 리퍼."

최종화

그와 그의 세계

그날, 천사 사리엘은 한 명의 사신을 한 저택으로 인도했다. 이제 막 각성한 사신은 지독하게 공허하고 완전히 새로 태어난 상태라 몸에 걸친 까만 조끼와 하얀 셔츠 외에 이름도, 기억도, 혼조차도 갖고 있지 않았다.

다만 다행스럽게도 그는 눈을 갖고 있다. 그래서 혼자 힘으로 걸어갈 수 있었지만 어째서인지 명부의 문을 통과하기 직전에 안대가 씌워진 채 지금은 천사의 손에 이끌리고 있었다.

"……저기, 천사 사리엘. 저는 언제까지 눈을 가리고 있어야 하는 겁니까?"

마치 끝도 없는 동굴을 더듬어가는 듯한 감각에 한 번도 맛본 적 없는 당혹감을 느낀 그는 무심코 질문했다. 상급자인 천사에게 의견을 내는 게 불손하다는 걸 알지만, 이대로는 아무래도 불안했다. 하지만 천사는 물감 냄새의 한가운데에 잠시 멈추어 서더니 조용히 미소 지을 뿐이었다.

"괜찮습니다. 이제 조금만 더 참으면 돼요."

남자인지 여자인지 구분이 되지 않는 온화한 목소리가 고막에 닿았다. 잠시 뒤 소리가 울리는 느낌이 달라지며 사신은 자신의 신발이 딱딱한 바닥을 밟았음이 느껴졌다.

화약 음모 사건의 실패를 기념하는 불꽃놀이 축제 가이 포크스의 밤이 지난 지 한참일 텐데도 어디선가 파앗 하고 불꽃을 쏘아 올리는 소리가 들리는 것 같은 갑작스런 환청이 그의 마음에 잔물결을 일으켰다. 순간, 어떤 영상의 편린이 눈꺼풀 안쪽에서 스쳐 지나가기 시작했지만, 그것을 가로막는 목소리가 들렸다.

"어서 와."

전혀 모르는 남자의 목소리였다. 희미한 놀라움과 함께 멈춰 서자 오른손을 끌어주던 장갑의 감촉이 스윽 하고 사라졌다. 덕분에 사신은 갑자기 한줄기 빛도 없는 어둠 속에서 멈춰 선 꼴이 되었다. 입을 다문 채 천사의 다음 지시를 기다렸지만 침묵만이 내려앉을 뿐이었다.

"천사 사리엘?"

허공을 향해 불렀지만 천사는 더는 대답하지 않았다.

"난 사리엘이 아냐."

대신 대답한 건 방금 전에 어둠 속에서 울렸던 것과 같은 남자의 목소리였다.

"……당신은?"

"글쎄. 일단은 찰스라고 해둘까?"

목소리의 주인공은 당당하게 가명임을 선언하면서 태연히 대답했다. 아주 짧은 순간 그 목소리를 언젠가 들어본 것 같다는 느낌이 들었지만, 사신이 된 그의 감정이나 기억의 흔들림은 생겨나자마자 눈앞의 어둠에 집어삼켜졌다.

"신참, 오늘부터 여기가 자네의 집이야. 그리고 나는 자네의 사역마지. 자네를 어엿한 사신으로 육성해 이 세상과 저 세상의 조율을 맡기는 자……라고 할 수 있다면 멋질 테지만, 사실은 그냥 별종이야. 이런 답답한 몸과는 빨리 작별하고 싶었는데 어쩌다가 이렇게 됐는지. 하지만 지금의 나라면 분명 프랑켄슈타인보다는 행복할 거야."

그는 무언가 만족스럽게 말하더니 이윽고 어디선가 뛰어내렸다. 땅에 닿는 발소리가 이상하게 가벼웠기에 사신은 귀를 곤두세웠다.

"그런데 자네, 어째서 안대 같은 걸 하고 있는 거지? 지금의 자네는 오체만족, 지극히 건강해서 업무에도 전혀 지장이 없다고 들었는데?"

"글쎄…… 나도 이유를 알고 싶어. 다만 선대 천사 사리엘이 나를 보낼 때는 이렇게 하라고 지시했다던데."

"흐으음, 그렇단 말이지. 결국 나보다 더한 별종이 있었던 거로군. 그도 지금쯤 이번 세상에 내려왔을 텐데, 환생하자마자 그런 취향이 싹트지 않았기를 기도할 뿐이야."

찰스의 목소리는 이번에는 훨씬 낮은 위치에서 들려왔다. 그러나 마음이 텅 빈 사신은 대답할 말도 생각해낼 수 없어서 예의 바른 인형처럼 가만히 서 있을 뿐이다.

"뭐 어쨌든 간에, 오늘은 기념비적인 시작의 날이야. 시작이 있다는 건 언젠가 끝이 찾아온다는 의미기도 하지만, 그렇다고 슬퍼할 필요는 없어. 사람도, 사역마도, 사신도 다들 이 세상에 태어난 순간부터 끝을 향해 걸어가고 있으니까. 그렇게 생각하면 외로움도 조금은 줄어들지? 각자 가는 길이 다르고 보폭도 다르지만 우리는 이윽고 좁은 문 너머에서 재회하게 될 테니까."

그런데 순간, 사신의 뇌리에서 무언가가 스쳐 지나갔다. 그것은 방금 전 그의 마음에 잔물결을 일으킨 일곱 빛깔의 편린과 비슷했다. 사신은 얼굴을 들고 안대 너머의 그에게 물어보았다.

"……우리 상사는 부조리함을 좋아하는 주제에 이상한 데서 공평하니까?"

사신의 질문을 들은 찰스는 갑자기 침묵하며 보이지 않게 되었다. 그러나 다음 순간 그는 갑자기 웃음을 터뜨리며 어둠 속에서 나타났다.

"그래, 그렇고말고. 잘 아는군 그래. 그러면 다시 한번 여행을 시작해볼까? 자네와 나의 센티멘털 저니^{Sentimental Journey}를 말이야."

"그 전에, 찰스. 이제 슬슬 이 안대를 벗어도 될까?"

"아, 미안. 그랬었지. 하지만 벗기 전에 한 가지 질문에 대답해주겠어?"

"뭐지?"

계속 발밑에서 돌아다니던 찰스의 목소리가 이윽고 제자리에 멈추어 섰다. 아마도 그는 지금 정면에서 사신과 마주하고 있는 것이리라. 북실북실한 꼬리가 딱딱한 바닥을 어루만지는 소리가 들렸다.

"저기 말이야. 자네는 사신으로 각성하고 나서 한 번이라도 거울을 본 적이 있나?"

"아니…… 아직 한 번도. 내 육체는 젊은 영국인의 몸이라고 듣긴 했지만."

"그렇군. 그것 참 잘됐어. 그러면 어서 안대를 벗어봐, 루."

왠지 모르게 너무나도 그리운 이름으로 불린 기분이 들

었다. 찰스가 안내하는 대로, 사신은 슬며시 머리 뒤쪽의 매듭을 풀었다.

까만 안대가 땅에 떨어지며 그의 눈꺼풀이 열렸다. 다음에 사신이 본 것은 별의 숫자만큼 많은 색채가 사방에 흩어진 하얀 벽과 하얀 바닥이었다.

책장 가득한 반짝거림. 한 마리의 검은 고양이. 그리고 그가 등진 석양의…….

"아아, 역시. 몇 번을 봐도 그 눈은 자네에게 어울려. 그래, 무척 잘 어울리지."

무언가를 그리워하는 듯한 검은 고양이의 목소리를 들으며 사신은 자신의 눈가로 손을 가져갔다. 아아, 눈부시다. 현기증이 날 것 같다. 그도 그럴 것이, 세상은 이렇게나 많은 색으로 넘쳐흐르고 있지 않은가.

"자, 빨리 거울을 들여다 봐. 과연 자네는 그 붉은색을 어떤 붉음으로 부르게 될까?"

가장 아름다운 기억을 너에게 보낼게

초판 1쇄 발행 2022년 8월 24일
초판 8쇄 발행 2024년 7월 15일

지은이 하세가와 카오리
옮긴이 김진환

대표 장선희 **총괄** 이영철
기획편집 현미나, 한이슬, 정시아, 오향림
책임디자인 최아영 **디자인** 양혜민
마케팅 최의범, 김경률, 유효주, 박예은
경영관리 전선애

펴낸곳 서사원 **출판등록** 제2023-000199호
주소 서울시 마포구 성암로330 DMC첨단산업센터 713호
전화 02-898-8778 **팩스** 02-6008-1673
이메일 cr@seosawon.com
네이버 포스트 post.naver.com/seosawon
페이스북 www.facebook.com/seosawon
인스타그램 www.instagram.com/seosawon

ⓒ 하세가와 카오리, 2022

ISBN 979-11-6822-083-6   03830

• 이 책은 저작권법에 따라 보호를 받는 저작물이므로 무단 전재와 무단 복제를 금지합니다.
• 이 책 내용의 전부 또는 일부를 이용하려면 반드시 저작권자와 서사원 주식회사의 서면 동의를 받아야 합니다.
• 잘못된 책은 구입하신 서점에서 바꿔드립니다.
• 책값은 뒤표지에 있습니다.

서사원은 독자 여러분의 책에 관한 아이디어와 원고 투고를 설레는 마음으로 기다리고 있습니다.
책으로 엮기를 원하는 아이디어가 있는 분은 이메일 cr@seosawon.com으로 간단한 개요와 취지,
연락처 등을 보내주세요. 고민을 멈추고 실행해 보세요. 꿈이 이루어집니다.